朱大建——著

从故乡到远方

文汇出版社

图书在版编目(CIP)数据

从故乡到远方/朱大建著. —上海：文汇出版社，2018.1
ISBN 978-7-5496-2164-4

Ⅰ.①从… Ⅱ.①朱… Ⅲ.①散文集－中国－当代 Ⅳ.①I267

中国版本图书馆CIP数据核字(2017)第295911号

上海文化发展基金会资助项目

从故乡到远方

作　　者／朱大建
责任编辑／鲍广丽
封面设计／王　峥

出 版 人／桂国强

出版发行／文汇出版社
　　　　　上海市威海路755号
　　　　　（邮政编码200041）
经　　销／全国新华书店
排　　版／南京展望文化发展有限公司
印刷装订／上海新文印刷厂
版　　次／2018年1月第1版
印　　次／2018年1月第1次印刷
开　　本／640×960　1/16
字　　数／240千字
印　　张／21.75

ISBN 978-7-5496-2164-4
定　　价／48.00元

序一：折射人性的光芒

赵丽宏

朱大建的《从故乡到远方》，是一部有特色的散文力作，荟集了作者多年来的散文佳作。大建在新闻媒体担任领导很多年，他经常在《新民晚报》和其他报刊发表杂文，议论世态，针砭时弊，也评点文艺，在很多读者的印象中，他是杂文家和时评家。这本新出版的散文集，将他写作中的另外一面展现在读者面前。这本集子中的散文，以真挚的情感，质朴的文字，富有个性的描述，写出了当代中国人的生活情状和精神天地，既接地气，也有思想深度。其中有些篇章，曾经感动了很多读者，如《我的父母我的家》《我是"两万户"少年》《饥饿》等，以独特的视角，真诚的态度，抒写了珍贵的人间亲情，回忆反思了那些风云变幻的岁月，这是对作者所处时代的真实记录。《我的父母我的家》荣获第十一届《上海文学》散文奖。这篇长文，是大建格外用心的倾情之作，文中写的是他的父母和家庭，从中折射的是社会的变化和人性的光芒。

《从故乡到远方》这本散文集的出版，对大建具有特殊的意义，这些文字，表现了一个散文家的艺术修养和社会担当。作为老朋友，读他这本新书，又一次受到心灵的沐浴，由衷地为他高兴，祝贺他为读者奉献了这样一本好书，也祝贺他在文学追求的道路上达到了一个新的境界。

2017 年 11 月 27 日于四步斋

序二：报人的散文

朱大建的散文集《从故乡到远方》，收录了他几十年间撰写的佳作。作为报人，他的散文，不是孤芳自赏的"书斋文学"，而是贴近时代、贴近生活，和读者共忧乐、同呼吸的宽阔的心灵通道。他的散文，不晦涩、不虚伪、不空洞、不做作、既透明、又含蓄、质朴无华，以情动人，经得起咀嚼。他的散文，不自恃清高、自我陶醉、自作多情；而是融入社会，平等相待，给人启悟，寻求共鸣。

我想借用朱光潜先生衡文的四条标准来分析，即情、理、事、态。情，集中体现在第一、第二辑：对家乡、对事业、对国家、对亲人、对师友，洋溢着深挚的发自内心的感情。理，通过忆故乡、怀亲友、看世界，悟出人生的道理，这理不是抽象的，而是情理交融。事，抒情与叙事相结合，有的篇章因此成为电视人物专题片的母本。态，绘声绘色，让人有身临其境之感，这在第三、第四辑中外游记中体现得最为充分。

《从故乡到远方》是一本有个性、有价值的散文集。

目 录

第一辑 心中故乡

心中故乡 …………………………… 003

过年 ………………………………… 009

饥饿 ………………………………… 012

大会餐 ……………………………… 015

大牯牛和尖角牛 …………………… 018

鲤鱼洲的上海女知青 ……………… 022

还原知青生活原生态 ……………… 026

我的喝酒逸事 ……………………… 030

蛇年回眸 …………………………… 035

蛇年爱蛇 …………………………… 037

书斋发展史 ………………………… 040

我的父母我的家 …………………… 042

老弄堂风情琐记 …………………… 058

我是"两万户"少年 …………………… 065

父亲与晚报 …………………………… 072

小孙孙出生记趣 ……………………… 075

玩伴 …………………………………… 078

第二辑　师　友　情　谊

薪尽火传 ……………………………… 083

遥忆当年采访赵超构 ………………… 086

那一头飘逸的银发 …………………… 090

人生如浮沉红薯 ……………………… 093

我的邻居赵丽宏 ……………………… 096

再谈赵丽宏 …………………………… 104

艺海远航 ……………………………… 108

为汪天云画像 ………………………… 132

一双温情的眼睛 ……………………… 141

郑辛遥和他的漫画 …………………… 144

人生苦短 ……………………………… 147

感谢爱神 ……………………………… 150

画坛伉俪 ……………………………… 172

第三辑　天　涯　屐　痕

滇文化寻访记 ………………………… 203

雨中游西湖 …………………………… 227

泛舟富春江 …………………………… 229

夜宿桐庐 ……………………………… 231

游雪窦山记 …………………………… 233

幸福园中的幸福人 …………………… 235

集美学村 ……………………………… 238

海南遐思 ……………………………… 240

"有一只小老虎，夜里不睡觉" ……… 243

自从郑绪岚唱了以后 ………………… 246

醉人的那拉提草原 …………………… 249

漓江印象 ……………………………… 253

我爱松江 ……………………………… 256

仿佛时光倒流 ………………………… 259

龙游石窟之谜 ………………………… 262

开沙岛畅想曲 ………………………… 265

航天城里看神六 ……………………… 269

第四辑 五洲掠影

我看汉城 ……………………………… 275

苏黎世风情 …………………………… 278

风雨卢塞恩 …………………………… 280

雪山和小镇 …………………………… 283

伦敦一瞥 ……………………………… 285

圣保罗散记 …………………………… 288

伊瓜苏瀑布 ……………………………… 291

垂钓亚马逊河 …………………………… 293

印第安人的雕塑 ………………………… 296

面包山遐思 ……………………………… 298

绿宝石斐济 ……………………………… 301

飘飘欲仙 ………………………………… 305

伊斯坦布尔掠影 ………………………… 308

莫斯科印象 ……………………………… 311

苍翠的托尔斯泰坟墓 …………………… 314

漫步在涅瓦河畔 ………………………… 317

大雪中的赫尔辛基 ……………………… 320

驯鹿雪橇之旅 …………………………… 324

小记布达佩斯 …………………………… 327

访莫扎特故居 …………………………… 330

冰岛行 …………………………………… 332

跋：背景与花絮 ………………………… 335

第一辑 心中故乡

心中故乡

1

故乡是我珍藏心底的一幅水墨画。那种江南小镇水乡朦朦胧胧的美,真是难以向人述说。故乡在常熟和苏州交界处,称作洞港泾镇。地名要连着用三个三点水来写,可见在故乡,水是最主要的地形特征。依稀记得小镇是傍水而建,一条不长的石板路,两边建着一些饭馆、茶馆、烟纸店。饭馆、茶馆大堂里放着江南民居中见惯的白木家具:长凳、方桌,方桌上放着青花瓷茶壶,宽大的柴灶上,蒸肉馒头用的大蒸笼一叠又一叠,叠得很高很高,当白白的蒸汽四散时,好闻的香味也开始往四处飘逸。这香味会引来很多的狗,成群结队而来。狗们尾巴一扫就坐在大堂里,眼睛一眨不眨地盯着香气扑鼻的蒸笼。当乡间晨雾渐渐退去时,正是小镇上的居民捧着茶壶走进茶馆的吃茶时光,顿时茶馆里人声鼎沸,一片嘈杂声中夹杂着跑堂的堂倌响亮的吆喝声:"好个咧,绿茶一壶,肉馒头三只咧。"另一位堂倌打开大蒸笼盖,往一叠叠小蒸笼里放肉馒头,他是往小镇上的居民家里送外卖的。他一家一叠地点好,手提一叠热蒸笼,跨上一辆旧自行车,随着一声清脆的铃声,群狗忽地跃起,跟随堂倌吠叫而去。

小镇依着小河而建,沿小河走上几百步,就连上了一条大河,这条大河很宽很宽,上面没有桥,河里的水碧清碧清,大河连着阳澄湖。小镇就靠大河保持着和外界的联系,小火轮就在这条小河、大河的交界处停下,涌上乘客,开往苏州、常熟、上海。

2

我三岁、四岁时都在小镇上住过一段。七岁那年,快要上学了,母亲执意要送我到故乡好婆那里过一个夏天。好婆一个人住在小镇上,镇上有一幢祖传的老宅。无论父亲怎么劝,好婆都不愿住到上海来,她宁愿一个人住在乡下,孤独地守着老宅过自己的日子。母亲可能是要我这个孙儿去陪陪好婆吧!我至今还感谢母亲,正是她不顾父亲反对,坚持要我到故乡去过一个夏天,才让我迄今还保持着对故乡的亲切回忆。那是1960年的夏天。

小火轮航行了一天一夜,靠上了洞港泾镇码头,已经70岁的好婆,身板还是健朗得很,哈哈笑着搀着我的手,走上那条石板路。老宅里,厅里放着一张沉重的大长桌,一个大梳妆台,一只大箱子。大长桌上,一溜放着圆的、扁的漆得很光亮的木桶。梳妆台和箱子上安装着好看的铜锁,发出一种幽暗的很有些年代的光。这是我母亲的嫁妆。在我家最艰难的岁月里,母亲的这些嫁妆,全让父亲运到上海,卖给旧货店换了钱,这是后话。

我这个城里来的孩子,引来很多乡亲的好奇。不认识的小伙伴交谈一会儿就亲热起来了。小伙伴们正谈得起劲的时候,邻居的一只大狗在我们脚边开始吃它的晚饭。一个阿叔对我说:"你胆大,还是胆小?胆大,就去摸摸那只狗头。"七岁的我,当然胆大,我上前摸了一把狗头,大狗抬起头看看我,再低头吃它的饭。阿叔叫我再去打它一下,我就上前再打一下,大狗还是抬起头来看看我,不作声。我见大狗很友好,就再上前拍了一下它的后脑勺。谁知大狗突然狂怒起来,"汪",朝我大吼一声,热烫烫的舌头在我脸上舔了一下,吓得我瘫倒在地,大哭大喊。好婆闻声从屋里出来,急忙搀我起来,见我脸上没有伤,就开始大骂阿叔。阿叔赔着笑说:"好婆,我的狗喜欢你的孙子,和他亲个嘴啊。"大狗和我亲个嘴,吓得我半死!

我就在故乡,在好婆身边,过着快乐的无忧无虑的夏天。

记得那是一个燠热的天气,闷得连狗都停止了吠叫,躲在树荫下伸着舌头喘气。茶馆店里的大蒸笼上不见了白白的蒸汽,冷冷清清的不见一个人影。我有点奇怪。好婆说:"茶馆不开了,改作公共食堂了,家里不准烧饭了,米也缴到食堂里去,都要到食堂里吃饭。"

我好奇地溜进食堂去探个究竟。只见堂倌在灶台上熬好了两大锅的粥,凉着。镇上的叔叔婶婶捧着一只只陶瓷的粗钵斗站在边上等着,当钟声当当敲响,堂倌就开始为每个人的钵斗里盛粥。我赶紧回家去叫好婆,好婆就拉着我的手,也拿了个钵斗去盛粥。

我小小年纪过起了人民公社小社员的生活。有一个晚上,好婆不舒服,她让我一个人去把晚饭领回来。好婆如此相信我,我高兴极了,一路小跑奔到茶馆,领回那天的晚饭——南瓜面疙瘩汤,再捧着钵斗急急回家。不料路上绊了一个跟斗，摔个嘴啃泥，一钵斗南瓜面疙瘩洒了一地，钵斗也一摔两半。我伤心地大哭，捧着钵斗碎片一路哭回家。好婆陪着我抹眼泪，一个劲地问我："摔疼了吗？摔疼了吗？"那天晚上，我坐在好婆的怀里撒娇："好婆，我肚皮饿。"好婆叹了口气："家里一粒米也没有了，全部交到公共食堂去啦。早点儿睡觉吧，听话。"

公共食堂的饭真是没法吃饱，怎么喂饱我，成了好婆的心病。有一天早上，好婆带我下河去摸螺蛳。我兴奋地背着小竹篓，只穿一条裤衩，跟着好婆在门口的小石桥头下水，沿着河岸，双手在淤泥中摸，摸到一只螺蛳，我就开心地叫着，举出水面给好婆看。我还摸到一只大蚌，双手捧着乐了好半天。在小河边摸了半天，才摸到大约够烧一碗的螺蛳，好婆忧心忡忡地对我说："哎哟，河里螺蛳也摸光了，往后可怎么办？"

3

自从好婆带我下过水，我一个人也敢从石桥头下河去玩了。有一回不知怎么，脚一滑，就摔倒了，慢慢滑向小河中间，中间是很深很深的，这是好婆经常警告我的，我顿时害怕极了，拼命挣扎，拍打着水面，想喊人，却呛进一大口水，慢慢地我失去了知觉……等我有了意识，我已经倒伏在一条大水牛的背上，肚子顶着水牛的脊背。水牛一迈步，河水就从我肚子里被挤出喉咙，大水牛在石板路上转了一圈，我肚子里的水也倒光了，"哇"地哭出声来。

事后,我才知道,是镇上开棺材店的老板救了我。他伸出一根长竹竿,竹竿顶头,装着一个铁圈,把我拦腰套住捞了上来,救了我一条小命。要是碰到现在,下河救人先要砍价钱,我这条小命早就没啦。

我开始怕水,怕到小河边去,再也不敢到石桥头去戏水。

好婆为了打消我对小河的恐惧感,她去买了一只小鹅、一只小鸭来养,赶着它们到小河中去游水。好婆对我说:"小鸭小鹅这么小,就敢到河里去,你只要学会游水,就不会淹死了。"好婆说得不错,小镇上的孩子,游泳是人生第一课,刚摇摇摆摆才学会走路呢,父母亲就抱着小孩朝河里扔。好多和我一般大的孩子,下了河就像一条鱼,这真让我羡慕,也让我对自己学游泳有信心。现在,我敢说就是掉进长江也照样游过去,好婆应该是我的第一个游泳教练。

小鹅、小鸭和我一样贪吃,每当好婆用剪刀一段一段地剪菜叶时,着急得"嘎嘎嘎嘎"伸着脖子叫,张开扁扁的嘴巴在下面接。小鹅更调皮些,它会一蹦老高,跳起来吃菜叶。不料,它有一回蹦得太高了,扁嘴巴刚好碰上了好婆的剪刀。好婆猝不及防,"咔嚓"一剪刀,恰巧剪去了小鹅一小截嘴巴,小鹅痛得在厅堂里满地乱跑乱叫起来。

"饿死鬼投胎,你跳什么跳呀?现在倒好,嘴巴剪掉了,你怎么吃饭呀?"好婆也心痛地朝小鹅叫喊。

4

好婆对养活剪去一截嘴巴的小鹅失去了信心。她对我说:"阿二头（我的小名），你阿姨养鹅有本事，我们把小鹅小鸭送给你阿姨去养吧?"我点点头表示同意。好婆就起个大早，把小鹅小鸭放进竹篮，到莘庄去看我阿姨。祖孙俩一直走到中午，才到阿姨的家。正是吃午饭时候，阿姨家灶头冷冷清清，什么动静也没有。阿姨在橱里翻了半天，翻出半碗像红高粱那样的食物，我一吃，是苦的。我明白这是"甜芦粟"的穗子，是不能吃的。阿姨的日子过得还不如好婆呢。等我长大一点，母亲才告诉我，我姨父就在这一年，全身浮肿死了，是饿死的。

吃了阿姨从公共食堂端来的饭，好婆就急急地领着我回家，回到小镇上，天已经黑了。没多久，阿姨叫人捎来口信，那只小鹅，没法养活，死了。这让我伤心了好半天。

快开学了，父亲来信要我回上海。好婆择了一个吉日，把我洗得干干净净，换上干净衣服，托一个到上海去的婶婶把我带回家。临上船，好婆在我手里塞了一个五分钱的硬币。第二天中午船到上海，停靠在老闸桥码头。我回到家，见到母亲正在水龙头边洗衣服，煤球炉上，一锅热粥正翻滚着。

"唉，在乡下吃粥，到了上海，还是吃粥。"我不满地嘀咕。我看了一眼送我的婶婶，她的脸色也很难看，我猜她一定和我想法一样。

（2000年2月）

过 年

儿时最盼望的是过年。因为过年父亲会烧很多很多的菜，我们可以美美地吃上半个月。儿时过年，一直要到元宵之后，才算正式完毕。菜当然由我和哥哥轮流排队去买。记得父亲当时很迷醉于腌猪头。而买一个猪头，要排一整夜的队。我和隔壁小四子吃了晚饭就提着篮子去排队，我们把篮子用绳子穿好扎在一起，为的是防止别人插队，然后就去玩。最难挨的是到下半夜两点钟的时候，北风透过棉袄直刺肌肤，冻得人打战。此时，我们就到小菜场边上一个小店去买一碗猪油渣汤喝，是用熬过油的猪油渣烧的汤，1角5分钱一碗，上面漂着一层厚厚的油花，热乎乎地喝下去，连猪油渣也吞下去，身上顿时暖和起来。这点热量，帮着我熬过冬夜中最寒冷的凌晨时光。等到天亮开秤，在人群中挤得筋疲力尽，我终于如愿挑到一个满脸皱皮黑毛的肥猪头时，兴奋之情难以言表。因为黑毛猪是本地猪，肉香。

春节配给的物品一样样采购齐全之时，往往已经是除夕的下午了。父亲在煤球炉边，专门铺开了一块夏天乘凉用的大木板，一碗一碗的菜就搁在木板上。记得父亲用一条大青鱼就做了好几个菜：青鱼头用粉皮烧了一锅鱼头汤,青鱼中段做熏鱼,尾巴和鱼鳍做一个"炒划水",连鱼肝鱼肠也不放过,洗洗干净,一段一段剪下来,放些黄芽菜,又是一个炒青鱼鲫件。因为腥味重,要放很多的黄酒,还得乘热吃,冷了,就腥得难以下咽了。

到下午两点钟,擦完窗户,做完清洁工作的母亲,在父亲的催促下,坐上公共汽车,到她信得过的理发店里去烫发。母亲一年就在过年时烫一次头发。等母亲烫完发回到家,天已黑了,全家人放齐碗筷,倒好酒入席。这时,父亲开始做最后一道菜——炸茨菰。只见父亲把切成几近透明的茨菰薄片放到油锅中去炸,几分钟时间,就端上来热腾腾一大盘金黄色茨菰片,咬一口,又香又脆。

每年除夕,父亲会破例允许哥哥和我喝一小杯酒,破例允许我们放开肚皮吃菜,喜欢吃什么就吃什么,鱼呀,肉呀,鸡呀,鸭呀,只要肚子撑得下去,绝不像往常那么吝啬。我们几个孩子乘机放开肚皮猛吃猛喝。我们知道,大吃大喝的机会一年就那么一次,等到明天,即大年初一,父亲又会变得小气,每次只端上几个菜。年三十烧好的菜,就这么回炉热热烧烧,一直要吃到正月十五元宵节;而且还要整鸡整鸭地备着,等亲戚上门时能端得上桌面,再穷,脸面总是要的呀。

吃罢年夜饭,哥哥开始炒瓜子,炒花生,做蛋饺;我负责拖地板。等我们一切都干完,暖暖和和进入梦乡的时候,母亲开始换下我们几个孩子的衣裳,把大年初一要穿的新衣裳放在每个人的枕头边,然后为我们洗衣服。此时,父亲开始包汤团,这是我们年初一的早饭,有豆沙馅儿的,肉馅儿的,黑芝麻馅儿的,父亲每一种都做好记号,然后盖上湿毛巾。等到父母亲也躺到床上时,大概已经过了子夜。

年初一早上醒来，我们穿上母亲给我们准备的新衣裳，数着父亲给我们的压岁钱，通常是崭新的，一角钱一张的票子有十张。吃完早饭后，父亲又给我们分糖果，每个人可以分到16粒至20粒，软糖和硬糖搭配，父亲分得很公平，每个人都不吃亏。我们在新衣裳的口袋里小心地放进属于自己的"私有财产"，这时，父亲才开始给桌子上的果盘放糖。这些糖果我们不能吃，这是给来访的客人吃的。年初一我们都在家里过，这一天不许扫地，据说扫地会扫走财气；也不许洗衣，据说洗衣会洗掉财运。

年初二，父亲领着我们，通常是哥哥和我去走亲戚。住在苏州河北岸的阿婆几乎是我们每年要去拜年的，这是我好婆的亲戚。阿婆见到我们，笑得眯起眼睛，先抓两把糖果给我们，然后下厨为我们烧菜。吃饭的时候，阿婆会端上一桌的菜，我一见立刻两眼放光，因为有我最爱吃的红烧肉。我挑一块放进嘴里，一抿就从喉咙里滚下去，真是舒服极了。再来一块，哟，味道更香。我眼光一闪，又夹住了一块有精有肥的五花肉，这时父亲在桌子底下重重踢了我一脚，朝我瞪了一眼，吓得我把夹在半空中的肉又放了回去。阿婆却笑眯眯地把五花肉又放回到我的碗里。其实我也知道，这桌菜跟我家一样，也是装门面的，只是我馋得控制不住自己啊。

走亲戚回到家，两个妹妹已经在家里眼巴巴地等着两个哥哥，我们会把阿婆给我们的糖果，公平地分一半给妹妹，因为我们知道我们是代表我们家去做客，阿婆的赠予，我们做哥哥的没有权利独吞。如今，早已人到中年的我，常常会想起这些往事，认定我至今难以摆脱平均主义思想，是我童年生活留下的印记。

（2000年2月）

饥　饿

曾经有人问我："你人生中最深刻的体验是什么？"我想也没想，就毫不犹豫地回答："饥饿。"

饥饿当然不是现在的感觉，现在每顿饭都吃得饱饱的，倒是常常觉得腹部胀鼓鼓的，什么时候感觉肚子饿了，精神还会振奋一点。这些话是因为吃饱了撑的，才说得出口，饿三天试试，保管头昏眼花，浑身难受得话也说不出来。

饥饿的感觉是痛苦的，这种痛苦是刻骨铭心的那种。在我的童年、少年、青年时期，饥饿感就像我的影子一样，紧紧跟随着我，赶也赶不走。1960年全国大饥馑的那年，我七岁，就开始尝到饥饿的滋味。那时，家里粮食不够吃，每家的米和面的比例是配给的。面粉怎么吃呢？做煎饼、馒头吃，当然好，但会吃得更多，下半个月就要挨饿了。母亲就细水长流，每天早饭吃炒麦粉，父亲规定我和哥哥每碗里三汤匙炒麦粉，不许多加，泡一大碗开水，呼噜呼噜喝下去，背起书包上学。后来，我觉得这么香的炒麦粉，三口两口吞下去，嘴里连感觉都没有，就吃完了，太不合算，就创造了一种新的吃法：干吃。

在炒麦粉中只倒一点儿水，靠唾沫把炒麦粉拌湿了，再慢慢咽下去，这样，炒麦粉的香味就可以在嘴里留很长时间。后来，哥哥也采用了我创造出来的吃法，这就把吃炒麦粉从生存必需提高到精神享受的层次了。尴尬的是，再怎么变着法子，还是半饥半饱。上到第三节课，肚子就咕咕叫，中午回到家，母亲已经煮好了一大锅茄子面糊糊在等我们。茄子多，面粉少，此时我已饿得前胸贴后背，一口气就喝了三大碗，小肚皮喝得溜圆，又背起书包上学。但这三碗一多半是水和菜，撒了两泡尿，又饿得有气无力了。

再后来，面粉逐渐搭配得少了，不搭配了，但吃米也不敢光吃干饭，必须干稀搭配。早饭吃开水泡饭，中午喝粥，晚上等父亲回家，全家才有可能炒几个菜，围在一起吃一顿干饭。因此，等父亲回家吃晚饭，就成了我们几个孩子最焦心牵挂的事情。天一黑，我们的耳朵会变得格外灵敏，只要听到父亲熟悉的脚步在楼梯上响起，我们几个孩子马上就开始摆桌子，放筷子。每当我在黄黄的灯光下打着饱嗝儿放下饭碗时，是我每天最开心的时光，因为我吃饱了。那时每天只有吃晚饭能够吃饱。

现在回想起来，童年时，我和哥哥在为如何平分妹妹的奶糕锅底而签过一个口头协议，这大概是世界上最公平的协议了。母亲喂妹妹吃奶糕时，我和哥哥就在两边守着，眼睛溜圆地盯着香喷喷的奶糕小锅，真希望这个小婴儿食量小一点，能给我们留下一点。但每次妹妹好像也吃不饱，眼睛瞅着奶糕小锅急得直喘气，意思是要母亲快点喂她。见到剩不下什么时，我和哥哥的眼睛会黯淡下来。这时，母亲心软了，她会在妹妹的奶糕锅底留下那么一口，递给我们兄弟俩。我们就说好，这次哥哥吃，下一次就轮到我吃。这个协议基本上能够得到遵守。记得好像是我耍赖过一次，想多吃多占，哥哥和我争执起来，母亲一怒之下，顺手把奶糕小锅扣在我的头上。

再后来，我和哥哥渐渐长大，不会再为吃多吃少争执，但饥肠辘辘的感觉，却始终伴随着我。

17岁，我上山下乡到江西生产建设兵团，当农工，每月定粮43斤。那时候，农活重，油水少，人的食量都很大，43斤勉强能吃饱。只是在刚下乡的那半年时间中，我老是在想，父母亲养育我到17岁，我可什么也没有报答过他们呀。于是我就节衣缩食，寄回家15元钱。当时我每月工资才16元！拿走15元，我买饭菜票的钱就不够了，每个月到月底就亮红灯，这使我整整半年没吃饱过饭。同寝室的阿强，家里条件好，常常有包裹寄来给他享用，这样，他的饭量比我小多了，常常一碗饭只吃一小半就搁一边不吃了。我见了心痛，就说："你吃不下吗？我可没吃饱呢，给我吃吧。"就吃完他的剩饭。寝室里还有一个小虎，家境比我还差，比我更节衣缩食，饥饿感比我更强烈，只要一见到阿强刚放下饭碗，就马上从上层床铺下来，飞快地抢过来，三口两口吃完。这倒弄得我难为情起来，自卑得几乎无地自容。于是自尊心膨胀，再饿，也没去吃过阿强的剩饭。

半年之后，我得了甲肝，住进了兵团医院。住院期间，接到父亲来信，把我痛骂了一顿。父亲说，母亲收到我寄回家的钱，大哭了一场。随后，我又收到父亲汇来的钱和他亲手做的鱼松。

读着父亲的信，吃着多病的父亲熬夜为我做出来的鱼松，我也哭了。

(1999年12月)

大会餐

写了一篇回忆童年往事的《饥饿》,竟引来很多朋友的关心和电话问候,这是我未曾预料到的。也有人问我:"在那个年代,你就没有过大快朵颐的享受吗?"

当然有过,否则活着就没什么盼头啦。印象最深的,莫过于兵团时的大会餐。那时候,我们连队每逢五一、十一、元旦、春节这四次会餐是雷打不动的。平时伙食再差,哪怕天天吃海带汤,顿顿是因没有油就把锅烧红,就倒下去炒的空心菜,大伙儿也不会有怨言,但要是过节的时候不杀头猪会会餐,不吃个天昏地暗,就会怨声四起,日子就没法过下去。

1970年国庆,是我到兵团过的第一个国庆节。早在一个月前,指导员就在开大会时描绘起国庆大餐的香甜诱人:"连党支部决定,国庆节要会餐,杀两头猪,以班为单位,至少四个菜,让大家欢欢喜喜过国庆。"顿时,打谷场也就是会场上,爆发出山呼海啸般经久不息的掌声。

指导员的这番宣言,成为第二天田埂地脚边的热门话题,有的主张四个菜是鸡鸭鱼肉，有的反驳说哪来这么多鸡鸭，把连队养的鸡鸭吃完了，春节会餐吃什么呢？纷纷献计献策，一时民主空气甚浓。想想不久就要到来的国庆节会餐，大伙儿干活的力气更大，挑担时的脚步也更轻盈了。

这般高涨的情绪，大约可维持一星期之久。现在回想，我们这些知青也实在是太无能，太窝囊。我们九团是从鄱阳湖中围垦出来的，土地肥沃得能一把捏出油来。守着这么肥沃的土地，却过着贫困到极点的生活，这算怎么回事？就说连队的菜园，硬是种不活蔬菜，只会种命贱的韭菜、空心菜，割了一茬，又长一茬，食堂里几乎天天吃不搁油炒的老韭菜，吃得每个人嘴里都臭烘烘的，空气中都弥漫着酸腐的臭味。那些老得咬一口会蹦掉牙齿的空心菜，我们称为"无缝钢管"。猪栏里，猪老是养不大，好像这些猪都深知"人怕出名猪怕壮"，个个都精通老庄哲学似的。

国庆节终于盼来了，一大早，我们就起来看杀猪。我们的癞子班长是杀猪能手，只见他口含一把尖刀，一手勒住猪下巴，屈膝顶住猪的前爪，手起刀落，猪顿时毙命。早已放干水的鱼塘，鱼爸、鱼儿、鱼孙子一起提了上来。一会儿，厨房里便飘来芬芳的香味。眼巴巴等到中午，司务长一声哨响，每个班呼啸而出，提着四个脸盆去打菜。一脸盆红烧肉，一脸盆红烧鱼，一脸盆韭菜炒鸡蛋，一脸盆豆腐。每个班还发了一瓶白酒。大伙儿都蹲在地上，围着脸盆一边挥赶着嗡嗡飞来的苍蝇，一边风卷残云般地吃。

这么胡吃海喝一天的后果，往往是乐极生悲。第二天上茅房得排队。腹泻的人太多了。你想想，常年吃不搁油炒的菜，早就养成了一个"素肚子",突然塞进那么多大鱼大肉,怎么会消化得了呢?后来每次会餐前,指导员会派卫生员到各个班去警告:"你们都少吃点,小心吃伤了肠胃!"卫生员再警告也是白搭,不吃白不吃,吃一回少一回,大吃大嚼,不就是为了过过瘾、杀杀馋虫吗?管他会不会腹泻。

  还有一种私人性质的会餐更有情趣。如果哪一天下雨不出工,又碰巧是在春节后探亲回来,每个人的箱子里有些库存物资,这一天就成了节日。各个寝室里,有的出香肠,有的出咸肉,没有库存物资的就穿上雨衣,打着赤脚跑到田头去采一篮子称作"梨蒿"的野菜,来个香喷喷的梨蒿炒香肠腊肉,称得上是雅致有趣。更有一种会餐是上天赐予,譬如冬天挖水沟,在枯黄的水草底下,一锹下去,往往会挖出一条肥肥的正在冬眠的黄鳝,挖一天沟,很有可能挖到一堆黄鳝,那就扯一根柳条,一条条串起来,收工时提回宿舍,烧一锅红烧黄鳝。

  最有趣的会餐,是打赌比食量。这方面的纪录经常被刷新。有人一餐吃了29个油饼。还有人一顿吃了两斤面条。两斤面条有大半个脸盆哩,真想不通,胃里怎么装得下?我也曾创下一项纪录,一顿吃了一斤半糯米饭,是室友阿三同我打赌,吃得下就算白吃,吃不下就赔他三斤米。阿三为了能赢我,特地在糯米饭中拌了很多猪油白糖,心想这么油腻我怎么可能吃下去?没想到,我一会儿就吃了个锅底朝天,也把阿三弄了个目瞪口呆,一房间人笑了个七颠八倒。

(2000年1月)

大牸牛和尖角牛

年轻时下乡八年,最熟悉的动物是牛。民间有言:"三十亩地一头牛,老婆孩子热炕头。"自古以来,牛就是农民的宝贝。我下乡的鄱阳湖畔鲤鱼洲,当时叫江西生产建设兵团九团。我们连队有一千多亩水稻田,耕田一半靠拖拉机,一半靠二十多头水牛。牛群中,有两头正值壮年的公牛。一头牛通体漆黑,体形巨大,雄壮极了,伟岸极了,比别的牛高出一个头,大出半个身躯,站在牛群里,就像鹤立鸡群,别的牛就成了小牛,成了陪衬。我们叫它大牸牛。那么健壮的大牸牛,牛角却是秃的,有一只角还断了一截。这就让它的威风凛凛打了些折扣。可能是上天有怜悯之心,有意让大牸牛有些弱点吧,否则,别的公牛只有死路一条。另一只公牛毛色泛黄,体形不大,但也结实有力,肌肉紧绷,尤其是两只牛角,又长又弯又尖,非常锐利,别的牛,被它的角一划,皮肤上就是一道很深的血痕。我们叫它尖角牛。

正值壮年的公牛之间,追求异性,采用的方法是打架,规则是勇和力,用头碰撞,用角挑刺,恨不得置对手于死地。谁更勇敢更有力量,牛群里的所有母牛就是胜方的配偶。这个规则,用在人类,叫作社会达尔文主义、法西斯主义;用在牛群,则可以让牛的优秀基因得以传承。人和牛必须适用不同的规则。

大牤牛和尖角牛是势不两立的情敌,一照面就要打架的。两三个回合下来,尖角牛就会落荒而逃,它体力不支,经不起大牤牛巨大头颅的猛烈冲击,但受伤的却是大牤牛。尖角牛尖锐的牛角,会将大牤牛的头脸和脖子划出几道血痕。大牤牛尽管每次打架都受伤,但只要一见到尖角牛,仍然是瞪着血红的眼睛,愤怒地奋不顾身地冲锋、攻击,将尖角牛打得落花流水。我们刚到连队不久的一个星期日,就目睹了一场发生在连队宿舍门前的战斗。尖角牛来到宿舍门前的水沟喝水。这条水沟有人倒进的残羹剩汤,含有盐分。牛喜欢喝些盐水,也许是要补充能量。此时,大牤牛也来了,仇人相见分外眼红,顿时四只牛角就顶在一起,几下"咚咚"的撞头闷响之后,尖角牛转身就逃,性急慌忙之中,它一转身跑进人的宿舍,从门里进去,从窗口跳出。我们当时住的是草棚,门洞和窗洞一直是敞开的,牛进出都很方便。大牤牛身躯庞大,转身慢,等它从窗口跳出来,尖角牛早撒开四蹄逃远了。而宿舍内,几个老职工坐在床边打牌,丝毫不受影响。我们这些知青脸也吓白了。后来我们知道,牛只会和牛凶狠,见到人是忠诚驯服惧怕的。

尖角牛逃跑之后,大牤牛就会朝附近的母牛群一路跑去,用头触碰,用舌头轻舔,将正在吃草的母牛驱赶到一起。此时的大牤牛,昂首"哞哞"叫着,像个打了胜仗归来的大将军。而后,它会去舔心仪的母牛,舌头舔啊舔,舔得母牛将尾巴高高竖起,大牤牛就会突然站立起来，高举起两只巨大的前蹄，"啪"的一声，搭在母牛的背上。一个新生命，也许在母牛的肚子里开始孕育。这只大牤牛和它的母牛群，是城里来的单纯知青的性知识启蒙老师。

也许是我们连队的母牛太漂亮，太有吸引力，隔一条河的19连的一头大公牛，也会长途跋涉，来追求我们连队的母牛。有一次冬闲时，19连的大公牛又来了，被尖角牛看见，冲上去与它斗了好久，分不出胜负。而母牛群，就原地站着看白戏，比较谁更勇敢，力气更大。此时，大牤牛正好拉着一辆牛车，走在从团部运货回连队的路上。牛的嗅觉很好的，它也许远远地就闻到了情敌的气味，一路小跑，"不用扬鞭自奋蹄"。赶车的知青觉得奇怪，等他发现，大牤牛已经发狂似的拉着车冲下路基，冲进田野，朝19连的大公牛狠命一头撞去。19连的大公牛被撞得连连倒退，一跤跌进河里，忙转身朝河对岸游去。它吓坏了，从此再也不敢来骚扰。尖角牛也知趣地逃走了。

这头威风八面的大牤牛，很受知青的喜爱。但它不怕斯文的有点笨手笨脚的知青，而特别害怕一个横眉怒目有点凶神恶煞的老职工，它有点欺软怕硬。知青役使它时，它犟头倔脑，让它朝东，它偏要朝西，和知青作对。而那个老职工役使它，它乖得像母牛，一点脾气也没有。我有一次赶着大牤牛去耖田，学着老职工的样，大声呵斥大牤牛，装出凶恶的样子。但没用，叫它走，它却停；叫它停，它却走。我在用力将高处的泥推向低处时，本应该发力的大牤牛突然停下，我猝不及防，身体失去重心，人从耖耙上摔出去，摔在牛肚子下面。我心想这下完了，牛要是往前走一步，它巨大的蹄子就踏在我身上，我今天就完了。大牤牛却站着纹丝不动，等着我从它的肚子下面爬出来。啊，牛通人性！牛是最善良的，它有角有蹄，一身蛮力，有时还要发发牛脾气，却从不会伤害人的。后来，我学会了役使大牸牛的诀窍，指令要明确，动作要熟练，声音要洪亮，态度要坚决，要让它明白你是主人，你的指令不容违抗，它就乖乖听话了。

后来，我调到团部政治处，下连队时还会去看看大牸牛。再后来，大牸牛老了，尖角牛也老了，全都"退居二线"，它们也不再打架，和好了。大牸牛的儿子，一头年轻的力大无穷的公牛，成了我们连队牛群的头领，巧的是，它的犄角也是秃的，是遗传基因的作用。它是新的牛王。

（2014年3月12日）

鲤鱼洲的上海女知青

我17岁就上山下乡,去了江西鄱阳湖畔的鲤鱼洲,那时叫江西生产建设兵团九团,一个在湖边围垦出来的荒洲。上海静安区、黄浦区的69届知青中,有2800人去了鲤鱼洲,1400名男生,1400名女生,就像配好对似的。这一大批上海女知青的到来,就像是荒洲上飞来大群的花蝴蝶,就像是荒洲上盛开了映山红,荒洲变得色彩缤纷!尽管那是一个穿衣服辨不清男女的年代,衣服要么是蓝色,要么是灰色。但上海女知青是聪明的,剪裁合身的蓝灰衣裤,再添一个花领子,脖子上围一条花围巾,雪花膏将脸擦得雪白雪白,香喷喷。凹凸有致的身段,袅袅婷婷的脚步,细细柔柔的声音,女性的妩媚立马显现。我们的指导员是个军人,他一直在批评上海女知青的"小资情调",却挡不住"小资情调"的蔓延、传播。荒洲上女人的衣着打扮,渐渐地都在向上海女知青看齐。

上海女知青的爱干净也到了极致。每天收工回来,一身泥一身臭汗,又累又饿,我们男知青的顺序是吃饭,洗脸,洗脚,休息。上海女知青的顺序是,清洗自己,洗衣服,吃饭,休息。她们的理由是,身上脏兮兮的，没有胃口。干净，对她们来说，是第一位的，最要紧的。

我们连队有一个铁姑娘班，几乎全是上海女知青。成立的理由，是要学习大寨的铁姑娘精神，男人能做的事女人也能做。这些铁姑娘果然好样的，除了力气小一点，担子挑得轻一点，一般农活不输男知青。插秧、拔秧等巧手活，比男人更强。干农活时，女人头上戴着草帽，肩上戴着护肩，挑着担子，几乎分不清哪个是男哪个是女，但一到休息天，女人的本性立马显露，除脸上擦得喷香，身上打扮得山清水秀之外，还喜欢烧烧私房菜。一只只煤油炉点起来，从上海带来的咸肉割下一块，到田头去采一点野菜——野生的藜蒿，弃叶剥皮，只要嫩茎。炒菜时，野菜的鲜味在连队的上空蔓延。有时候，去采买一些鱼虾黄鳝，烧得喷喷香，让我等男知青馋煞。她们真会享受生活啊。有些上海男女知青谈起恋爱后，煤油炉经常是烧得旺旺的，小日子过得很和美。连队大食堂的大铁锅里，常常烧的是咬也咬不动的老蕹菜，我们称之为"无缝钢管"，要么是老韭菜，要么是辣椒炒冬瓜皮，难以下咽。而一个单身汉有一位上海女知青做女朋友，生活品质马上就得到提升，到了星期天，点上煤油炉，就有私房菜吃了。

上海女知青，在我们军垦农场，身价是很高的。尤其是别的地方的知青或老知青，找到上海女知青做女朋友，是一件很值得夸耀的事情。我们排长是南昌知青，长得很威猛，是个壮劳力，他追到一个嗲嗲的、弱弱的上海女知青做女朋友后，人也变得文雅起来。本来一身浓烈的男人汗臭味闻不到了，他变得爱干净，每天睡觉之前都要洗脸、洗脚，外带擦身。他的小兄弟们嘲笑他怎么变得像个女人。他却炫耀地说，他的女朋友逼他这么做，再臭烘烘、脏兮兮就不要他了，还劝小兄弟们只要爱清洁，就容易找到上海女知青做老婆。排长在我们男知青面前凶声恶气，像只老虎，但在他的女朋友面前却乖得像只猫。两人一吵架，排长马上自我解嘲，说着"好男不和女斗"的话逃走了。嗲嗲的、弱弱的女友很有办法，硬是将桀骜不驯的一匹野马似的排长管得服服帖帖。这其实是一种爱的能力。

有一个上海女知青命运悲惨，但她的应对方式让人感叹。有一年，鄱阳湖发大洪水，知青都转移到大堤上住，连队只留下少数后勤人员。这位上海女知青是留守的，一长排的房子只住她一个人。有一天半夜，一只粗暴的手在她的身上贪婪地抚摸。她从熟睡中惊醒，睁开眼，发现是新调来的地方干部指导员。她吓傻了，喊也不敢喊，动也不敢动，含悲忍辱。指导员走后，她愤怒地爬起来擦草席，仿佛想把这污辱擦干净，一边擦席子，一边想好了她今后的人生道路走向。她让亲友为她在南昌市找了一个男友。男友有残疾，脚有点跛，她也不嫌弃，很快办好调离鲤鱼洲的手续。人走后，写回一封举报信，让这个禽兽指导员受到了撤职交群众监督劳动的惩罚。这个惩罚现在看来显然太轻，但这个女知青在面临人生灾难时的理性和坚韧，让我敬佩。上海女知青是柔弱的，但这柔弱中的坚韧，就像一根长绳，能够缚住粗暴野蛮，有着柔弱胜刚强的力量。

鲤鱼洲的上海女知青，不是天上掉下来的，不是来自外星球的，她们来自上海，她们身上的特质——爱美会打扮，勤劳爱干净，贤惠会享受生活，精致能提高生活品质，发嗲中有爱的能力，柔弱中有着惊人的坚韧，这些鲜明的女性特征，是她们的妈妈、外婆、奶奶们长年累月、潜移默化地传授给她们的,也是在她们的爸爸、爷爷、外公、男友的支持、鼓励、赞许、协助甚至纵容下形成的。岁月如梭,她们如今已成了奶奶、外婆,她们也会将她们身上的女性特质传给自己的女儿、孙女、外孙女。文化就是这么代代传承的。

(2015年3月30日)

还原知青生活原生态

吴慕林和我都是1970年上山下乡到鲤鱼洲的知青。读了吴慕林写的纪实文学集《那些年，那些事》，勾起了我对鲤鱼洲往事的回忆。

鲤鱼洲当时叫江西生产建设兵团九团。遥想当年，一个个十六七岁的少男少女，还未成年，却远离城市，远离父母，中断学业，来到鲤鱼洲这个"南大荒"。稚嫩的肩膀，挑起沉重的担子，肩膀被扁担磨得血迹斑斑。烈日和水稻田里浑黄的泥水，将原本雪白娇嫩的肌肤晒成古铜色，染成暗黄色。蚊虫、牛虻、蚂蟥将光滑的皮肤咬得疙疙瘩瘩，又红又肿。农忙时披星戴月，天不亮起床，天黑了才收工，累得话也不想说。抢收抢种时，割稻，插秧，腰从早到晚一直弯着，几乎要断成两截。每个知青的手指，大约都被镰刀割破过，知青自嘲为"杀鸡"，包扎一下，马上又下田割稻，这叫"轻伤不下火线"。寒冬腊月，知青又要上大堤，挑土加高、加固围堤，以防来年洪水。三九严寒，鄱阳湖刮来的风，刀割一般，知青却干活干得脸上淌下汗水，有性子烈的小伙儿，赤着脚在冰水里走。这些娇生惯养的城里娃娃，很快学会了插秧、割稻、挑担等简单农活，部分知青学会了耕田、耙田、育秧等技术农活。风里来，雨里去，顶着烈日干活，蹚着泥水下田，挑着担子走路，是家常便饭，他们成了鲤鱼洲的壮劳力。

饥饿，是男知青才有的困扰。十七八岁的小伙子，肚里没有油水，食量很大，每顿饭吃六两、八两是小菜一碟。吴慕林一顿吃过一斤七两饭，我曾经一顿吃下一脸盆的面条，好像也有一斤半了。我还和人打赌，一顿吃下一斤半的糯米饭。这些吃的纪录，显示知青的饥肠辘辘。也难怪，那个年代，只知道种粮，没有油，没有肉，蔬菜常年只有蕹菜和韭菜。蕹菜知青都叫作"无缝钢管"，锅烧红了就倒进去，熟了盛出来，菜老到嚼着硌牙，难以下咽。只有五一节、国庆节、春节、春插、双抢才有肉吃。那个饿呀，至今想起来还是刻骨铭心。但饥饿并不只属于知青。当地老职工也同样。有一年，我们连队因误给饲养的猪喂食了工业盐，把所有的猪都毒死了。团部兽医说不能吃，就地掩埋了。没料想，半夜里老职工都悄悄起来，挖开土坑，刨出死猪，拿回家连夜腌成咸肉。这可是冒着生命危险在吃被毒死的猪肉啊。

女知青的困扰，在于她们是城里来的女学生，年轻，漂亮，时髦。鲤鱼洲的绝大多数干部是好的，但也有一些好色之徒。在这本书里说到的24连的一位美丽女知青，因被指导员奸污后想不开，患上精神疾病的悲惨命运，我也有所耳闻。1973年，就是鄱阳湖发大水的一年，我当时在22连武装班。因24连地势低洼，营部命4营各连武装班派战士去加强值班，我就到24连，值了一周的夜班，晚上持枪巡逻，和那个好色指导员相处过。这个指导员下场也很可悲，被开除党籍，开除军籍，交军事法庭审判。

知青刚下乡时是不准谈恋爱的。其实也不可能谈恋爱。我们连队，男女上海知青之间很封建，彼此连话也不讲的。男的只和男生讲话，女的只和女生讲话，就像读中学时一样。过了很长一段时间，男女之间这层窗户纸才被捅破，于是，谈恋爱的就多起来了。青年男女，孤男寡女，男欢女爱是正常的，怎么可能禁得住？我的两位知青朋友，就是在那时谈的恋爱，天天躲在蚊帐里卿卿我我，回沪后结了婚。几十年过去了，女儿也出嫁了，两口子感情仍然很好。当然，像本书中的一对恋人，离开鲤鱼洲后反而分手的，也有不少。人的感情，毕竟是受环境制约的。在这本书里，写知青恋爱的篇章，是很出彩的，哀怨、凄美、心酸、欢乐、甜蜜，苦尽甘来，各种滋味都有。但知青谈恋爱也是刀口舐血，一旦偷吃禁果，女方怀孕，麻烦就大了。我有一位知青朋友，春节没有回家探亲，和女朋友在鲤鱼洲过了个"两人世界"的年。年过得很甜蜜，但结果是苦涩的。那时，做人工流产要单位开证明，私下打胎很危险。有一位女知青，怀孕后私自去找游医堕胎，结果因细菌感染引发败血症，急送医院后摘除了子宫，她这辈子再也做不成母亲了，多惨！我的知青朋友为了女友的安全，勇敢地向领导承认自己犯了生活作风错误，领了个严重警告处分，换来女友开出一张合法的人流证明。我的知青朋友像个男子汉。

这本书中最华彩的地方，是作者的反思。作者沉痛地批判了那个摧残人性、泯灭人性的年代，那个思想戴上镣铐的年代。那时知青要"早请示，晚汇报""灵魂深处闹革命""狠斗私字一闪念"。信息的闭塞，劳动的艰辛，尚能忍受，最不能忍受的，是精神桎梏、尊严缺失与饥饿摧残的相互作用。吴慕林心痛地写道："那时的鲤鱼洲啊，人人自危。行动小心翼翼，说话瞻前顾后；言必斗私批修，行必战天斗地。所有人的思想乳汁被抽干，只剩下一张包裹骨肉的皮囊，一个活着的躯壳。"作者感叹："在这个连饭都吃不饱的年代，知青们的

'壮怀'如何'激烈'得起来呀？在饥饿面前，任何说教最终都是苍白无力的。"作者的反思是深刻的。那时鲤鱼洲流行着这样的豪言壮语："鲤鱼洲水浑，水浑能冲掉旧思想；鲤鱼洲风大，风大好展红旗；鲤鱼洲都是黄泥巴，黄泥巴能走出革命路。""扁担不断只管挑，双腿不断只管跑。""活着干，死了算。"豪放的言辞却掩饰不了思想的苍白空洞，也对付不了饥饿的煎熬。还有，像24连那位女知青的人生悲剧，归根结底，也是那个泯灭人性的年代造成的。那个时候，营连级的干部，都不带家属，每年探一次亲，要么自己回家，要么老婆来探亲。这些壮年男子，手握招工、招生、上调大权，每天会面对很多漂亮的年轻女知青，好色之徒一旦把持不住，心中邪念拱起，就会动用手中权力，用各种威逼利诱手段玩弄女知青。我听农建师六团一位上海知青干部说，他们团一个边远连队的指导员，奸污了二十多个女知青，但凡长得有点姿色的，都逃不脱这个禽兽的魔爪。此人后来被判了20年有期徒刑。这个禽兽坐牢事小，二十多个女知青的人生就毁在他手里，太惨了。这是因为，在那个封闭的年代，虽然号称是"文化大革命"，却又极其封建。女子婚前失身，被认为是大逆不道，是严重生活作风问题，会背上沉重包袱，会受到持久广泛的歧视而抬不起头。这是现在的年轻人所不能理解的。谢天谢地，我们九团还没有出这样的禽兽指导员。我要再说一遍，鲤鱼洲的绝大多数干部是好的，这样的悲剧是有的，却很少发生。但即便很少，也是悲剧，是那个摧残人性、泯灭人性的年代造成的悲剧。

但愿那个年代一去不复返，永远不要再回来。

（2012年6月30日）

我的喝酒逸事

我学会喝酒是年轻时到江西鲤鱼洲下乡之后。鲤鱼洲的春天,天气阴冷,阴雨绵绵。虽然柳枝绽绿,野草青青,水稻田里的红花草,开得蓬蓬勃勃,一片艳红,但是赤脚踩在泥泞的土地上,一股凉气钻到心口,虽然身披雨衣,卷起的裤腿却一直是湿漉漉的,难受。老知青出门下地前,都会猛灌一口白酒,喷着猛烈的酒气教导我:"赶紧去买一瓶高度白酒,喝一口再下地,就不会得关节炎。"

于是,我学会出门前喝一口白酒,回宿舍后灌一口白酒,开始完全是实用主义的,是为了不生关节炎。

军垦农场一年有几次大会餐。早稻插秧结束后的五一节、国庆节,连队都会杀一口猪,从鱼塘打几网鱼,以班为单位,聚一次餐。那时,将宿舍的脸盆洗洗干净,到食堂装上菜,男男女女十几个人蹲在地上,拿刷牙用的搪瓷茶缸倒上江西出的四特酒,班长一声"干杯",十几只茶缸碰在一起,喝下一大口,酒顺着喉咙往下走,一股暖气往上涌,人马上兴奋起来,情绪高昂,神经松弛,人舒服了,话也多了,菜也变得美味。到这时我就悟到,喝酒是一种人生享受,是有美感的。从此，我就喜欢喝酒了。当然，也要适可而止，像我们排长那样，一喝必醉，醉了就吹哨子吆喝大伙儿出工，也是不可取的。凡事不可过头。

现在回想起来，当年春天插秧时去买白酒，名义上是为了驱寒，为了不生关节炎，难道就没有找个借口喝酒的一点潜意识吗？恐怕是有的。我的父亲就爱喝酒。他下班回来，就会让我去为他买酒，夏天买啤酒，冬天买黄酒，就着他熟食店里买来的一包猪头肉，是父亲最为享受的时候。他高兴的时候，会给他的孩子筷子头上蘸点酒舔舔，再夹一筷子猪头肉，算是分享。每年大年夜，我们小孩也被允许倒上小半杯黄酒，算是庆贺新年。我正是在这样的家庭氛围中学会喝酒的。

当喝酒是一种享受的时候，就有酒友。我有一位酒友大哥，大名杨贵方，在喝酒及编辑方面，他与我的关系都处于亦师亦友之间。他是黑龙江省《党的生活》杂志主编，20世纪90年代，正是党刊非常兴旺的年代，老杨主编的党刊，发行量达一百多万，他还和上海人民出版社党建编辑室有很好的合作关系，主编过不少党建书籍，获得出版界的最高荣誉——中国韬奋编辑奖。老杨被很多党刊编辑尊称为师父，是编辑业务的师父，也是喝酒的师父。他喝酒有一套理论：酒量大，酒姿美，酒风正，酒德高。首先是酒量大。他的酒量惊人，起点是半斤，喝高兴了就是一瓶，我没见他醉过。酒姿美，就是喝酒时仪态优美，不能有龇牙咧嘴痛苦状。老杨说，古人喝酒时，都用衣袖遮住嘴，多么文明，多么优雅。酒风正，就是不能掺假，不能以势压人，不能逼着别人喝一大杯，自己咪一小口，要对等。酒德高，就是不劝酒，喝酒全凭自愿，他的下级和他一起喝酒没有任何压力。他不像有的领导，到地方上要人陪酒，甚至陪酒的人喝死了、送了命的事都时有耳闻，这是拿官场上官大一级压死人的糟粕搬到酒桌上。我认为，老杨是我见过的喝酒最有美感的人，也是最懂酒文化的人。酒品见人品，信然。

喝酒时，我也碰到过一点不懂中国酒文化的人。那是在安徽某市，一个副秘书长请我们喝酒，当时我已在《新民晚报》供职。这位副秘书长宴请的主宾，是我们文新集团党委副书记张韧，她是老知青先进典型，和邢燕子、侯隽齐名。张韧不会喝酒，我是代张韧喝，当地领导请我们喝安徽的好酒"口子窖"。他面前放一瓶，我面前放一瓶，由服务员倒酒。他频频举杯敬酒，我自忖有一点酒量，主人盛情，再加上是好酒，那就喝吧。场面上要顾及对方面子，人生，不就是"情面、场面、体面"这"三碗面"吗？哪知，到快结束时，他背身悄悄对服务员说："现在不要倒水了，去拿酒来。"我已经喝得醉意朦胧，没有听见，却被一同在座的严建平副总编（时任副刊部主任）及众编辑听见了，恍然大悟，原来该领导一直在弄虚作假喝矿泉水，临结束时想来一杯真的酒，没想到露出原形。这个领导真是不懂酒文化，喝酒，就是为了快乐，是一种人生的享受。也许他从没读过杜甫的诗："李白斗酒诗百篇，长安市上酒家眠。天子呼来不上船，自称臣是酒中仙。"李白多么快乐啊。当然，也有可能这个副秘书长是一直陪领导喝酒喝怕了，官场上的酒文化，变形走样的多，缺了真诚、快乐、享受，只剩等级、威风、权谋。这种让人不舒服的场面我见过一些。一次喝酒，众人频频向一个女领导敬酒，女领导每喝一次，就用小毛巾擦一次嘴。到后来，女领导手里的小毛巾，开始滴滴答答漏水，原来她一口没喝，全吐在毛巾里。我还见到，有的领导喝酒时，酒杯面前放一个盛着半杯矿泉水的大杯，等到聚会结束，大杯里已是满杯的水，领导的酒大都吐在大杯里。我还见到一个领导向我表演，怎样将酒含在喉咙里不咽下去，等敬酒者走了后再吐出来的技能。设身处地为领导想一想，也实属无奈，那么多酒全喝下去，岂不是要酒精中毒？身体受不了啊！领导假喝事小，浪费了美酒，老作孽的。这全要怪中国的面子文化和劝酒文化，喝酒喝到弄虚作假的程度，已然病态啦！

正因为有一点酒量，喝酒也从不作假，我被《新民晚报》总编辑、知名报人丁法章封为"九（酒）大代表"，每逢有接待任务，他就会笑着向客人介绍："这位是我们班子里的九（酒）大代表。"丁总是在开玩笑，但我隐隐觉得，他好像是在告诫我为了健康少喝一点。我心里是感激他的。也可能是老丁贵人金口吉言，预测很准，我在2016年秋天，从工作岗位退休之后，被推选为中国作协九大代表，去北京开会了。我真的成了九大代表。

中国各地酒文化中，也隐藏着不同的历史文化风情。我到河南，河南朋友请喝酒，主人喝一杯，客人要喝三杯。我觉得太不公平，这不是存心让客人喝醉吗？主人解释："历史上河南贫困，酒是很珍贵的，为让尊贵的客人喝好，河南独特的酒文化就流行开了。"内蒙古是主人敬酒前先唱歌。主人端着酒碗，走到客人面前，亮开好嗓子先唱一曲民歌。歌好听吗？好听！那么就喝酒吧。哪怕不善酒的客人，在这么热烈的气氛下，也只能一饮而尽啦！我在藏区做客，主人敬酒时，客人要一敬天，二敬地，三敬父母，敬完再喝下亮杯底。而在云南彝区，主人敬酒时唱的酒歌是："喜欢，要喝，不喜欢，也要喝，管你喜欢不喜欢，都要喝。"这不能理解为强迫，要理解为是主人在表达热情好客。在新疆哈萨克草原毡房喝酒的规矩是，大家围坐在地毯上，只用一只杯子，每人连喝三杯，一个一个轮着来，谁也不许赖皮。这些年，我也几乎走遍祖国各地，各地酒文化真是多姿多彩。我领悟到，所有的饮酒礼节，都是为了营造一种热烈欢快的气氛，就是为了开心快乐！

喝了那么多年的酒，我只喝醉过一次。那天是黑龙江老杨主编到上海，我请他喝五粮液。老杨是酒仙，我得尽力陪好。已经喝到八九分时，云南电视台的一位朋友打电话来，说正在上海出差，和几个朋友一起唱卡拉OK，让我去见见面。有朋自远方来，不亦乐乎？我送老杨回宾馆后赶过去了，一进门，朋友坏笑着说："你迟到了，要罚酒。"倒了半杯XO洋酒递给我。我为了显示豪爽，也仗着年轻气盛，一口喝下，很快就迷糊了，醉得人事不省。第二天早上醒来，头疼欲裂，昏昏沉沉，身体软绵绵的，有气无力。那个难受啊，无法用言语表达。我这才知道，白酒和洋酒，是不能混喝的。

前些日子，我去参观了上海企业家李耀强先生的酒窖——收藏了11000种（30年以上）陈年高度白酒的白酒文化艺术馆，大为惊讶，有感而发，写了这篇随笔，以此向滴酒不沾的李耀强先生的善举表示敬意。因为，他几乎是收藏了一部中国当代白酒酿造史。

（2016年3月）

蛇年回眸

现在的日子真是过得飞快，龙年的春节仿佛还在眼前，一眨眼已经到了蛇年春节。忙忙碌碌、琐琐碎碎又过去了一年。时间过得简直如光速一般，想留都留不住，想想还真有些伤感呢。曾有一位老者以过来人的口吻告诉我，人生中日子最好过，感觉过得最快的就是40岁到50岁这一段，还没什么感觉，人生中最美好，最应该有收获的10年"哗"的一下就过去了。

今年蛇年来临的时候，我48岁，想起这位老者的话，真是感慨良多。是啊，像我这样的中年人，上有老，下有小，自己又正值壮年，需要操心的事自然多，时间自然就不够用了。不过，在写这篇文章时，我也想起了我和一位年轻朋友之间的相互调侃。我说他是早上10点钟的太阳，他说我是下午两点钟的太阳。我说早上10点钟的太阳充满希望，他说下午两点钟的太阳最温暖。尽管这段话有点像青年人和中年人之间的相互吹捧，但这位年轻朋友关于"下午两点钟的太阳最温暖"这句话还是让我心里动了一下，但愿我能像太阳在下午两点钟那样，发出人生中最温暖的光和热来。

蛇年回眸人生，我觉得有两件事让我欣慰：

第一件事，是我如愿在从事我自己喜欢的新闻工作。我在少年时就向往当一个新闻记者，读万卷书，行万里路；下笔千言，倚马可待，多么令人神往。斯诺、邹韬奋、范长江一直是我心中的楷模。17岁我当知青，在江西鄱阳湖边的农场里，白天干了一天农活儿，晚上点着煤油灯在蚊帐里读书，真是如饥似渴，找到什么读什么。1972年，鲁迅的书已经被允许出版，这又无意中成全了我，让我读了很多鲁迅的书，为我后来做新闻工作打下一个较好的基础。尽管做新闻辛苦，但因为是自己喜欢的工作，倒也能以苦为乐，"每天画蛋，乐此不疲"，至今仍充满兴趣。

第二件让我欣慰的事，是因为从小到大，父亲一直对我要求很严格，有时严厉得近乎苛刻。小时候我曾为此满腹怨气，埋怨父亲不近人情；青年时期我也对父亲传统的教育子女方法不以为然，认为过于严格，束缚了孩子天性的发展。所以当我自己做了父亲后，就以"宽松、宽容、宽厚"来教育儿子，希望他的天性能自由发展而不被束缚，但妻子却不太赞成我对儿子的放任，时而讥刺我为"慈父"，时而指责我"你太宠他了"。直到最近，我才忽然顿悟，觉得自己尽管智术疏浅，但在性格上却没什么坏毛病，不缺责任心，也不缺爱心，能容忍和宽待别人，这正是父亲严格要求我的结果啊！所以，我现在也开始对身高已超过我的儿子严格了一点，我希望他至少在性格上不要有自私，以自我为中心的这类坏毛病。

蛇年回眸，以上两件事让我欣慰，至于让我遗憾的事，那就太多了，不说也罢。那么，就让我在今后的岁月中自警自励。

（2001年1月）

蛇年爱蛇

我生肖属蛇,但从小只是在书本上认识蛇,什么毒蛇呀,蛇蝎心肠呀,农夫与蛇呀,对蛇都是又恨又贬的,只有越剧《白蛇传》是一个例外。

生活中,第一次见到蛇是在当知青时。那是一个春天,我们在水田中耘稻,裤腿卷到膝盖上,说说笑笑地,在烂泥中为秧苗松土。突然,我们发现一条绿蛇在水面上快速游弋,游到我们面前反而弓起身子,昂起脑袋,朝我们瞪起一双绿豆般的小眼睛。啊,蛇!蛇!我们大惊失色,一个个反身撒腿就跑,三步两步跃上田埂,踩倒了一地秧苗。

正巧一位老表扛着犁,牵着牛走过,看见我们这些城里娃惊魂不定的样子问道:"碰见啥了,吓成这样?"

"蛇,有蛇。"我们还是惊慌失措,指着稻田中那条盘着的绿蛇。

老表一见笑了,放下犁,两三步蹚入稻田中,右手抓住绿蛇的尾巴一抖,那蛇的身子马上耷拉下来,老表左手顺势一捋就捏住了蛇的脑袋,几步跨上田埂。"你们谁有旅行剪刀?"老表问道。男知青长脚阿勇马上递上了自己钥匙圈上的小剪刀。这种4角8分钱一把的小剪刀在70年代每个知青几乎人手一把，都吊在钥匙圈上。老表拿起小剪刀，"嚓"，一剪刀下去，蛇身子掉在地上，蛇头扔进了水沟。老表用表演性的动作干完这些后问我们："现在你们还怕蛇吗？"说罢，扛起犁，牵着牛，扬长而去。

阿勇蹲下身，盯着无头蛇身看了一会儿，突然伸出手，三下两下剥去了蛇皮，绿蛇已变成白白嫩嫩的一团肉。"带回去烧汤喝，很鲜的。"阿勇的恐惧突然无影无踪，一脸的狂野和兴奋。

自从目击过老表怎样捕蛇，自从喝过鲜美的蛇汤，阿勇对蛇再也毫无惧色，很快成了知青中的捕蛇能手。只要谁发现稻田里的水蛇，叫一声"阿勇"，他会很快奔过来，右手拎起蛇尾巴一抖，左手顺势捋住蛇脑袋，摸出一把旅行剪刀，"嚓"，一条蛇就马上变成一团细细嫩嫩的白肉。动作干练完美，简直就像一个刽子手。下工时，在池塘里采一张荷叶托着，带回宿舍烧着吃。我们有时候开玩笑地警告他："你要当心，蛇要报复的，小心半夜里有蛇爬进你的蚊帐里咬你一口。你身上，蛇的冤魂太多啦。"阿勇却不以为意，一笑了之，依旧勇猛捕蛇。

蛇年忆旧，想起往日的捕蛇能手阿勇，自然是百感交集，也不知回城后阿勇究竟在干何种职业。当年，阿勇捕蛇果腹是因为他饥饿难耐，尚有情可原，那么现在的日子比以前好过不知多少，怎么饭店里到处变成蛇的屠宰场？有的饭店更是把烹蛇当成招牌菜。现在，每逢聚会，我已拒绝吃蛇，凡有人劝其味鲜美，我就借口自己属蛇，不敢破戒。其实我是不忍心。我想，现在鼠害如此严重，北方的草原都被老鼠啃得稀稀落落,不就是因为鼠的天敌蛇在急剧减少吗?蛇都成了盘中美味,这世界上要是没有了蛇,这生态又如何平衡?

蛇年来临,我这个属蛇的人想大声疾呼:蛇年爱蛇,蛇年不吃蛇。

(2001年1月)

书斋发展史

十多年前刚成家时,我住的是位于浦东的一居室,靠窗放了个写字桌,桌旁靠了个书橱,这块区域就是我的书斋。书桌临窗,窗外就是一片翠绿的田野,推开窗户,清风袭人,带着田野泥土的芳香,让我的头脑格外清醒。于是,将这块地域取名为"清风斋",因为这是虚幻中的书斋,所以不过是在心底喊喊,没好意思大声嚷嚷。后来书多了没处放,就高高堆在书桌上,只剩下二尺见方的地盘用来写字,地盘虽小,晚上在台灯下辛勤笔耕,倒也写出了不少文章。

等我有了儿子,儿子又稍大后,我的住房改善为小二室一厅。我在客厅墙上打了一排借天不借地的空中书橱,在卧室里靠门安放了一张书桌,书不用再堆在书桌上,就觉得宽敞了许多。但书橱在客厅,书桌在卧室,等于是将书斋一拆为二,要查书还得走到客厅,搬个凳子爬上去,殊为不便,于是就自我解嘲地取名为"老半斋",自说自话,将上海的一家老字号食府的大号拿来用了。不过,仍是私下叫叫,不敢堂而皇之用在文章末尾,因为这事关知识产权,不敢造次。

两年前,我又一次幸运地搬家,这次是三室一厅,我把一间五平方米的小间，外加一个三平方米的阳台正式辟为我的书斋。小间朝北，好在连在一起的阳台呈弧形，这样，我的书斋窗户就有着来自东、西、北三个方向的光线，显得亮堂堂。我在书斋墙壁上打了两排书橱，又设计了一个很大的书桌，斜放着一台电脑，又买了一个舒适的转椅。这样宽敞的书桌，在电脑上网之余，我想再读读书、写写字，只需转动一下转椅就行，方便得很。

我的书斋，称得上是鸟枪换炮啦！

然而也有新的问题。书斋朝北，夏天，大清早就有太阳晒进来；下午西晒，太阳又久久不愿离去，酷热难耐。冬天，不见一丝阳光，书斋冷得似冰窖。于是干脆就取名为"炎凉斋"，自我吹嘘是"读古今中外书籍，看人间世态炎凉"，假冒了一回古代士大夫的清高旷达。不过又觉得不妥，"炎凉斋"这名儿，在这世纪交替之时，也太消极颓唐些了吧？所以还是没敢大声叫出来。

更让我心理不平衡的是，即便是这般一个夏热冬冷的书房，我还要和妻儿一起分享呢。妻子是个网虫，儿子是电脑游戏迷，我的书斋，倒是我用的时间少，老婆儿子用的时间多，鹊巢鸠占！结果，我还得回到客厅的饭桌上写文章。看来，利益总是要和别人一起分享的，不是同他人分享，就是同家人分享，国情如此，家情也一样。不过这样也好，书斋的利用率如此之高，也显示出我们家三个市民的文明素质正与这个城市同步发展。

（2000年5月）

我的父母我的家

2009年元宵节前，83岁的老母亲突然昏迷，送进离家不远的同济医院抢救。检查报告显示，急性肺炎，电解质已紊乱。医生当即开出病危通知说，病人极其危险，好还是不好，就在这一两天，家属不能离开，要24小时陪伴。一直在父母身边陪伴的大哥一个电话，五个兄弟姐妹都来到医院探望。

我下班后去看望时，母亲仍在昏迷中，鼻子上接着氧气，手臂插着针管在输液。母亲脸色苍白，人很消瘦，帕金森病已折磨了她17年。母亲刚患病时，只是在发作时难受，肌肉僵硬，颤抖，吃了药，过会儿就缓解了，照样能洗衣、晾衣、做饭；但越到后来，病情越严重，走路歪歪扭扭，吃饭时饭粒会掉地上，穿衣时扣不上纽扣；接着，就只能坐在靠背椅子上，要人扶着走，要人帮她穿衣，喂她吃饭了；再后来，她说的话也有些含混，要仔细辨别才能听懂；最后，她连自己的孩子都认错了，混淆了。看着一生勤劳的母亲一点一点丧失能力、丧失智力，做子女的心很痛，却一点帮不上忙。我也曾领母亲看过多次病，住过几次医院，她还在长海医院开了一次刀，做的是脑神经毁损术，就是在离蛛网膜下面一点点的地方，用高温射频电极手术刀毁损脑神经，能改善肢体震颤、强直，让病人稍稍感觉舒服一些，但危险很大，稍有差池，病人就可能瘫痪在床。手术签字前，面对已剃光头发，脑袋上用红颜色画出手术部位坐在椅子上的母亲，我犹豫了很久，万一手术失败怎么办？但想到母亲发病时痛苦难受的样子，我抱着赌一把的心理，签了字。还算好，母亲手术顺利，难受症状有所减轻，但病情却无法逆转，反而一年一年加重了。

当晚是大嫂陪伴母亲。第二天上午，我请了假上医院。只见母亲呼吸沉重，喉咙里有很多痰吐不出来，护士一会儿就拿着吸痰器来吸，母亲脸上呈现出痛苦状，吸痰器吸出的痰都带着血，我们只能央求护士手势轻些，不要让病人太痛苦了。医生检查后说："恐怕不行了，通知亲人都来见见吧，要有思想准备了。"于是马上打电话，让上班的、读书的孙辈都上医院来见奶奶，看外婆。到下午6时左右，母亲喉咙响了一记，眼角涌出两滴清泪，头一歪，就去世了。医生进来，打了一剂强心针，见无效果，就问："要上呼吸机吗？要切开气管抢救吗？"我们五个子女哽咽着说："不要，就让妈妈去吧，谢谢医生。"是的，母亲受疾病折磨那么多年，她现在解脱了，她永远不会痛了。那天是2009年2月14日。

此时，87岁的老父亲在家里患病在床，不能让他来，不能让他受这个刺激。除了父亲之外的全家人，围着母亲尚有余温的遗体，女儿和儿媳帮她老人家擦脸、擦身、换好衣服，全家人哭泣着、呜咽着，围着母亲一鞠躬，再鞠躬，三鞠躬。

将母亲的遗体送进太平间后，我们就回到父母的家，搭起简单的灵堂。此时,老父亲颤巍巍地从卧室走到客厅,老泪纵横地说:"瑞贞,瑞贞,西天路上一路走好!我也快了,我们很快又要见面的。"我们马上扶父亲进卧室躺下,因为,父亲患胃癌已二十多年,身体很虚弱,他经不起的。

我们为妈妈守了三天三夜的灵,应该的。一个孩子生下来,母亲抱着她的子女起码要抱三年,子女不应该守三天灵吗?其实分摊到每个人,也就是一夜而已。轮到我守灵的那晚,我点燃三支香,恭恭敬敬地向母亲的遗像磕了三个头,望着她的遗像,我思绪万千。

我们的家是一个很普通很平凡的家,我的母亲也是很普通的母亲。但普通中也有些不平凡。我从小没见到外公、外婆,我母亲才16岁时,也就是1942年,外公、外婆就去世了。我估量他们很可能死于日本鬼子的细菌战。2011年10月上旬,日本731部队细菌战资料中心的奈须重雄先生,公布了他新发现的由八篇论文组成的写于1943年至1944年的《陆军军医学校防疫研究报告》,其中,收入761部队军医、日军陆军军医学校防疫研究室少佐金子顺一在1943年12月撰写的题为《PX(感染鼠疫的跳蚤)之效果略算法》的论文。论文写到,1940年6月至1941年11月,731部队在吉林、浙江宁波等地用飞机播撒鼠疫菌,共造成近2.6万人感染病菌。

我母亲的家乡在常熟辛庄。1942年,辛庄突然暴发鼠疫,死了很多人,我外公外婆就是这次感染鼠疫死去的。常熟离宁波不远,如果不是日本飞机播撒的鼠疫菌的扩散,辛庄怎么会突然暴发鼠疫?

母亲告诉我,外公外婆刚刚去世,舅舅就被一些地痞流氓无赖拉进赌场,打了一夜麻将,将外公外婆的几十亩田产全部输掉了。外公是个乡村知识分子，恪守着耕读传家的古训，拥有一房间的书，外公笃信道教，还精通天象，会看风水，常常被人请去指导何处可造房子。外公外婆家境殷实，母亲小时候过的是丰衣足食的日子。但舅舅在赌场上输掉所有田产后，母亲全家的生活马上陷入绝境。后来，我看到余华的长篇小说《活着》，里面有一个关键性情节，就是主人公福贵赌输田产，土改时定为贫农——因祸得福。我母亲家也一样，"地主"大概算不上，或许定个"富裕中农"，最多也就定个"富农"吧，那也是"黑五类"。幸亏舅舅赌输了田产，成了贫农，否则，到"文革"时我们全家的日子怎么过？万幸！

我母亲18岁就和我父亲成亲了。舅舅还算好，没有将妹妹的嫁妆输掉。我母亲说，嫁妆外公早就准备好了。母亲出嫁前，嫁妆装满了一只小船，运到我父亲家。父亲家就在离辛庄二十多里地的洞港泾镇。嫁妆除了被褥，都是各式的桌椅凳台桶盆，漆着好看的红漆。我七岁时到常熟乡下老家去住过一个月，房间里摆着母亲带来的家具，长桌、方桌、梳妆台、圆凳、方凳都有。记得在三年困难时期，全家实在吃不饱肚子，饿得慌，父亲就请乡下亲戚将家具用船运到上海，卖给旧货店。我记得，有一张长桌子卖了29元9角钱，还有一个梳妆台，父亲卖了后，买了一个红灯牌收音机听评弹，父亲是评弹迷、京剧迷。

母亲新婚后就在洞港泾婆家和上海两边轮着住，父亲在上海一家小服装厂做账房先生。母亲结婚后六年未生育，父亲就陪她去看中医，到第七年，生下大哥；再过两年，就有了我。一直到上海要实行户籍制了，父亲赶紧让母亲带着大哥和我到上海，去派出所报进户口,这已是最后一天。要是错过了这一天,母亲和她的子女就是农村户口,我就不是上海人,而是常熟洞港泾人了。

母亲一直说我小时候很好养的,胃口好,一小碗饭倒进些排骨汤,呼噜呼噜就吃下去了,不像我大哥,这也不吃,那也不吃。但也说我从小顽皮,老闯祸。有一次,我伤风感冒,上医院配来咳嗽药水。这药水是甜的,母亲将药水放在五斗橱上,我就搬来一只凳子爬上去,打开瓶盖,一仰头将一瓶药水全喝进肚子。这药水有安眠作用,我很快就爬到床上睡着了。母亲看我一直熟睡了几个小时不醒,觉得奇怪,仔细一查看,才发现我把一瓶咳嗽药水全喝下去了,急忙抱着我上医院。医生说:"不要紧,多喝开水就行,这个捣蛋儿子你要看紧他。"但我小时候就是个闯祸坯。那时候,我家住在西藏中路泥城桥南面的厦门路衍庆里,弄堂后门就是苏州河。我家住在弄堂的三层阁,房子很小,下二楼要走十几级石头楼梯,我下楼梯时好几次从石头楼梯上滚到二楼,到现在我的前额还是凹凸不平的,就是那架石头楼梯给我留下的痕迹。还有一次,我躺在床上,手拿两粒铁蛋子放在嘴边玩,一不小心,一粒大的铁蛋子滑进喉咙里,钻进肚子,我吓哭了。母亲马上背着我上医院。医生教我母亲:"回去做韭菜饼让你的捣蛋儿子吃,大便时让孩子坐在痰盂上,拿根细木棍捣一捣,铁蛋子会拉出来的,要是出不来,再来看,那就只有开刀了。"母亲吓坏了,回去就上菜场买韭菜做饼,让我多吃。我喜出望外,闯了祸还有好香的饼吃!第二天,铁蛋子就拉出来了,一场虚惊。母亲这才松了一口气,一颗吊着的心才放下来。

我大妹出生时,最高兴的是我父亲,每天下班回家,走到底楼就会喊"三小姐，三小姐"，一路喊到三楼。前面两个是儿子，第三个是女儿，父亲整天都兴高采烈的。但是，乐极生悲，大妹八个月大时发了一场高烧，患上小儿麻痹症。父亲说，大妹病重时气若游丝，邻居劝母亲放弃，母亲哭着抱紧女儿再次上医院，在医院接了三天三夜的氧气才救回一条小命。命虽救回，但大妹烧退后四肢瘫痪。医生说，这是父母太疼爱了。如果发烧时不抱着到东到西看医生，就让孩子躺在床上，不要动她，要么病重不治，要么烧退后最多瘫痪一个肢体，不会有四肢瘫痪的严重后果。

　　大妹瘫痪后，我有点记事了，我就记得母亲一直在悄悄流泪，无缘无故地流泪。正因为大妹从小残疾，所以在父母眼里就格外受宠爱，这宠爱明显含着一丝内疚。但父亲母亲那时不懂治疗小儿麻痹症的科学知识啊，有啥好自责呢？我记得，母亲每天早上起来，做完一些家务活儿后，就帮大妹穿衣，帮她洗脸刷牙，为她准备早饭。晚饭吃好后，母亲先去洗净碗筷，擦完桌子，然后就去端水，帮大妹洗脸、洗手、洗脚，天天如此，一直到大妹结婚为止，从未中断过一天。而且我父母一直在坚持不懈地为大妹找医生治疗，把家里所有值钱的东西都卖了，为大妹治病。当时西藏法海喇嘛在上海开诊所，用艾灸治病，人称"活佛"。我母亲就抱着大妹去治疗一年，治好了大妹的颈椎、腰椎，大妹可以坐直，可以灵活地转动头颈，原本只能躺着的人，可以坐起来了，可以靠移动板凳在房间内活动，她的世界比原先扩大了很多。父亲从报纸上知道苏联专家在青岛治疗小儿麻痹症，马上买好船票，让母亲抱着大妹去青岛让苏联医生看，只是看了三个月也没有什么效果。后来，我父亲找到新华医院，医生用中西医结合的办法，在我大妹的关节部位开刀，连续治疗四年后，我大妹能站立，能拄着拐杖在房间里走路，几乎是奇迹了。

　　本来，我父母生了大妹后不想再要孩子了，大妹瘫痪后，他们想法变了，想再生个妹妹与她做伴，等父母老了后，也好帮助姐姐。女孩子生活上的事，哥哥是插不上手的。天如人愿，我小妹妹就来到人间。小妹出生时正好是1960年，自然灾害之年，母亲营养不良，没有奶水，奶粉也配给得很少，小妹得了软骨病，到四岁才会走路。她小时候爱哭，母亲就让我小妹骑在我的头颈上，骑出去看风景。小妹长大后就责怪妈妈："我在你肚子里，你一直哭，所以我生出来也就一直哭，是受你的影响。"

　　过了三年，我小弟弟又出生了，那时我已10岁，懂事了。我就觉得母亲太辛苦，挺着个大肚子，还要买菜、做饭、洗衣，从早忙到晚。我弟弟出生那天，母亲一直忙到下午三点，再把晒了一天的被子收进来，自忖时间差不多了，就提着个网线袋，里面装着洗脸盆、毛巾、牙刷、替换衣服，自己走到公共汽车站，坐68路公共汽车，到第二纺织医院妇产科去生孩子。到医院后，医生一检查就惊呼："怎么算得这么准？"马上让我母亲进产房躺下，过了一个小时，我弟弟就出生了。父亲知道后有些后怕，埋怨母亲胆子太大。母亲镇定地说："我生过四个孩子，我心里有数的。"

　　父母亲觉得有五个孩子，负担很重，这才决定不能再要孩子了。那时候，我们家已经搬到甘泉新村两万户房子里。甘泉新村是市郊结合部，蛮荒凉的。生了我小妹妹后，家里人口多，房子紧张，政府就分配一套天潼路沿马路的房子给我家。这里原先是一家粮店，楼上一间，楼下一间，但租金要七元多，父亲嫌贵，就和厂里的同事换房，我们就住到甘泉新村去了。这件事可看出我父亲的不现实，谁愿意住到生活不方便的郊区啊！可是，天潼路房子好是好，但七元多的租金父亲确实也付不起。这时，父亲的工资已从每月119元减到79元，政府号召企业高级职员减工资，父亲就响应号召，报了名，结果是主动报名的都减了，没报名的都没减。我的父亲太天真，太没有心计。1958年，我父亲所在的小服装厂合并到国营上棉二厂。1959年，号召知识分子下放劳动，父亲是会计，也算是个知识分子，他又主动要求到嘉定农村去种田一年。农忙时，有一个月没有给家里写信，我母亲急死了，以为父亲出了什么事，就将我大妹托给邻居，她带着哥哥和我，坐上到嘉定的长途汽车找父亲。我记得，那时嘉定还有城墙，汽车开到西门，下车后，我们每人叫了一辆自行车，一直踏到我父亲下放的村庄，见到了父亲，也认识了我父亲的房东老阿奶。我家从衍庆里搬家到甘泉新村时，嘉定老阿奶还专门坐车来我家帮忙，住了一夜再走的。

　　从嘉定下放回来后，我父亲因为长期失眠、偏头痛，不愿当会计，到车间里去开铣床。他的师父比他年轻多了。父亲不做知识分子做工人，脑力劳动变为体力劳动，精神压力小了，他的失眠症倒也好了，人也胖了一点。他每周早班中班地轮转，中班回来，先要听听广播，怕影响我们休息，开得很轻，没想到"文革"中被他的同事检举："半夜收听敌台。"认识的同事住一起的弊病暴露无遗，这时父亲一定后悔搬到甘泉新村了吧？

　　尽管从厂部来到车间当工人，父亲仍是车间里的秀才，车间主任有什么工作计划、工作总结要写,都喊我父亲代劳。我父亲也喜欢写写弄弄,有一次,还代替车间主任在全厂做过一个以增产节约为中心的报告。我父亲穿着中山装,戴着眼镜,斯斯文文地坐在台上,被人误认为是《文汇报》记者来工厂采访。可能是我父亲多次向童年的我重复这件事,使得记者这个职业在我心中高大起来,长大后我选择报人作为我的终身职业,和我幼年时受父亲的影响大有关系。

残疾的大妹在慢慢成长,父亲要为大妹做一件事。他将母亲留在乡下的剩余陪嫁家具运到上海来卖掉,筹备了近200元钱,为大妹造一辆可移动的生活车,将来大妹吃饭、睡觉、大小便都能在车上解决,这其实又是一个不现实的想法。他非常投入地做这件事,下班后及休息天都去淘旧货,买来旧钢管、垫子、轮子,请厂里的老师傅帮忙,忙碌了一年多。待车子做好后,才发现,车子自重太重,轮子太小,推起来太费力,但车已做好,没法改做了,只能放在家里占地方。倒是做大车时的副产品,一辆四轮小残疾车蛮轻便的,大妹可以坐着,让别人推着去上小学。

甘泉新村第三小学,我读五年级,大妹读一年级。大妹的老师很疼她,专门在班里选了两个女同学送大妹上学,放学再送回家。两位女同学一直接送大妹到高中毕业,成了大妹一辈子的闺密,现在都升级做奶奶、外婆了。

童年的我是皮大王,精力过于旺盛,一点也不让父母少操心。有一次,在新村草地上玩,见地上有一块小石头,就捡起来,奋力朝草地外扔出去,哪知用力过猛,将草地旁二楼一户人家的一块玻璃窗打得粉碎。到了晚上,这家大人上门告状,我挨了父亲一顿臭骂。父亲第二天请了半天假，配好玻璃，上门帮人家重新装好，再次道歉。

顽皮归顽皮，但我的学习成绩很好，在班里一直是第一名。班主任赵婉珍老师让我当少先队中队主席，可惜我是烂泥糊不上墙，玩疯了，学校中队主席下午开会我都会忘记。当年最爱玩的是打玻璃弹子，远远瞄准，大拇指一发力，击中，这粒弹子就归我了。一双手，在地上玩得是墨墨黑，脏得要命。有一次，打玻璃弹子打得正兴奋，猛然想起中队主席开会，连忙赶到学校，会议已结束了。赵老师实在无法可想，只好让一位稳重的女生替我，安排我当中队学习委员，为班级出墙报，为同学订阅《少年报》。但我这个马大哈，又把同学的订报款遗失。在当时，十多元钱不是一笔小数字。是赵老师自己出钱，帮我将订报款补上。我真幸运，遇上一位这么好的老师。

当时的民风淳朴。父亲在休息日会想法子改善生活。有时是包馄饨，买来荠菜和腿肉，全部洗净，切细，拌匀，包好煮熟，邻居每家盛一碗，喊我们这些孩子送去。有时是做菜包子，买来青菜，洗净，煮熟，切细，包好，在蒸笼里蒸熟，合用的厨房飘出好闻的香味，父亲又喊我和大哥给邻居每家送两个尝尝鲜。踏进邻居家门，迎接我的是大人亲切的笑脸和真诚的感谢声。我小弟婴儿期时母亲奶水不足，这是她的第五个孩子，人到中年的母亲已气血两亏，自然没奶水，正好隔壁刚产下女儿的年轻妈妈奶水太多，胀得难受，于是就抱了我小弟去哺乳。这下我小弟享福了，小脸长得圆圆的，手臂一节一节，像嫩嫩的莲藕，像极了吃饱后心满意足的一只幸福的猫咪，于是起个小名叫阿咪。

从我小妹出生到我小弟出生，正逢三年困难时期，家里日子过得很苦,每天都是饥肠辘辘,包馄饨,包菜包子,只是老百姓偶尔的苦中作乐,再苦总要找点乐趣,让生活有点希望,让脸上有点笑容吧。平时,我家天天中午吃茄子面糊糊。就是将茄子切碎炒熟盛起,再烧一锅开水,将面粉中加入很多水捣成糊状,放进煮开的大锅,再放进煮熟的茄子,一碗面粉变成一大锅面糊糊。呼噜呼噜喝进两大碗,好像吃饱了,其实没多少粮食,都是茄子和水。我上课上到一半就会感到肚子饿。茄子,是我和我哥晚上去帮送菜进城的农民推车换来的。我家住的甘泉三村,隔一条河就是嘉定长征人民公社,农民晚上送菜进城要经过我家门口的路,路上有座小桥。农民骑黄鱼车上桥骑不动,必下车拉着走,我们就在桥头守着,看到车来就帮着推一把,下桥时,农民会送几根茄子回报。等到红薯上市,母亲就会喊我到粮店排队买红薯,一斤粮票可买7斤红薯,能让我们吃得饱一些。父亲还学会了养兔子。在楼梯下的空间里放一只木条钉的兔笼,买来两只幼兔,我们就天天将家里的菜叶喂兔子。一只兔子生病死了,一只养得非常肥大,等到有一天父亲休息,他就把肥兔杀了。杀兔子很残忍的,父亲听说杀兔子不放血的,要活活摔死了再剥皮。父亲闭着眼睛抓起兔子狠命往地上摔,只一下,就把兔子摔死了。一边是他五个饥肠辘辘的孩子,一边是亲手养大的肥兔,父亲没的选择,只能狠心。

等我长大些,每逢暑假,我和大哥会去乡下钓鱼。从我家大约走一小时的路,还是长征人民公社的地盘,农民在家门口的小河里养着鱼,允许我们钓野生的鲫鱼、黑鱼、鳗鲡,只要不钓养殖的鲤鱼、草鱼、青鱼、鲢鱼就行。一般我们兄弟都会有所收获的。钓鱼有一整套的程序。前一天,先要到乡下的养猪场去挖红蚯蚓,这是鱼的饵料。

钓竿是简易的，到处都有竹子墙篱笆，抽出一根头细根粗有韧劲的，在渔具店买来鱼线、鱼钩，装上就成了，还要带上一把大米，这是要撒在河中引鱼的。清晨，天还没亮就要出发，等天边朝霞升起时，我们已经到了河边，撒下大米，将红蚯蚓穿上钓钩，就等着鱼儿上钩了。中午，吃点家里带来的干粮，下午3点开始往家里赶，如果运气好，晚上餐桌上就有一大碗红烧鲫鱼。钓鱼全是碰运气。有一次，我随一位邻居叔叔去钓鱼，一天下来，我一条鱼也没钓到，叔叔钓到好几斤，我很懊恼。但到晚上，叔叔烧好鱼后，给我家送来一大碗，让我感到很温暖。有一次，我手气很好，鱼儿接连上钩，钓到一条约有一斤重的鲫鱼，还钓到几条青鱼，青鱼我放回河里了，要是不放回去，被农民看到会挨打的。我很兴奋地回家。此时，正好我好婆来到上海，她说这么大的鲫鱼，要去买点肉，做一道鲫鱼塞肉，是美味。依了好婆，母亲去菜场买了肉糜，塞在鲫鱼肚子里，红烧后，果然美味。

我还学会了养鸭子。一天，父亲下班带回6只小鸭子，毛茸茸的，很好玩。我自告奋勇承担起养鸭重任。开始时，给小鸭子吃点菜和饭，等小鸭稍稍大些，我扛起小铁铲，下课后，到附近的农田里去挖蚯蚓。蚯蚓是鸭子的最爱，每天我走进窗前的小院子，6只鸭子已在巴巴地等我带来好吃的。我将小铁桶里的蚯蚓扔在地上，6只鸭子你争我夺，扁扁的嘴巴咬住一条蚯蚓，长长的脖子一伸一伸，蚯蚓就进了鸭子的喉咙。这6只鸭子，5只是公的，1只是母的。5只公鸭，长大后杀了吃掉了，1只母鸭，留着生蛋。这只母鸭真是争气啊，我每天去为它挖蚯蚓，它就每天下一个青白壳的大鸭蛋，这些蛋，我母亲舍不得吃，全都藏起来。到立夏季节，父亲就开始做咸鸭蛋。这咸鸭蛋很好吃，中间还有一汪的油。这只母鸭，成了我的朋友。我放学回来去看它，它会伸缩着脖子和我打招呼，口里"嘎嘎"地叫着，好玩极了，我开始相信畜生也是有灵性的。后来，这只鸭子在我家搬离两万户工人新村，重新搬回到市区里弄后，它不适应没有小院子的生活，死了，我很伤心。这只母鸭，为我家下了几百个大鸭蛋，为我家改善生活做了大贡献。

街道见我家生活艰难，就介绍我母亲去家附近的一个酱菜加工厂工作。母亲的工作，就是腌酱菜。这工作是在露天做的，夏天顶着烈日炎夏，冬天裹着风雪严寒。夏天还能熬，到了冬天，母亲的手生着冻疮，肿得像馒头一样。有一次切大头菜，母亲差一点将自己的手指头给切下来，只好回家养伤。母亲从小是被外公娇宠惯的，没吃过苦，这么艰苦的工作她做不来的。这又要说说我父亲理想主义的性格。母亲年轻时有工作，在一家毛巾厂做检验工，但怀了我大哥后，父亲就让母亲辞去工作，安心在家安胎。父亲觉得自己有能力养活老婆儿子。那时的风气，老婆外出工作，老公会觉得没面子，女人是应该在家里做家务的，他没想到他的高工资后来会被减去。母亲实在做不了酱菜厂的工作，街道又将母亲介绍到冠生园糖果厂去做包糖的临时工，用手工包大白兔奶糖，每天要包80斤。这工作虽然也很累，但蛮适合母亲的，看着一粒粒大白兔奶糖从自己手里包出来，母亲很有成就感。这工作，她一直做到退休。

"文革"开始了。父亲因为以前给车间党总支书记提过意见，有时也自吹在小服装厂做会计要和三教九流甚至地痞流氓打交道，又有人揭发父亲半夜里偷听敌台广播，于是就被打成"漏网右派"，拉上台陪斗。这时，我们家还住在工人新村，我家的前后左右住的都是父亲的同事，于是我们家几个孩子立刻在小伙伴中受到歧视。这真是个疯狂的年代，平时都蛮要好的小伙伴，竟手拉手在我家窗口前大喊："揪出王柬之，打倒王柬之。"王柬之，就是小说《苦菜花》中暗藏在革命队伍中的地主汉奸。父亲被怀疑是暗藏在工人队伍中的"王柬之"。有时，一家人正在吃饭，窗口突然飞进几只煤球，到窗前一看，一个人影也不见。

学校停课了。一天上午，学校闯进一群从北京来的红卫兵，穿着军便装，戴着红袖章，手持铜头皮带，将我们平时又敬又怕的校长一顿铜头皮带打得满脸鲜血，然后将全体同学集合到操场上，宣布全校立刻停课闹革命。从这之后，我经常见到新村里"地富反坏右"黑五类子女无缘无故被同龄人又踢又打，非常可怜。目睹此景时，我从心底里感谢我的舅舅输光了外公的田产，要是他被定为"富农"，我的家庭肯定要受牵连的，也许挨打也有我的份了。

停课后，我无所事事，开始去练武，学少林拳，学摔跤，学玩石锁，举杠铃。我要锻炼身体，应付可能的不测。我身边还藏着一柄尖头的铁家伙，是我从父亲的工具箱里翻出来的，我要用它防身。一天早晨，父亲去上班前问我："如果人家打你了，你怎么办？"我看到他忧虑的神情，想让他放心，就从口袋里掏出这柄尖头铁家伙说："没人敢打我，谁敢打我，我就和他拼命。"不料，父亲劈头给了我一记耳光说："你要闯穷祸啊，闹出人命怎么办？"父亲收走了我的防身武器，关照我在家里读书，不许出门玩。到了这时，父亲这才觉得，和同事住在一起很不利,自己有什么事要牵连子女的。我们家终于搬离工人新村,和别人换了很差的房子。父亲不想让自己的孩子受人欺负,只能这样了。

过了三年,大哥上山下乡去了。再过一年,我也到江西生产建设兵团务农。那年,我还不到17岁。离开上海那天,父母亲去送我。在上海北站,父母亲对我千叮咛,万嘱咐,要我当心,要我保重身体,说了又哭,哭了又说。火车要开了,汽笛一声响,车上车下的哭声之响亮,竟似地动山摇、排山倒海一般。

八年上山下乡光阴一晃而过,"文革"被彻底否定,高考制度恢复,知青返城,我考取复旦大学新闻系,大哥顶替了母亲的工作回到上海,母亲退休。再过四年,我大学毕业,父亲退休。弟弟妹妹也先后工作。父母亲养育五个子女的任务,终于完成。他们的五个子女,四个是有一定技能的劳动者,残疾的大妹,年轻时因热爱读书学习被纪录片导演陈光中拍入《莫让年华付水流》,这是20世纪80年代影响很大的纪录片,现在她已成为小有名气的京剧票友,坐着轮椅登台表演余派老生唱腔,有板有眼,韵味浓郁。大妹最像我父亲。想想我的父母真是不容易。我记得,老年父亲常说一句话:"人生难熬苦中年。"

也因为中年时过于辛苦操劳,父母都过早衰老。父亲退休后即患胃癌,万幸发现早,手术早。母亲精心服侍父亲,为父亲煎了十年中药,为父亲的长寿立下汗马功劳。她还要帮着带孙辈。而后,母亲也患了帕金森症。从这时起,五个成年子女开始照顾患病的父母亲。

母亲去世一年半,父亲在过完88岁生日后,也因心肺衰竭去世了。母亲走后，他晚上睡觉一直梦见母亲，我去看他，他好多次说过："你娘昨晚上又来过了，叫我跟她回家去。"是有这种说法的，来到人间是旅行，离开人世是回家。他去世前那个晚上，在中山医院重症监护室，我陪着他，他有话要对我说，但已经没有力气说话。我扶他坐起，拿出一支笔、一张纸对他说："你就写下来吧。"父亲费力地歪歪扭扭写了"5个子女好"，就写不动躺下。看着这五个字，我很感动。啊，父亲，我们只是尽了做子女的本分而已，子女再有孝敬心，也不可能超过父母对子女的爱心啊！

父亲去世时，同母亲一样，眼角也挂着两滴清泪。这眼泪是他们对人世的留恋，对子孙的牵挂。我们和母亲去世时一样，他的儿孙全部到场，看着他停止呼吸，拒绝医生割开气管抢救，为父亲擦身，为父亲更衣，为父亲默哀，为父亲守灵。

啊，我的父母我的家。朱炳生和张瑞贞，平凡普通的中国父母，65年相濡以沫，支撑起一个平凡普通的中国百姓家庭。

（2014年2月16日）

老弄堂风情琐记

为逃避伤害而搬家

1967年,我14岁。那年,我家从甘泉新村搬到昌化路的一条老弄堂里。搬家的原因,是因为我父亲突然成了"漏网右派",在厂里被揪上台陪斗。何谓陪斗?据说是罪行尚不算太严重,但不施以惩罚就等于放纵了"右派"言论,所以绝不放过。我家的四周,都住着父亲厂里的同事,父亲成了"漏网右派"被揪斗的消息,当晚就在新村里传开了。

正是"文革"刚刚开头的疯狂年月,平时很熟悉的一些小伙伴,听闻我父亲是"漏网右派",竟然手拉手站在我家窗前,高呼:"打倒,打倒!"我父亲心情大受刺激,他怕家人受到他的牵连,孩子受到伤害,决意换房子搬家,搬到没有同事的地方去,为的是躲避那些年轻的革命狂热者来骚扰他的家人。

搬进都市里的小村庄

我家就搬到昌化路的老弄堂去了。这是一条很深很长的弯弯曲曲的弄堂，地上是蛋格路，皮鞋走在上面，发出清脆的"笃笃"声。房子很旧，两层楼的旧式石库门房子和一层楼的本地农民房子混居在一起。我家是一间本地农民房，外面隔出一间厨房间，放一个煤球炉，一张吃饭桌子，墙上挂一个吊橱放碗筷。里面是一间昏暗的卧室，卧室上面搭出一个阁楼，也是一间卧室，一架楼梯搁在墙边，晚上要睡觉就架起楼梯爬上去。阁楼上朝南开了一个老虎天窗，晴天有阳光照进来。门口，有一个水井，井水清洌，冬暖夏凉。夏天用来冰西瓜，冬天用来洗衣服。水井台上装了个自来水龙头。这个水龙头五户人家合用。我的邻居，左面一排的本地农民房里住着三户人家。老弄堂习惯按籍贯来称呼邻居。我母亲被称为苏州阿姨，我就分别将这三户邻居的女主人称为太仓阿姨、宁海阿姨、无锡阿姨。右面一套是独立的本地农民房，住着一位老阿奶和他的儿子一家。老阿奶是上海本地人，她的几户邻居住的房子，原本都是她家用来出租的，新中国成立后，剥削受到鄙视，老阿奶就将出租的房子捐给国家，她自己住的那套房子算是私房，不交房租，但修房子的钱都要自己出。老阿奶节俭，所以这套私房显得格外破旧。老弄堂到这里就到了弄堂底，隔着我邻居家的是江宁路第三小学，大门开在江宁路上，和我的邻居隔着一道围墙。我的家不与外界相通，倒是很安全，很像是都市里的小村庄。

没有隐私的老弄堂生活

弄堂外面,是昌化路小菜场,北到淮安路,南到昌平路。菜场也是一条蛋格路,两边是菜摊,每天清晨3点钟起,菜场就开始热闹起来。昏黄的灯光下,一个个摊位摆上了各种蔬菜、豆制品、肉、鱼、蛋。摊位前系着的一只只篮子,到了5点钟开秤前,就会变成一支支长长的队伍。而豆制品和肉鱼蛋都要凭票限量供应,有钱也买不到。

搬到老弄堂后,果然没有人来我家扔煤球了。但这不是我父亲的神机妙算,搬进了世外桃源,而是风向变了。我父亲的所谓"右派"言论,其实就是向车间党总支书记提了一点意见,结果被夸大成"向党进攻""恶毒攻击"。但世事难料,"文革"开始将斗争矛头指向当权派。现在,倒是那个车间党总支书记天天被人批斗了。其实,瞎斗个啥呢?大家都安安稳稳的,大人努力工作,孩子好好读书,过好自己的日子,才是老百姓的心愿。

老弄堂里的日子,正是体现了这样的愿望。每天早上5点钟,一个推着粪车的中年人就摇着铃铛走进来,摇几声铃铛,张开口就唱:"亲爱的同志们,马桶拎出来,还有两分钟。"这男中音,还蛮好听的,有韵有味,有腔有调。这个男子的铃铛和唱腔,就像家庭主妇的起床号。女人穿衣起床,"吱呀"一声,门开了,一只只马桶拎到粪车旁。男子接过马桶,倒进粪车,嘴巴里继续唱着"亲爱的同志们",走远了。而弄堂里刷马桶的声音响起来了,一片"唰啦"声。洗完马桶,女人拎着菜篮子去菜场买菜,男人和孩子还在梦乡。等到女人买菜回来，天色已亮，于是喊孩子起床，拉开昨夜封好的煤球炉子，开始烧早饭。早饭几乎家家都一样，昨夜吃剩的饭，加进开水，放在炉子上烧开，就着酱瓜、萝卜干，或腐乳、咸菜，呼噜呼噜吃下两碗，男人拎着包上班，孩子背着书包上学。如果这家的女人干的是三班倒的苦活儿，那么有时就轮到家里的长女或男人来倒马桶、买菜、烧早饭。

夏天的夜晚，是老弄堂风情最浓的时候，饭桌就搬到弄堂里。父亲喊我去为他买一大杯散装的啤酒，就着不多的几个菜喝啤酒，是父亲的最大享受。工厂里的福利——带回来的酸梅汤，放进网线袋，沉到井里冰着，买一个西瓜也沉在井里冰着。那时，没有冰箱，门口的水井，就是公用冰箱啊。吃完饭，洗了碗筷，搬一个躺椅在弄堂里乘凉，聊天，吹吹凉风，就很开心了。

老弄堂里的住户几乎没有隐私。因为房子太小，墙壁就是一层木板，不隔音的，说话声音大点，隔壁人家就听到了。夫妻吵架，打孩子，为什么吵，为什么打，隔壁人家知道得一清二楚。一家来了客人，就像是大家的客人，全部笑脸相迎，一点也不见外。有一年春节，父亲的一位朋友从新疆回上海探亲，特地来看父亲。老弄堂弯弯曲曲，朋友迷路，是几个顽童带他来我家。客人还未进门，七八个顽童已在椅子上坐好，客人连坐的位子也没有了。母亲赶他们走，一个男孩抗议："又不是你们家的房子，这是国家的房子！"隔壁的无锡阿姨好奇地凑在窗口一看，大声喊道："哈，嘎胖！大胖子哇！"举动看似无礼，其实是在表示对客人的亲热。新疆叔叔送来的一大包葡萄干，在"文革"中，是珍贵礼品，父亲给每家邻居都送去一些，甜蜜让大家分享。太仓阿姨、无锡阿姨、宁海阿姨、本地阿奶都连声地感谢。

弄堂外面的世界，在武斗，在打派仗，斗得天昏地暗，星月无光，而老弄堂里老百姓的生活，穷归穷，倒也蛮有生活乐趣。

邻居们的沧桑故事

大嗓门的无锡阿姨，年轻时一定是个美人胚子，近五十的年纪了，还是唇红齿白，风韵犹存。无锡爷叔国字脸，相貌堂堂，年轻时也是个帅哥。据说，新中国成立前他是纺织厂里的工头，技术很好。那时还没有江宁路小学，老弄堂通江宁路。无锡阿姨上班的时候，家里常常有纺织女工上门，热闹的时候，前门进，后门出，可见无锡爷叔多吃香，多受用。新中国成立后，无锡爷叔不敢再犯生活作风错误，花心收拢，一心一意和无锡阿姨过日子，生了六个孩子，一男五女。四姑娘小名叫小妹，整个老弄堂的姑娘数她最美，鹅蛋脸，大眼睛，乌黑粗大的辫子长及腰间。老弄堂里的男青年，都是小妹的追求者。无锡爷叔的儿子考不上大学，"文革"前去了新疆，"文革"中结婚，带了新娘子回上海探亲。无锡爷叔有一张定期存折，存了1000元钱。当时是很大一笔钱啊。儿子回上海结婚，无锡爷叔花钱如流水一般，1000元的存折上，只剩10元钱，花掉990元。儿子回新疆时，行李箱有二十来件，里面装满了大米、咸肉、火腿、白糖等，全是吃的、用的。当时，上海去乌鲁木齐的火车是半夜里开的。无锡爷叔动员起老弄堂里二十来个小青年去火车站帮着扛行李，我也在其中。我猜,这些男青年大概都是小妹的暗恋者,都是为了讨好小妹才来的吧!我扛着一个木头箱子,里面是一箱子米,沉得要死。火车开始检票时,我嘴里咬着一张送客站台票,脊背上驮着这箱米,用最快的速度拼命朝火车跑去,跑到车窗边,已有两位精壮的青年人在接应。二十来件行李,行李架上摆了长长一排。

太仓阿姨、太仓爷叔是和小儿子住在一起的。大儿子在苏州工作,小儿子在上海工厂里当助理技术员。读技校出身的人,能当上助理技术员不容易。太仓阿姨很为小儿子骄傲。在小儿子23岁时,在老弄堂里找了一个贤惠勤快的姑娘做毛脚媳妇,只等小儿子转为正式技术员就结婚。哪知,乐极生悲,当厂里举办转正仪式时,小儿子突然昏厥倒地,口吐白沫,尿屎撒了一身。厂医闻讯赶来,一搭脉搏,小儿子竟然已过世了!兴奋过头是表象,真正原因是小儿子患有严重的心脏病,猝死!太仓阿姨最宠爱的小儿子突然夭亡,她从此就一蹶不振,脸上再也没有笑容。

宁海阿姨和爷叔都是高个子,生了三个孩子。这对夫妻的感情维系方式蛮奇怪的,三天两头吵,感情却越吵越要好。有一次,夫妻俩在井台上吵起来,宁海爷叔要再生一个孩子,宁海阿姨不愿意,说养不起了。宁海爷叔生气地说:"你不愿意再养,那么,这三个小囡我也不养了。"宁海阿姨沉下脸来,将洗到一半的衣服朝脚盆里一掼,脱口而出一句粗话:"这三个小囡不是你操出来的啊?你想不养就不养啦?"宁海爷叔连忙"收篷转舵",赔着笑脸说:"难听死了!我养的,我养的,好了吧?"宁海阿姨余怒未消:"你敢不养?你敢?试试看?"井台上的阿姨们听了,都忍不住掩着嘴笑。笑什么?本该被窝里说的悄悄话,却在公共场所说!后来,宁海阿姨果然没有再生养小孩,她比老公凶。

  本地阿奶高寿而终。阿奶年轻时,人参吃多了,生命力健旺。临终时,一口气怎么也断不掉,看看断气了,家人正要举哀,老阿奶却又醒过来。如此这般一周后,才撒手西归。

  在老弄堂住了三年后,我 17 岁,初中毕业了,就去了江西生产建设兵团,务农。再后来,我家也搬走了。但老弄堂的种种风情,却一直藏在我的心底,想起来,会觉得很温暖。

(2014 年 8 月 26 日)

我是"两万户"少年

上海最后一批"两万户"——长白新村的百余户居民，2016年夏天完成动迁。至此，上海"两万户"成为历史。读着《新民晚报》的这篇新闻，我的心里浮想联翩。因为，我曾经是"两万户"一个少年。

"两万户"是上海工人翻身的标志。上海解放时，很多产业工人住在伸不直腰的棚户区里。当年，沿苏州河，形成了有名的"三湾一弄"（潭子湾、潘家湾、朱家湾、药水弄）棚户区贫民窟。上海市政府从1952年起，在普陀区、杨浦区造了两千幢两层楼建筑，可入住两万户居民，这就是"两万户"建筑的历史来由。据说"两万户"建筑是模仿苏联集体农庄样式。苏联集体农庄底楼养牛养马，二楼住人。上海"两万户"建筑底楼住五户，二楼住五户，底楼有两个五户合用的厨房，四个蹲坑公共厕所，虽然简陋，但对原住在棚户区贫民窟的产业工人来说，确实是解放翻身做主人。

我家原住在黄浦区厦门路衍庆里的一间三层阁，房间不到10个平方米。在我小妹妹出生后，家里有六口人，实在是太挤了。房管所给我家新分配了住房，在天潼路马路边，原先是一家米店，楼上楼下共28平方米，无煤卫设备，房内有一架楼梯。几乎就是简易小别墅啊！这么好的房子，房租就很贵，每月要7元5角租金。我父亲每月工资79元5角，要养活包括好婆在内的七口人，怎么住得起这么贵的房子？父亲就在中午吃饭时和厂里的几个同事说起这件事，正好有个同事住在普陀区甘泉新村"两万户"里，房租便宜。同事是双职工，经济条件好，愿意帮父亲解决困难，和父亲交换住房。我父亲特地在星期天去看了房子。底楼一室至五室，二楼六室至十室，一、五、六、十是大间，其余是小间。大间20平方米，小间15平方米。我家要交换的房子在二楼，是大间，一道板壁隔成一大一小两间。房租是月租金2元，比天潼路的两层小楼少了5元5角。不要小看这5元5角，当时，可是大半个人的生活费啊！

这房子坐落在甘泉三村和嘉定长征人民公社交界处，隔一条小河，对岸就住着说本地话的沪郊农民，往南百米远，过一座小桥，隔着交通路就是沪宁铁路。"两万户"房子间隔较远，房前有一块空地可供孩子玩。几栋房子中间，就辟有一块四四方方的绿地，有树有草。父亲去看房时正值春天，阳光灿烂地照耀着，绿地上，石榴树开出红色的花，蝴蝶在翻飞追逐。脚下的青草散发出阵阵清香。往北一点点路，又有一条小河，河边长着好多大柳树，有人坐在小凳子上，躲在柳荫下持竿钓鱼，很有些桃花源中人的味道。父亲有些陶醉了。他再去查看生活配套设施。走五分钟是甘泉三村小学，走十分钟是朝晖中学。小菜场、卫生站、百货商店十分钟内都可走到。最吸引父亲的是，他看到有人在新村边缘的荒地上种鸡毛菜，有壮汉赤膊短裤，挥锹铲土，将小河两头隔断，持铁桶不停舀水，在"拷河浜"抓鱼。也许这亦城亦乡的生活场景吸引了父亲，他很满意，我家很快就搬过去了。

我原先在黄浦区第四中心小学读书，是五年制小学，上课进度很快，读得很累。转学到甘泉新村第三小学这所六年制小学后，读得很轻松，老师教的课，我都会做，测验几乎都是满分。那时语文课有篇课文叫《玉门速写》，老师教完后，上了一堂作文课，题目是《新村速写》，用两节课时间完成。刚搬来"两万户"不久的我，对工人新村很是新奇，洋洋洒洒写下对新村房子、绿地、马路、河浜、蓝天、云雾的印象。班主任赵老师读后，夸我写得好，在课堂上朗读我的作文。她开心地说，转来了一个好学生！其实，就是一篇对课文的模仿之作而已。

我成了班级少先队中队学习委员，每半个月为班级出一次墙报。下午不上课时，班里好几个小伙伴会到我家来做课余作业，抄写课文，默写生词，做算术题。这叫"开小组"。做完作业后，我像个"小先生"，先检查一遍。赵老师受陶行知教育思想影响，主张学生互教互学，在她教的班里施行陶行知倡导的"小先生"制，指定一些学习成绩好的学生当课余作业组组长，就是当"小先生"。

那个年代，作业负担很轻，讲讲笑笑之间就做完了，然后我们就会和班里其他小伙伴会合，开始玩游戏。工人新村场地开阔，可玩的游戏太多了。女生玩跳橡皮筋。男生玩"斗鸡""跳马"。"斗鸡"，是将人员分成两队，一条腿弯成三角状，形成一个锐角，一只手扶住，用一只脚跳跃着前行，和对手相斗，谁摔倒，就认输出局，看哪一队剩余的"鸡"多，就赢了。"跳马"，是小伙伴轮流做"马"，"马"弯腰站在场地上，从低伏跳到高耸。看小伙伴能跳过去吗？最高一级，是"马"站得笔直，只有头颈弯曲，要撑着"马"的肩膀飞跃过去，跃不过的人，请去做"马"。

夏天粘知了我很喜爱。新村里树多，树上满是知了在鸣唱。怎么将知了抓住？有办法，去找一截自行车内胎，用剪刀剪碎，放铝制小勺里，再放在煤球炉上烤，等到橡胶烧化了，就有黏性，趁热，将橡胶绕在长竹竿的尖梢梢。举着这根长竹竿，就可以去粘知了。站在树下，循着蝉鸣声寻找，看准了，悄无声息地将竹竿靠近知了，轻抖手腕，猛地一叩，就粘住了。但是烧橡胶会散发很臭的味道，每次烧橡胶，就会遭到大人的呵斥。

捉蜻蜓也很好玩。每当乌云密布暴雨来临前，新村小河边，会有大批的蜻蜓低低地飞来。先脱下身上的汗衫，朝蜻蜓密集处突然抽扑，必然会跌落一只或数只蜻蜓，捉住一只蜻蜓，用细线将它绑在小竹竿上，将小竹竿随手挥舞，蜻蜓就会尾随着盯在绑住的蜻蜓身上，等它盯上来了，将竹竿轻轻收过来，一捉一个准。捉到蜻蜓，我会放进蚊帐，用它来驱赶蚊子。早上醒来，看到蜻蜓有气无力地停着不动，我不忍心了，就将蜻蜓放生。

我还学会了钓鱼。先去掘红蚯蚓。红蚯蚓生长在养猪场的猪粪里。走过新村小河没多久，就是长征人民公社的一个养猪场，在猪粪与泥土的混合部往下挖，就能挖到红蚯蚓，有时候，一挖就是一大团。红蚯蚓是群居的。将红蚯蚓拌些猪粪及泥土放在罐子里，第二天天蒙蒙亮时起床，掘一点红蚯蚓装在火柴盒里，手持钓鱼竿就和小伙伴出发了。我们钓鱼的河浜,其实是农民的养鱼塘。我们用红蚯蚓做鱼饵,为的是只钓野生的鲫鱼。钓农民养殖的青鱼,要用蟋蟀或者比蟋蟀大的昆虫叫油葫芦来钓,青鱼喜欢吃。钓鲤鱼,要用烧得很硬的糯米饭。这些知识都是在钓鱼中慢慢学会的。

离我家五分钟路,有一家卖油盐酱醋的小店,新村居民称为小合作社。边上,有个小人书的小摊,摆着各种连环画,两分钱可看一本。20本一套的《三国演义》连环画,我就在这个小书摊上看完。离我家十分钟路,是新村图书室,供外借。我是小孩,不能办借阅卡,就用父亲的卡,借看了好多长篇小说。记得有《铁道游击队》《敌后武工队》《烈火金刚》《野火春风斗古城》《青春之歌》《播火记》《高粱红了》《创业史》《艳阳天》等。

无忧无虑的日子过得很快,一晃,小学六年级快毕业了。考什么中学呢?赵老师建议我考上海中学,起码也要靠进市重点曹杨中学。我对自己也很有信心。

但是,"文革"来了,学校停课,我们平时很害怕的表情严肃的校长,也被北京来的红卫兵的铜头皮带打得头破血流。中考、高考停止了。连空气中,似乎都弥漫着紧张的斗争的气氛。

有先兆。1966年夏天,电台里一直播一首歌:"天上布满星,月牙亮晶晶。生产队里开大会,诉苦把冤申。万恶的旧社会,穷人的血泪恨。千头万绪,千头万绪涌上了我的心。止不住的辛酸泪,挂在胸。"歌曲最后一段反复咏唱:"不忘阶级苦,牢记血泪仇!"幼小的我不理解,新中国成立17年了,土改早就完成,人民公社也成立好多年,冤早就申过,仇早就报了,为什么反复地唱这首歌?现在我懂了，其实是在发动和酝酿人与人之间的斗争气氛。当《人民日报》刊发社论《横扫一切牛鬼蛇神》后,工人新村沸腾了,学生戴上红卫兵袖章,到处寻找牛鬼蛇神。但是,新村里的住户几乎是清一色工人家庭,哪里有什么牛鬼蛇神?有人报告说,住在我家对面底楼一家人,是隐藏在工人队伍中的逃亡地主,家里藏着金银细软和变天账。于是,红卫兵马上进门抄家,挖地三尺,连地板也掘开了。抄家一直抄到半夜,啥也没有找到,很让红卫兵扫兴。

我的父亲也出事了,他被人贴大字报,举报是"漏网右派",他想起来,他曾经向党总支书记提过意见,被认为是"向党进攻"。父亲上中班回家,一时睡不着,他会听听广播,也被人举报是"收听敌台"。

于是,我们家的日子难过了。虽然没有被抄家,但是,以前一直很好的小伙伴,不理我了,一起"开小组""斗鸡""跳马"、粘知了、捉蜻蜓、钓鱼的小伙伴们,手拉手在我家窗前大喊:"打倒王柬之!"王柬之是小说《苦菜花》中的反面人物,暗藏在抗日队伍中的内奸。我的父亲就这样成了工人队伍中可疑的内奸。我愤怒地朝他们大喊:"我爸爸是工人,不是王柬之,我们家成分是贫农,我是你们的中队学习委员。"同学们啊,我和你们往日无冤,近日无仇,怎么可以说翻脸就翻脸?我很苦恼,也很恐惧,那是一种被孤立、被歧视的恐惧。我恨不得当着小伙伴们的面,剖开自己的胸膛,告诉他们,我的心肝和你们长得一样!我的血和你们一样鲜红!但是没有人愿意听我说。我在他们眼里,只是一个阶级敌人的狗崽子。

被孤立、被歧视的日子难熬啊,那段日子真是度日如年。我父亲觉得，这样的气氛和环境，使他几个孩子一天比一天沉默，性格一天比一天自卑，他认识到问题严重，决定早点儿换房搬家。于是，父亲降低条件，很快搬回市区一间很破很旧的房间，只是比原先的三层阁略略大一点点而已。在父亲一生中，他非常后悔与厂里同事换房住进"两万户"，他觉得换房这件事做得很失败。我搬家以后，再也没有去过"两万户"，我被伤透了心。尽管我也知道，根源并不在小伙伴身上。

斗转星移，日月如梭。一转眼，50年光阴逝去，我已从"两万户"少年，变成一个头发花白的老头儿。现在，我很怀念我当年的小伙伴们，我很怀念在"两万户"度过的少年时光，那么轻松的课余作业，让我有大把时间读了那么多文学作品，为我的文字功底打下基础，尤其是那种草地上、树林里、小河边的疯玩和游戏，多么有益于一个男孩子的茁壮成长！

（2016年9月26日）

父亲与晚报

我的父亲去世已三年多。在他退休后的28年里,《新民晚报》成了他消磨时光的伙伴,成为他不可一天不见的朋友。读晚报,成为他生活的一部分,成为他的生命存在方式。我母亲已去世五年多,她活着的时候,讽刺父亲:"《新民晚报》对你来说,就是'性命'晚报。"父亲笑了,认可母亲的说法。

父亲1982年退休,正好是《新民晚报》复刊之年。"文革"前,父亲因孩子多,家里穷,订不起晚报。到他退休时,孩子都工作了。以当时的物价,他和母亲的退休金加起来,负担他们的生活已有富余,订一张晚报毫无问题。当时订晚报要限额,他因退休的原因,得到一份订阅单,于是快乐地到邮局去登记订阅。

父亲看晚报是郑重其事的。傍晚晚报来后,他先粗粗翻阅一遍,然后吃晚饭。他饭后看电视,临睡前再拿起晚报在台灯前阅读。当晚自然是读不完的,就做了记号后睡觉。第二天早上吃了早饭后,他又坐在写字台前,翻到昨晚做的记号处,接着读下去。从第一版一直读到最后一版,一边读,一边画着五角星、圆圈、三角等记号。读完后开始吃中饭。中饭后午睡。午睡醒来后，他开始剪报。按照报纸上他做的记号，一个一个专栏剪下来，归为评论、时政新闻、社会新闻、科教卫新闻、文化新闻、体育新闻等。专刊、副刊的内容他剪得最多，像女性世界、家庭、康健园、花鸟虫鱼、读书乐等版面，有点意思的文章都会入选。"夜光杯"更是重点，杂文随笔、散文小品、十日谈、连载小说，直至古体诗，他一篇都不会遗漏。等他剪完后，再分门别类，装进不同的信封。此时，一张报纸早已支离破碎，残缺不全。等父亲做完这些，天色已近黄昏，新的晚报又送来了。每天的日子就这样周而复始。

等剪下的评论、新闻、文章积累到一定时候，他会将它们分别装订起来，再用白纸做一个封面，用毛笔写上标题。父亲的子女去看他时，他就像献宝一样拿出来，他的子女也会饶有兴致地翻阅一番。到这个时候，报纸上的非时效性内容，就显示出优势了。他剪下来的杂文随笔、散文小品、连载小说，还有修身养性、生活常识、科学知识、保健养身、婚姻恋爱等文章，似乎也蛮丰富多彩的，还值得再消磨一些时光再去读读、看看。

装订的剪报积累到一定时候，写字台上放不下了，他就放到书橱顶上；书橱顶上放不下了，他就放到床底下。等到床底下也放满了，家里的角角落落都堆满了，他一筹莫展了。此时母亲也开始发脾气了，甚至于大发脾气了。父亲只好叫他的儿子来处理，将一房间的剪报卖给废品回收站。送剪报出门的时候，父亲的眼睛里流露出难舍难分的神情。然后，又开始新一轮的剪报。

在父亲自费订阅晚报十多年之后，他的一个儿子调进《新民晚报》，做了新民报人。父亲开心极了。这个儿子本来就是受了他的影响才去报考复旦大学新闻系的。从那时起，父亲与儿子的共同话题更多了。谈起新民老报人林放、言微、冯英子、一张、秦绿枝等老先生的杂文、评论、随笔，父亲用的是尊敬的口气，佩服他们的博学、敏锐和百姓情怀。

在晚报的版面上，父亲熟悉并神交了晚报的几十个记者，他叫得出经常在版面上露面的几十个记者的名字。父亲说起这些名字的时候，眼睛里流露出赞赏的神色，他对记者这个职业是很尊重的。他还试着向"花鸟虫鱼"版投稿，写女儿家养的小狗多么通人性，写自家阳台上花盆里长出一棵小西瓜。父亲看到自己的文字在晚报上登出来，尽管只是"豆腐干"文章，还是高兴得像个孩子。一篇"豆腐干"文章，可以让他快乐好多天。

父亲去世前的十几天，他不知怎么，日夜颠倒了，白天呼呼大睡，晚上却开着台灯看晚报。昏暗的台灯下，晚报这么小的字，88岁的老父亲居然能看得清，真是神了。可能是他热爱晚报的精神因素在起作用，很小的字看起来也变得大且清晰了吧！他突发高烧住进中山医院重症监护室，还要让他的孩子每天带晚报去给他看。他喜爱的《新民晚报》一直陪伴着他走到生命的尽头。

（2014年3月12日）

小孙孙出生记趣

2015年4月2日早上7点半,上海国际妇婴保健院的手术室门口,我这个准爷爷陪着准奶奶及准外公、外婆在等,四个老人焦急地等待着,等待一个新生命的诞生。我儿子这个准爸爸,在手术室门口来回踱步。他表面上安静,其实内心很焦虑。路遥有一句名言:"人生的关键处,只有几步路。"这个准爸爸,正面临着这人生关键处。

到了8点钟,传递消息的小窗打开了,一个年轻的护士探出头来说:"生了个小弟弟,大人小孩都挺好的。"我儿子笑容满面,一蹦老高。他做爸爸了!其实,在父母眼里,他还是个孩子。四个老人也咧开嘴巴笑了,击掌相庆,庆贺成功"升级",正式成为爷爷、奶奶、外公、外婆。以为护士会抱孩子出来,我们就耐心地等着。一会儿小窗打开,护士说:"快去病房,孩子进房间了。"我们马上乘电梯,一溜小跑进房间。

一张移动婴儿床上,被子包裹着一个小小的人儿,红红的小圆脸,浓密的胎发,紧凑的五官,长长的眼线,眼睛闭着,在睡觉。护士掀开被子,小婴儿醒了,举起两只小手抚摸自己的小脸,小脑袋先歪向左，再歪向右，伸个懒腰，打个哈欠，伸出舌头舔一下红润的嘴唇，小手指就塞进嘴里，吃得心满意足。看着这个活泼好动的小生命，我心里涌起一阵欢喜和感动。

小孙孙喜欢吃手指，像他爸爸。我想起儿子婴儿期，也是这样，小手一直往嘴里塞。我至今珍藏的儿子婴儿期相册里，有一张照片，就是儿子躺在小床上啃手指。那么儿子爱吃手指像谁？肯定是像他老子我啊！

小孙孙的妈妈是剖腹产，乳房发硬结块，再不通畅就要发炎了。医生关照，小小婴儿，两个小时就要去帮妈妈一次忙——吸奶。小婴儿努力地吸啊吸，却啥也吸不到，左边吸不到换右边，右边吸不到换左边，劳动一次后，他又累又饿，张开嘴哇哇哭。一哭，父母就给他喂婴儿配方奶，却又不敢让他吃饱。吃饱了，他就不愿意去吸妈妈的奶。没吃饱，小婴儿张开嘴到处找奶头，一边找，一边嘴里发出稚嫩的让大人疼惜的"啊啊"声。找不到奶头，他又张开嘴哇哇哭，哭得撕心裂肺，直至抽泣。那个伤心呀，仿佛不知受了多大委屈，让大人听了心隐隐发痛。见他哭，父母心软，就忘了医生的话，再喂奶。小婴儿吃饱了，张大乌溜溜的眼睛看世界，粉妆玉琢的小脸上，露出心满意足的表情，又好像在想，下一顿奶水在哪里，在何时？我的小孙孙也不容易，为挣一份口粮，也要付出辛勤劳动。社会主义分配原则，不劳动者不得食，在小婴儿身上也有体现。

小婴儿努力劳动三天，成效显著，妈妈乳房发硬结块问题解决了，我的小孙孙立下大功！婴儿妈妈，将小婴儿抱着摇晃，哼着催眠曲，眼睛里流出深深的谢意。小婴儿在妈妈的歌声中甜甜入睡，睡梦中咧开小嘴微笑。子爱母,母爱子,母子互爱,母子互益,让人感动。

小孙孙出院回家那天,爷爷、奶奶、外公、外婆都出动了。那天早上下雨,寒潮来临,天气特别冷。爷爷我提着婴儿篮,篮子上盖上小被子,生怕孩子受冻。想起30年前,小孙孙的爸爸也是这样裹在褴褓中出院。我喊辆出租车到红房子医院,我母亲抱着她的孙子回家。我母亲蹲在弄堂里洗尿布时,路过的邻居问:"阿婆,你为谁洗尿布啊?"我母亲用很大的嗓门说:"孙子。"那话语中透出骄傲,透出欢欣!如今,当年的小孙子已经是一个一米八的男子汉,也做爸爸了,而他的奶奶和爷爷已长眠于海边苍松翠柏装扮的青青墓园。人类啊,生命啊,就是这样生生不息,一代一代传下去,子子孙孙没有穷尽!

(2015年4月9日)

玩　伴

宁宝是全家的开心果。他长到一岁时，睡觉时间减少，活动时间增加，小小人儿吃饱睡醒之后，尽管路还走不稳，但精力充沛，需要玩伴。此时，外婆回到外地的家里陪伴外公，否则外公太孤单了。这就出现了新问题：缺一个陪宁宝玩的人。

宝爸、宝妈最应该陪宁宝，也确实这么做了。两人做了分工，爸爸负责哄睡陪睡，喂早饭；妈妈负责喂午饭、晚饭，换尿布。爸爸、妈妈的工作时间有弹性，不是朝九晚五坐班制，可以起早摸黑做完。这样白天有点时间来陪宁宝玩了。但是，宁宝长到一岁，家里的天地太小，他要探索外面的世界，吵着要到外面去玩。外面的世界好玩，但有安全风险，需要寸步不离地照顾陪伴。爸爸妈妈轮班陪伴下来，觉得疲惫不堪。有一天，宝爸在电话里朝爷爷吼："我又要工作养家，又要带娃，你找得出比我更苦的人吗？"更苦的人肯定还有，宝爸只是在发牢骚，不过，疲劳过度，尤其睡眠严重不足也是事实。宝爸为工作曾连开七天夜车，每天只睡三个小时，白天还要带娃，眼睛里都是血丝，爷爷见了也心痛。宝爸还说："我看到带孩子的要么是外婆、奶奶、妈妈，要么是外公、爷爷，哪有爸爸白天带孩子玩的？人家还以为我失业在家呢。"宝爸很委屈，他还要维护一个大男人的面子呢。

照理，奶奶应该责无旁贷、勇挑重担，但是奶奶做编辑做到两只眼睛视网膜脱落，是眼科医生补好的，关照不能负重，再次脱落就麻烦了。而走路不稳的宝宝，一直伸开双手要抱抱。宁宝营养好，长得很结实，分量不轻，奶奶不敢抱，也抱不动。

那么，请一个保姆，白天带宁宝？宝爸也这样想。但是看到一些新闻，有给孩子吃安眠药的保姆，有偷偷虐待宝宝的保姆，万一碰上了呢？想到这些，宝爸请保姆的念头又缩回去了。

怎么办？只有爷爷勇挑重担了。

宁宝一天要出去玩三次。早饭之后一次，午觉睡醒后一次，晚饭之后一次。早饭之后的玩，时间最长，宁宝睡了一夜，精力旺盛。爷爷就负责上午陪宁宝玩。上午9点，等钟点工阿姨上门打扫卫生，宁宝就知道他出去玩的时间到了。他会走到门口，将爷爷一双皮鞋举到爷爷的面前，眼神里的意思是："快快带我去玩，不要浪费时间。"爷爷懂得宁宝心思，帮宁宝穿好鞋袜，抱进童车，绑好安全带，出去玩了。宁宝家附近，有一个广场，每天早上，很多宝宝都在广场上玩。果然如宝爸所说，带孩子的以外婆、奶奶居多。孩子都自带玩具，在祖辈的指导下互换玩具玩。孩子的特点，就是别人家的饭好吃，别人家的玩具好玩。有一个小哥哥跑到宁宝面前，举着一个小恐龙，和宁宝换汽车玩。刚玩一会儿，一个小姐姐，托着一架直升机，要换宁宝手里的小恐龙。

玩了一会儿，宁宝走到他的红颜色童车边，拍拍童车，张开双手要爷爷抱。爷爷懂了，宁宝要换场地，到儿童天地去玩，那里才是宁宝最喜欢的地方，玩不厌。宁宝最喜欢的是推小车，小车仿造超市里的购物车，车斗里放着玩具、水果、蔬菜。宁宝第二喜欢的是开儿童汽车。宁宝钻进车里，关上车门，手握方向盘，两只小脚踏在地面上，往后用力蹬，小汽车轮子就往前开了。还有滑滑梯，办家家，骑马马，插彩棒，玩海洋球，宝宝一样一样轮着玩，乐此不疲，乐不思蜀。有一次，宁宝玩到又累、又饿、又困，回到家，腿都软了，走两步，摔一跤，两眼无神，一会儿面无表情，一会儿哭哭笑笑。喂他吃饭，吐出来。喂什么，吐什么。哄他睡觉，在床上拱来拱去，又哭又闹，一关灯、关门，就大声尖叫。平时哄睡归宝爸负责，那天宝爸正巧在上班。宝妈慌了神，束手无策，向宝爸求援。宝爸授以妙计："拿三个奶嘴，嘴里含一个，两只手各拿一个。冲半瓶奶，放床头。先关灯，陪宁宝睡，吵闹，就关着灯喂奶，喝完就睡着了。"宝妈照着做，宁宝果然由吵闹到安静睡着。因为没吃午饭，醒来后饿得慌，连吃两根小香蕉。

爷爷事后反省，宁宝出现这状况，是玩疯了，累坏了，饿过头了。总结的经验就是：孩子没有自制力，玩也要适可而止。

爷爷接着反省，爷爷年轻时，带娃可拿不出宝爸这样的妙计，现在的年轻爸妈也不容易。

（2016年9月24日）

第二辑 师友情谊

薪尽火传

——王元化研究中心观后感

周末细雨霏霏，我来到华东师范大学王元化研究中心参观。"中心"坐落在丽娃河畔一座红颜色的两层老洋房里，占了底层一层。四间屋子，分为清园生涯、清园学术、清园尚友、清园墨韵四个展厅，陈列着王元化先生的手稿、论文、著作、照片、家谱、书法，我细细地看着，感到亲切，感到敬佩。说亲切，是因为王元化先生任上海市委宣传部长时，我也正好在市委宣传部新闻出版处当新闻干事，我是他的老部下；说敬佩，因为他一直是我心目中的大学者，曾目睹了他当市委宣传部长时的种种风采。记得元化先生1984年在宣传部全体工作人员大会上做过一个加强精神文明建设的讲话，其中的部分观点我至今还记得。他说，现在精神文明建设中有一种倾向，要把思想建设和文化建设割裂开来，他不赞成这种做法。几个月后，我在《读书》杂志上读到了这篇文章。1984年9月，《文汇报》举办了振兴中华读书的晚会，部里安排我跟随元化部长去参加活动，走进上海工人文化宫会场，发现会场里早已坐满了年轻人。那天的晚会由《文汇报》总编辑马达主持。马达做简短致辞后,元化先生拿出事先准备好的讲稿开讲,他一开口就赢得了满场的掌声,元化先生在年轻人中有那么大的影响力,有那么多年轻的"粉丝",我是没有料到的。

巧了,如今我在王元化研究中心找到了这份演讲稿,不妨让我摘录几句:

我想套用一句罗曼·罗兰的话。他曾说,我不知道东方和西方的区别。我要把这句话改变一下:我不知道老年和青年的区别。尽管年龄悬殊,但这却并不能阻止我们心灵上的沟通,对于祖国的爱,使我们紧密地结合起来,这几年响彻祖国上空的振兴中华的呼声,使我像你们一样在心里充满了震荡,你们身上青春的火焰,也像阳光一样照在我的身上……

这是一篇充满爱国热情的演讲,至今读来仍感到激情洋溢,热血沸腾。

后来,元化先生就从部长岗位上退下来了。再后来,陈至立同志任上海市委宣传部长时,请元化先生为宣传部处以上干部做过一次报告,因时间久远,很多内容我都记不清了,但元化先生说了一句很让我震撼的话,他判断自己"十年之后,人文两亡"。元化先生实在太谦虚了,他这样学贯中西的大学者,又怎么可能?20多年时光流逝,最终结果是:高寿仙逝,薪尽火传!

我到《新民晚报》工作之后,和元化先生的交往增加了,因为他喜欢将研究成果发表在《新民晚报》的"夜光杯"副刊,这就增加了我与他联系的机会。他的很多随笔、谈话,如《京剧与文化传统丛谈》《清园谈话录》《杜亚泉与东西文化问题论战》都发表在"夜光杯"上。记得在1996年秋，我和翁思再到吴兴路元化先生家里拜访，元化先生赐我他第五次再版的重要著作《思辨随笔》，还嘱我做学问要"沉潜往复，从容含玩"。后来他又为我写了书法条幅"健笔凌云"，我视如珍宝，镶了框一直挂在我的书房里。尽管我做了报人后工作繁忙，但仍一直坚持自己动手写文章，这和元化先生的鼓励鞭策分不开。2000年，上海文艺出版社要出一本书，以纪念抗日战争胜利55周年，请我和翁思再合作写一篇《抗战时期的王元化》。我和翁思再一起去找元化先生。元化先生接受了我们的采访，我惊叹他的记忆力之强，50多年前的事情，每一次活动，参加人员的名字，活动地点，活动内容，刊物发表的作品篇名，作者笔名，作品内容一一清晰介绍，完全不用看笔记资料，让我大为敬佩。

在王元化研究中心墙上，挂着一些木板，木板上书写着元化先生的格言，其中有一段是："我是一个用笔工作的人，我最向往的就是尽一个中国知识分子的责任，留下一点不媚时、不曲学阿世而对人有益的东西，我愿意在任何环境下，都能够做到：不降志，不辱身，不追求时髦，不回避危险。"

还有一幅小木板上写着："知识人的特征是……他们是为思想为观念而生的人，而不是靠观念谋生的人。"这些格言警句都能使人怦然心动，若有所思。文化人、知识人到此看看，读读这些格言警句，至少可以有所警觉，有所自省，在喧嚣骚动、浮躁功利的潮流中有一些不随波逐流的定力，有一些不人云亦云的坚守。

(2009年8月29日)

遥忆当年采访赵超构

1985年夏天,我在市委宣传部新闻出版处当干事。当时,上海正在发起文化发展战略的研讨,市委宣传部要我去采访赵超老,请他谈谈对上海文化发展战略的意见。我接受了这项任务后,既高兴,又有点紧张。高兴,因为赵超老是我心中很景仰的新闻界前辈,杂文名家,他的"未晚谈"专栏我几乎每篇必读,我喜欢他一针见血的议论,简捷明快的文风。当时,市委宣传部新闻出版处邀请上海三报两台(《解放》《文汇》《新民》"上视""上广")的老总们开会讨论新闻改革,我的任务是做记录,然后整理成工作简报。在这样的会上,赵超老总是先戴着助听器静静地听别人发言。邀请他讲话时,他一口温州官话说得慢条斯理,一板一眼,却逻辑性很强,有条有理,层层递进,记录下来稍做文字整理,即是一篇好文章。老实说,作为经常写工作简报的我,很喜欢这样的发言者,因为省了我许多概括归纳、去粗取精的工夫!这次能够面对面采访这样一位老前辈,聆听他的见解,我当然是非常兴奋的。说紧张,是因为当年我才32岁,一个年轻的无名小卒,他会接受我的采访吗?倘若他接受了,我的学养才智够不够和他对话呢？我准备提哪些问题呢？确实有点不安。

我先打了个电话到《新民晚报》总编办，记不清是丁贤才还是王潜芬接的电话，说要问一问老将才能答复。到那天下午，回电就来了，说老将同意接受采访。

隔了两天后的下午，我如约来到九江路《新民晚报》赵超老的办公室里，记得他和老束是共用一个办公室。那天正巧老束不在，赵超老坐在一把旧藤椅上，戴着耳塞，神色安详，眼睛里闪着智慧的光彩。他胸有成竹，不紧不慢地侃侃而谈，我拿着笔记本不停地拼命地记，生怕漏掉一句话。看来，赵超老对文化发展思考得已经很深入了，根本就无须我提什么问题，随着他抑扬顿挫的语调，我紧张的心情渐渐放松，沉浸到他所论述的话题中去。

赵超老不愧是文化大家，他对文化发展的见解是独树一帜的。他认为，所谓文化，就是人的精神活动加上表现人们精神活动的必要的物质设备，就是人的知、情、意及与之相对应的真、美、善。知，就是求知，表现为探索真理，认识世界。情，即情感，表现为爱不爱美，有没有审美观念。意，即意志，表现为人们对自己行为的道德判断及价值观念。一个人在知、情、意及相对应的真、美、善三方面全面平衡地发展，就是一个有文化的人。他说，假定某人科学知识很丰富，伦理道德观念也很健康，但不爱美，这个人的文化结构就不平衡，就有缺点。

赵超老认为，看一个社会的文化发达与否，也要从这三方面来考察。求知，具体表现在指导人们探索真理、认识世界的教育事业、科学研究事业发达不发达；情感，具体体现为满足人民求美、爱美需要的文化艺术繁荣不繁荣？文化设施多不多？意志，具体表现为社会上流行的伦理道德观念健康不健康？从这三个方面去考察一个社会的文化，就能得出正确的结论。

赵超老接着举例说，唐朝文化发达表现在哪里？首先，唐朝实行开放政策，敢于吸收国外知识，气派很大。当时儒、佛、道三教在探索真理、认识世界方面，可以自由竞争，同时发展。在爱美方面，唐朝出现了"文起八代之衰"的韩愈、柳宗元，出了大诗人李白、杜甫及一大批很有名望的诗人。唐朝的绘画、雕塑也很发达。在伦理道德方面，唐朝士大夫的生活也比较健康，他们喝酒吟诗，提倡有节制的享乐。这有点像古希腊人的人生观。赵超老接着又举了个反面的例证：十年动乱时期，就是一个文化退化、堕落的时期。在求知方面，实行愚民政策，认为"知识越多越反动"，扫荡知识有功，追求真理有罪。在爱美方面，8亿人民只看8个样板戏，百花凋零，正常的文化娱乐全都停止。在伦理道德方面，打砸抢被封为英雄，斗斗斗成为时髦，投机钻营的弹冠相庆，诬陷告密的平步青云，道德沦丧到了极点，这是一场围剿文化的大灾大劫。

赵超老的观点是制定文化发展战略，要注意两个原则：第一是文化结构，即在真、美、善三方面平衡全面地发展，保持文化上的生态平衡，不要偏枯。如果我们培养出来的人，虽有科学知识，但在美、善方面修养很差，就会产生文化结构的不平衡，这很危险。第二是要贯彻双百方针——百花齐放、百家争鸣，既要有批评自由，也要有反批评的自由，这两条应该成为文化发展的指导思想和根本方针。

赵超老不停地说，我不停地记，一边记，一边心里有一种亮堂堂的感觉：这个饱经沧桑的老将，看问题真是透彻！

晚上，我打开笔记本，将赵超老的话一段段抄下来，稍加整理，即是一篇观点鲜明、材料丰满的采访记。我将此文送到文汇报社后，很快就得到了回音：采访记很不错，但如果能以赵超构的署名文章发表，效果将更好。文汇报社已将此文送给赵超老征求意见。我虽然有点舍不得失去这个给赵超老写采访记的机会，但想坚持也没理由，因为这完全是赵超老的观点和见解呀，我不过是做了一个忠实的记录者的工作而已。后来，这篇题为《文化结构的平衡和双百方针的贯彻》的文章就发表在《文汇报》1985年7月9日第三版（"论苑"，第177期）。《文汇报》给我寄来了两张样报和15元的文字整理费。这两张样报，我珍藏至今，搬了两次家，扔掉了很多书，这两张样报却保存得好好的。

岁月流逝，14年光阴一晃而过，上海的文化比起1985年有了巨大的进步，尤其在文化设施方面，我们有了引以自豪的大剧院、博物馆、图书馆、书城，与当年相比，真乃天壤之别。重温14年前采访赵超老的一段往事，不由得感慨万千，这位新闻界前辈对文化发展的见解，将随着时光的流逝而愈显深刻。

（1999年6月）

那一头飘逸的银发
——怀念老束

《新民晚报》老总编束纫秋,离开我们已五年多了。束总,德高望重的老领导、老报人、杂文家、小说家、大知识分子,却低调谦和,没有一点架子。报社内外,男女老少都叫他老束。他个子魁伟,长方脸膛,皮肤白皙,举止儒雅,说话时眼睛闪发着睿智的光芒,一头飘逸的银发是他的招牌性标志。

2009年4月3日下午,正是老束离开我们两个星期的日子,报社召开追思会,同人们发言踊跃,我一时插不上嘴。因为焦点部有一个研讨会等着我去主持,我只好怏怏离去,甚为抱憾,因为我有话要说。

我认识老束,是在1982年。《新民晚报》刚刚复刊不久。我从复旦大学新闻系毕业后,分配至市委宣传部新闻出版处任新闻干事,分工联络各家媒体,写写简报,搞搞调查,跑跑腿。新民晚报社是我去得比较多的单位。那时晚报刊发一篇社会新闻遭人投诉,宋军处长让我去了解情况,我就见到了老束。那时新民晚报社在九江路,办公场地很紧张，老束和赵超构、张林岚挤在一个房间办公。我当时是刚出校门的大学生，尽管也下过乡，但见到新闻界领导我还是有点紧张。老束亲切和蔼的三言两语就让我放松下来，不再拘谨，交谈马上进入正题。后来，事情在老束的关心下得到圆满解决。老束的领导艺术给我留下很深印象。

到1995年夏，我也成了新民报人。我去拜见老束，请教怎么做一个新民报人。他传授我"12字真经"：白天政治经济，晚上文化体育。我牢牢记在心里，不敢须臾忘记。我明白，他是要我学做杂家。因为报人都应成为杂家。老束就是一个出色的杂家，他写文章，有好几套路数。

慢慢地，我熟悉了老束，对他也更敬重了。他20岁在银行当职员的时候，加入中国共产党。上海在抗日战争的"孤岛"时期，他以"越薪"笔名开始发表小说。"越薪"者，越王勾践卧薪尝胆之意也。他的中篇小说《投机家》发表后，在上海引起很大反响。巴人（王任叔）认为这是一篇有分量的小说，反映了形形色色的孤岛金融界，专门写了评论文章，介绍推荐。也正是这篇小说，上海地下党调老束到文艺界，和大学者王元化在一个党支部。之后，老束先后发表10篇小说，《投机家》及被王元化认为是老束写得最好的短篇小说《节日》，后来都收入《新文学大系（1937—1949）》，显示了老束的文学才华。

老束在《新民晚报》当了近20年总编辑。他对赵超构社长很尊重，两人合作得非常默契，堪称最佳拍档。据老束的继任者丁法章总编回忆，老束的作息时间表是："清晨7时许到办公室，快速浏览当天日报，不时根据需要赶写言论；上午主持召开编前会，审看新闻版大样；中午，在食堂和记者编辑们边吃边聊，拉拉家常；午后到有关办公室串门，出点子，提建议；下班时总要捎上一大摞小样回家批阅；临睡前阅读书报，一般不到午夜不会关灯休息。"一个年过花甲的老人，承受着这般大的工作压力，这么快的节奏，应该是超负荷了，但老束还要写杂文，乐此不疲，乐在其中。几十年写了1000多篇杂文，出版了《一笑之余》《悚然失敬》《做晚报的一只眼睛》《长话短说》等杂文集。王元化为《一笑之余》写序言，认为老束写杂文受美国作家欧·亨利短篇小说影响，认为老束的杂文有独创性，有文学意义。这是很高的评价。

老束出生的时候，束家天井里兰花开了。我总觉得老束的优雅举止也许和兰花有关。在兰花盛开的日子，想念老束。

（2014年4月7日）

人生如浮沉红薯

——读《周慧珺传》有感

读完李静撰写的《周慧珺传》后,心中有些感慨,想起日本"经营之神"松下幸之助的人生感悟。松下年轻时体弱多病,有一次看见农人洗红薯,在农人扁平木棍的搅拌下,红薯在大木桶里转着圈浮浮沉沉,没有一只红薯可以永远浮在最上面,也没有一只红薯永远沉在最下面。松下忽然悟到,人生就像那些浮沉的红薯,浮起来时不要骄傲,沉下去时不要消极。松下按此人生观行事,做人做事都获得大成功。周慧珺的人生故事,和松下的轨迹相似。

周慧珺出生于一个家底殷实的工商业者家庭,父亲周志醒在北京东路经营着"义昌"五金商号,同时又是一位书画收藏界的方家。周志醒生育了10个子女,周慧珺排行第八。周慧珺五岁时,父亲就命她每天习字。父亲要她学赵孟頫,但周慧珺却对这秀媚恬熟的赵体提不起兴趣,只是照葫芦画瓢而已。一直到她少女时代的某日,偶然在家里发现一本宋代大书家米南宫的《蜀素帖》,细细翻看,身体像被电流击中一般。米字雄强俊逸,狂放骏快,跌宕取势,一泻千里,让她感受到米字的雄浑魅力，正切合她的气质性格。从此，周慧珺心慕手追，浸淫其中，一发不可收，四季昼夜临习，米字"侧锋下笔，八面出锋"的用笔，让周慧珺获益良多。这段时间，周慧珺已患上类风湿关节炎，退学在家，临习米字，给她带来精神上的享受，也让她行动不便的身体得到锻炼，渐渐忘却失学和病痛带来的愁苦。而后，周慧珺又找来米南宫的《苕溪诗卷》《自叙帖》《珊瑚帖》临习，凡米字几无遗漏。

人生，总是祸福相依的。1962年，上海书法篆刻研究会（上海书法家协会前身）举办了一次书法展览，周慧珺以节临米芾的《蜀素帖》入选，还被刊登在《新民晚报》上。小试牛刀，便获成功，让周慧珺大感振奋。她拜沈尹默、拱德邻、翁闿运、白蕉等名师习字，遍临多种字帖，心中对书法艺术的激情喷薄而出。

不料，"文革"来了，父亲被打倒，她也成了"黑五类子女"，父亲所有的收藏全被抄家抄走，全家被迫搬进一间储藏室居住。储藏室又小又阴暗潮湿，周慧珺的类风湿关节炎更严重了。一个偶然机会，周慧珺发现床底下有一箱没有被抄走的字帖。从此，周慧珺将痛苦埋藏在心底，将身心沉浸在字帖中，细细体味古人写字的谋篇布局，间架结构的伸缩开合，行与行之间的疏密空间，日复一日地临习字帖，写字成了她快乐的源泉。

命运，又一次向周慧珺展现出亮色。1972年，毛主席在接见日本首相田中角荣时，发表了"学一点历史，学一点哲学，学一点书法"的讲话。1974年，上海书画社选中周慧珺来写《行书字帖——鲁迅诗歌选》。这本字帖，有米芾的刚健俊逸，又有颜体的稳重宽博，无数年轻人为之惊叹折服。谁又能想到,此字帖是出自一位身有残疾的弱女子之手!这本字帖,一版再版,发行了100多万册!周慧珺一帖成名!但周慧珺却极为清醒,她认为自己还很稚嫩,没有丝毫的沾沾自喜,反而更投入到对碑版书法的临习之中,她为碑版书法的刚猛挺拔所倾倒,日日临习,终于形成自己碑帖合一,外露刚强雄浑,内隐娟秀妩媚的独特书风。

李静是周慧珺的学生,跟着老师学了40年的书法,现在也是很有影响的书法家。后来两人的关系,像师生,又像母女,也像姐妹,亲如家人。李静书法好,没想到文章也很好,拜读《周慧珺传》,方才知道,李静在写作上也很有才能,她写出了一本高屋建瓴、细节丰满、文采斐然、引人入胜的人物传记。

15年前,我在赵丽宏兄的引见下,认识了周慧珺和李静。那时周慧珺正当壮年,如今已是古稀之龄,时光的流逝真是毫不留情。几十年来,她无论身处顺境逆境,都能宠辱不惊,外界干扰再大,都能保持内心宁静,不慌不忙地只专注于自己想要做的事情,把浮浮沉沉当成是人生的磨炼,最终成为卓然大家。这样的人生修为,这样的人生观念,在一派浮躁的当下,更有着特别的意义。

(2012年1月27日)

我的邻居赵丽宏

我从没想到，我居然有幸成为赵丽宏的邻居，继而成为他的好朋友。

那是1984年夏天的事。我刚搬进了位于浦东的新房子。一天，我正在门口煤炉上做饭，忽然听到楼下电话间阿姨用电喇叭大声喊："×号×室，赵丽宏电话。"我心口扑腾了一下：赵丽宏！会是那个写散文、写诗，也写报告文学的赵丽宏吗？转念一想，不可能，像他那样的青年作家，怎么可能住到这偏僻的浦东呢？在上海，居住在什么地段是很有讲究的。有身份的人，应该住在市区的公寓或别墅里呀，即使是普通又普通的老百姓，不到无法可想的地步，也是"宁居亭子间，不肯过江东"的。难道他和我一样，也是为谋一个安身之处到了走投无路的地步吗？

正当我猜疑的时候，五楼有人下来了。魁梧的身躯，四方的脸膛，浓眉大眼，一头卷发，颇有点男子汉风度。果然是他！在诗集《珊瑚》中，看到他的照片，我就有个感觉，他的相貌和他的文章正好是他名字的总和：他的文笔清丽细腻，而他的形象也称得上气度恢宏。

我第一次去拜访赵丽宏时，他正蹲在厨房间做彩色水泥地坪。"赵丽宏，你什么时候搬来的呀？"我像个老熟人一般跟他打招呼。他"啊啊"地应着，迟疑了一会儿，说："实在对不起，我还不知怎么称呼你。"我做了自我介绍，说："我就住在你楼下。你以前没见过我，可我早就认识你了。"他马上站起来，使劲擦擦沾满油漆的手，握紧我的手说："好啊，那我们是邻居了，以后欢迎你常来做客。"我们就这样熟悉了。

赵丽宏搬来后的第一个星期天，我和妻子就到他家去玩。他的房间布置得很雅致，能让人感受到一股艺术气息。墙上挂着字画，书橱顶上站着不少陶制的鹰、骆驼、马这类动物，门边放着很大一盆绿莹莹的我叫不上名儿的花。两个大书橱，一个大写字桌，一架钢琴，占去了房间的一半，房间显得很挤。赵丽宏正坐在书桌前写稿，妻子小张在看书，她已经怀孕了。晴朗朗的大白天，他们却拉上厚厚的窗帘，房间里暗幽幽的。我感到不解。赵丽宏说："我以前住的一间小黑屋，四面都没有窗，黑咕隆咚的。在小黑屋写惯了，现在突然在亮亮堂堂的光线下写，我不太适应，情绪出不来。这或许也算是一种异化吧。"我想起来了，在他的散文集《生命草》中，有一篇《小黑屋琐记》，文章中蕴含着很深沉的依恋，读了有一股又苦、又甜、又酸的感觉。（现在，他已习惯了明亮的阳光，白天写作也不用拉窗帘了。）

我们的话题转到房间的装修上。我的房间是自己装修的，赵丽宏的房间是包给一个泥工的，花了很多钱。小张忍不住对我们说："赵丽宏真傻,这个泥工讲用了多少料,他就照付钱。泥工见他笨头笨脑的,就更哄他了。我们这个小房间,一共才拉了几盏灯,竟用了70米的电线。做一个浴缸用掉了100公斤白水泥。赵丽宏照付钱不算,还经常跑来给他送香烟,送西瓜,可这个泥工等工钱拿到手,连厨房的地坪没做好就走了,想想真气人。"赵丽宏摆摆手说:"人家天天顶着炎夏毒日跑到浦东来干活儿,赚这点钞票也是很辛苦的。"小张提高了嗓门说:"你深更半夜地写文章就不辛苦啦?脑力劳动就不算劳动啦?"她转而对我们讲:"赵丽宏就这点拎不清,以为他对别人好,别人也一定会对他好。其实,有些人你越对他好,他越是觉得你傻,觉得你好欺负。"

赵丽宏被小张说得有点尴尬,笑笑,转个话题:"你们俩是怎么认识的?是同班同学吗?"我说不是,转过来问他。赵丽宏说:"我们原先是邻居,从小一块儿长大的,恋爱已有15年了,今年刚结婚,属于'早恋晚婚型'。"听了这话,我们都笑了。小张模样清秀,性格开朗,是个贤惠的妻子。她不仅在生活上把丈夫照顾得无微不至,在事业上也是丈夫的帮手。她是赵丽宏作品的第一个读者和评论者。她写得一手好字,赵丽宏的许多作品都是由她誊清后寄出去发表的。我一次出差回来,妻子对我说:"你出差在外,赵丽宏夫妇常来看我,叫我别烧饭了,干脆上他们家去吃。这几天我吃了他们好几顿饭。你今天回来,赵丽宏正巧到无锡去参加一个笔会,我们把小张请来吃蟹吧。"我说:"当然好啦。"等蟹烧好,妻子上楼请来了小张,我们边吃边谈,话题又转到赵丽宏身上。小张喝了几口黄酒,开始夸丈夫了:"赵丽宏从小就聪明,爱好很广泛。他家里有一把小提琴,没有人教他,他就咿咿呀呀乱拉,居然也学会了,拉得蛮好听的。他也喜欢画画,后来到崇明农村去,在农民的灶头上画了很多画,农民都抢着请他到自己家里去画……"小张说着说着笑起来了。这时,我妻子就感叹小张福气好,赵丽宏不但聪明,而且脾气也好。小张反驳道:"这一点你讲得不对。我的性子急,他呢,脾气也耿得厉害,我们俩常常要拌嘴。我是憨呀,嗓门响,哇啦哇啦地说;他呢,不紧不慢,一句连着一句,不会比我少讲一句,讲着讲着就会蹦出一句吊肝火的话,引得我冒火。结果呢,人家只听到我的声音,都以为我凶。他这个人门槛太精了。"

赵丽宏一家就住在我们家楼上,听听天花板传下来的声音,就大致知道赵丽宏在干些什么。赵丽宏睡得很晚,座钟敲响12下后,就听到"吱呀"一声挪椅子的声音。他从书桌前站起来了。接着便传来"叮咚叮咚"几声琴声,那是他在按琴键。刚搬来时,他睡觉前,还要弹上一支曲子,后来大概意识到邻居们的作息时间和他不一样,就不弹了。说不弹,还是熬不住,手痒痒地会去撅几下琴键。接着,便是哗哗的水龙头的声音,他在洗脸刷牙了,而后便无声无息,大概睡觉了。有时半夜醒来,还隐约听见天花板上有脚步声,是他在踱步。我想,他大概在为一篇新作斟酌费神。很多读者惊叹赵丽宏的多产,但他们未必知道作家为之付出的心血。他是个足球迷,电视播放足球比赛,他场场不落,看到精彩的场面,嘴里大叫不算,脚下也拼命地蹬,于是我们楼下就听到"咚咚"的闷雷似的声音。

他很疼爱妻子。小张怀着孕,仍然忙这忙那。他怕她累坏了,就常讽刺她,说她无事忙。见这一招效果不大,他就抢着揽下许多家务。傍晚时分，还陪着肚子一天天膨胀起来的妻子去散步。

去年冬天的一个早晨，天气很冷，水龙头冻住了，我洗不成碗碟，也忘了关水龙头，就把脸盆往里一搁，赶去上班了。哪知不久，水龙头里的冰化开了，水哗哗地溢出来，流了一地。邻居打电话喊我回来时，屋里早已是"水漫金山"。过了一会儿，赵丽宏从市区回来，一脸歉疚地说："我中午外出时，水还没有从门缝里流出来。唉，我要晚点下楼就好了，就能看到水，早点儿通知你了。"好像水溢出来，是他的责任似的！他瞧着零乱的场面，啧啧地惋惜了半天说："我能帮什么忙？"我知道他明天一早就要去北京参加作协四大会议，不愿耽误他的时间，忙说干得差不多了。可他还是跑上楼，扛了个大拖把下来，说："我来帮你拖地板。"陪着我干到很晚，临走时，他又叮咛道："以后要小心啊，要小心啊。"他这个人就是这样，真诚善良，很容易动感情。有一次，我和他一块儿上街。街上有个瞎子老头儿在拉二胡。赵丽宏停下听了半天，眼眶竟然有点潮乎乎的！一曲终罢，他手忙脚乱地掏口袋，把所有的零钱都送给了老人。这个善良人也有刚健勇武的时候。有一回，他到南京路新华书店买书，看到两个青年扭在一块儿打架，边上围着许多人，竟然谁也不去劝。他挤进去往两人中间一插，大声喝道："你们谁想打，就和我打吧。"两个小伙子望望他门板似的身躯，不打了，溜啦。

1985年春节，他回到原先的小黑屋和父母亲一块儿过节。初三晚上，他兴高采烈地敲开我的门，告诉我："小张生了，生了个儿子！一个五斤四两重的儿子！"他高兴极了，激动极了，说："我今晚不睡觉了，我要写一篇散文，题目是《人生的一瞬》，写写孩子诞生时做父母的心情。"这一天晚上，我们破例没有听到挪椅子声，按琴键声。

1985年，对于赵丽宏来说，真是个丰收的年头。他有五本集子要出版，《诗魂》《维纳斯在海边》《爱在人间》三本散文集，还有一本散文诗集，一本报告文学集。加上喜得贵子，双喜临门，赵丽宏总是满面春风。作品为他增名，儿子也为他争气。这儿子可真是漂亮，墨黑的眼珠像两汪清潭，小鼻梁高高隆起，比他的父母亲都长得神气。上海的青年作家王安忆、王小鹰、孙颙、程乃珊、罗达成、刘征泰、彭瑞高都来看过他的儿子。王安忆称他的儿子为"美男子"，罗达成见后喜欢得不得了，干脆喻之为"抒情诗"，还写了篇题为《儿子》的散文。陶醉也罢，骄傲也罢，儿子是个活泼泼的生命，首先得吃喝拉撒，于是厨房里多了一套瓶瓶罐罐，窗口飘起了万国旗，赵丽宏也忙碌了许多。儿子哭了，他放下稿子抱儿子；儿子睡了，他放下儿子写稿子。儿子和作品相比，他更爱谁？这个难题恐怕赵丽宏永远也回答不出。"我今年效率极低，上半年才写了10万字左右。"赵丽宏对我诉苦，"房子太小了，要再给我一间，我就可以不受干扰了。"我很同情他。作家的头衔，人类灵魂工程师的称号，在分房上他没有任何优待，这似乎不太公平。他想要一间小小的工作室，谁也无法说这是一种奢望，然而，现在他只能在儿子的哭声中孕育他的作品。

他的职业是编辑，常常要外出组稿，当然也常常外出采访，外出参加各种笔会及各种作家的会。前不久，他到庐山参加散文笔会，在山上快活了五天，第六天忽然感到闷闷不乐，顿生一股不祥的预感。当晚，他急急忙忙从山上打长途电话回家询问，果然，他的预感是正确的。小张操劳过度，发高烧到40摄氏度。电话中，他慌里慌张地说，明天他就动身回家，请小张坚持一下。就在这天晚上，小张终于坚持不住，跑来敲我的门。我便向邻居借了辆自行车，带着她直奔医院。浦东的路灯太暗，我的眼睛又近视，马路上又尽是乱扔的西瓜皮，我不敢骑快，只能慢慢走。偏偏自行车又不争气，半路爆了胎。骑到医院，我已出了一身汗。看完病，我只得请小张去坐每小时一班的通宵汽车，回到家里，已是凌晨两点钟了。

过了几天，赵丽宏到家了。小张本来指望他回家当壮劳力的，哪知他一到上海便发高烧，儿子也发高烧，一家三口全躺倒了。儿子顶要紧啊，赵丽宏发着高烧来敲我的门，于是我抱着他的儿子，赵丽宏提着尿布，又上医院挂急诊了。路上，他苦笑着对我说："你看，我还敢外出吗？可是我不出去跑，怎么写得出作品呢？"他很是心焦。一直过了十来天，他们家的大劫才算过去了。

一次，我去看望他们一家。赵丽宏突然问我："你对我的作品看法如何？"我被他问得一愣。说心里话，我最喜欢的还是他的散文，大概很多读者和我也有同感。他散文中表现出丰富的美，既有《雨中》《晚香玉》这类明朗单纯的美，也有《酒畔》《合欢树》《秋风》那种深沉忧伤的美，还有《灯下，往事的升华》《炭火，燃烧在雪地里》那种朦胧的美。在艺术上，也是多姿多彩的，常常会冒出一些新鲜灵动的东西。他的散文在表现过去了的动乱的年代是比较成功的，但在反映新的生活方面显得薄弱一点。听了我的想法，他连连说："你真是我的知音。我现在常常有一种危机感。过去的生活积累总是有限的，靠回忆来写散文，这恐怕不行。只有老年人才常常回忆，而我还年轻啊！真是越写越艰难！写一点报告文学，我是想去获得一些新的感受,但这也是权宜之计啊。"他确实非常苦恼。大凡在创作上有自己执着追求的作家,必然会经常产生苦恼的。我相信,在苦恼之后,他一定会有新的突破。

在我们这个散文传统十分丰厚的国度,近年来变得对散文有点漠视了。什么都评奖,唯有散文不评奖。我们一方面对朱自清、冰心、陆蠡等散文前辈予以很高的评价,一方面却对散文新人新作表示淡漠,这不能不说是个有趣的现象。说来也怪,正当散文不走运的时候,他却独独把主要精力投入散文创作。更有意思的是,他忙里偷闲写的报告文学,倒得了不少奖。今年,他的《新的高度,属于中国》获得了国际青年报告文学奖,《有一个中国音乐家》又获得了《广州文艺》奖和上海报告文学奖,可真有点"无心插柳柳成荫"的味道了。可见他对散文的偏爱,是排除了任何功利目的的。

近些日子,他忽然莫名其妙地疑心我会搬家。他幻想般地说:"什么时候我们一道分到大一点的房子就好了。你先搬走,我会感到冷清的。"忽而想想不该拖住我:"如果你分到房子,你就先搬走好了。"我说:"你的想象力也太丰富了,我们两家做邻居的时间长着呢。"嘴里这样说,心里却也在祈祷:但愿他的幻想不仅仅只是幻想。

(1985年10月)

再谈赵丽宏

　　喜欢文学的人都知道赵丽宏，读过他的散文和诗歌。赵丽宏不到50岁，已经出版了40多本著作，这在中国也不多见。作家不像演艺界的明星，总是被媒体追踪着，他们的生活状态，一般人并不了解。作为赵丽宏的朋友，我知道他不少不为人知的故事。

　　在80年代，我和赵丽宏做过五年邻居。我们住在浦东一个居民新村最南端的一幢新工房里，我住四楼，他住五楼。赵丽宏在楼上踱步，我能听到他的脚步声。我们的住房都是17平方米的一居室，卧室前面是阳台，后面是厨房卫生间，没有厅，也没有书房。阳台前面是一大片空旷的田野，田野前面就是横贯浦东大地的川杨河。我们的住所称得上是真正的城乡结合部，白天遥望一片绿意，夜晚倾听一片蛙鸣。半夜里，川杨河上会传来小火轮和驳船过船闸时拉响的汽笛声。公房里，除了浦西搬来的住房困难户，还有就是由刚刚拆了老宅的农家转变而来的新市民。我和赵丽宏都是因婚后无屋，由单位分配到浦东居住，虽说房子小，路途远，条件差，交通不便，但现在回过头来看，毕竟我们搭上了80年代福利分房的早班车，还算是幸运的。

那时，我们才三十出头，血气方刚，精力充沛，又都有上山下乡的经历，所以生活中种种不如意并没有使我们牢骚满腹，更不会使我们意志消沉，反而精神状态出奇地好，似乎浑身都有使不完的劲。应了"远亲不如近邻"这句老话，和赵丽宏在一起，我们成了无话不谈的好朋友。记得刚搬到浦东时，赵丽宏的太太张建英已有身孕，于是买菜、倒垃圾这些家务活儿就由赵丽宏包了，小张在家里洗衣、打扫房间，精心烹调可口的小菜，两口子过着和和美美的小日子，很有"男耕女织"的味道。每天夜晚，赵丽宏在一片蛙鸣声中铺开稿纸写作，小张就在一旁织毛衣。房间虽小，却整齐清洁，灯光柔和，气氛温馨，真是琴瑟和谐。不久，他们就有了一个皮肤雪白、眼睛明亮的漂亮儿子。如今15年过去，赵小凡这个少年郎已经长得虎背熊腰，同父亲差不多高了。

真是光阴似箭！

在浦东的五年，是赵丽宏创作上的旺盛期。诗歌、散文、报告文学，他都有好作品问世。写得又多又快，像一方优质高产试验田。他那些优美的文字，真诚的声音，赢得无数读者。《爱在人间》《玛雅之谜》《人生遐思》等数本很有影响的散文集，就是在浦东创作的。现在回过头来看，物质条件的艰苦，对文学创作的负面作用也许微乎其微，说不定反而起到了一种激励和促进作用。这话可能有点矫情，不过文学创作的丰收，关键在于精神状态的旺盛饱满、专注痴迷，这大概是没有争议的吧！

和赵丽宏相处久了，你就会觉得，和他在一起聊天是一种愉悦的事。他具有温文尔雅的气质，这种温文尔雅是由内而外的，是从血管里流出来的。他很健谈，知识面很宽广，一个话题可以聊得很深很透。对于他不太熟悉的领域，对于朋友的倾诉，他又是一个很好的倾听者，这就使交谈有了一种相知相惜的快慰。他的艺术造诣很深，除了文学，对音乐、美术、舞蹈，他都懂得很多，这和他青少年时期大量的阅读涉猎，文学创作准备期很长有关。有一段时间，他精神苦闷，搁笔停止写作，然而艺术创造和追求的冲动却不肯停歇，于是他就到古玩市场去把玩古陶、古瓷和字画，沉浸一段时间后，竟然也练就了一副鉴别古陶、古瓷和字画的好眼力。不过，他的知识也不是仅仅限于文化知识，他绝不是一个书呆子，不是"两脚书橱"，他在实际生活方面的知识、见识同样很深、很广。

我们住在浦东时，老鼠猖獗，它们晚上从阳台窜进卧室，又从卧室进入厨房，黑暗中吱吱叫着，在房间里窜来窜去，很吓人。而他太太最怕的就是老鼠，一听到老鼠的声音，就吓得钻进被窝里不敢露头，有时整夜不得安宁。赵丽宏被激怒了，发誓要消灭这些讨厌的"小夜叉"。一天深夜，他听到几只老鼠在厨房里闹腾，便披衣起床，关上卧室和厨房之间的门，只留出寸把的细缝，然后耐心地站在门边，等老鼠回窝。老鼠出现后，先是探头探脑一阵，赵丽宏站着不动，老鼠竟堂而皇之地从他脚边走过，又沿着墙壁走向房门，等老鼠从门缝里挤过去时，他轻轻将门一关，老鼠就被拦腰挤扁。以此法消灭老鼠，不费力，但需要时间和耐心。一夜下来，厨房里的老鼠竟然全被如法消灭。第二天，我看到一堆死鼠，非常惊讶，问他精明的老鼠怎么会一只接一只进门送死。他告诉我，老鼠的行踪很有规律，从哪条路上进来，必定走老路回去，所以，只要守在它们必经的门口，万无一失。而且,老鼠基本上是瞎子,你站在那里,只要不动,它看不见你。"鼠目寸光"的成语,不是凭空编出来的。这样简便而高明的灭鼠法,自以为见多识广的我,也自叹不如,佩服不已。

赵丽宏是个恋家的人,按新新人类的说法,称得上是"新好男人"。他常常带着妻儿出游,他们全家去过全国很多名山大川,他还带着母亲妻儿一起出国旅游观光。一方面,他在尽一个儿子、丈夫和父亲的义务和责任;一方面,他又以散文家和诗人的眼光,感受新鲜灵动的人文和景物,激发内心的创作灵感和欲望。他的很多散文佳作就是在旅行途中构思的。

最近,赵丽宏又遇到两件喜事。其一,是上海文艺出版社出版了四卷本《赵丽宏自选集》。全书一百数十万字,诗文并茂,书也出得精美,是他数十年创作生涯的一次检阅。《赵丽宏自选集》出来后,受到读者的欢迎,在文学界也获得好评。其二,是乔迁新居,算上他十多年前从浦东搬出来那次,他已经是第三次搬家。他的新居在淮海路上一家公寓里,闹中取静的三房两厅,布置得雅致而富有书卷气。长廊中书橱夹道,厅堂里字画盈壁,玻璃橱内古老的陶瓷闪烁着幽光,而他那有着两台电脑的书房"四步斋",已经能够昂首阔步地走上四步了。和浦东简陋的一居室相比,是两个不同的时代了。赵丽宏说,他的生活和工作条件的改善,其实也是时代进步的一个缩影。

这就是我的朋友赵丽宏,他称得上是一个全面发展的人。看他的事业和生活同步前进,同获丰收,我由衷地为他喝彩。

(2000年春)

艺海远航
——油画家俞晓夫的艺术人生

如果把俞晓夫创作的众多风格鲜明的油画比作一条庞杂的大船，那么，画家本人就是一个经验丰富、饱经沧桑又充满忧患意识的老船长。他每创作一幅油画，就好比是驾驶着有着鲜明标记的俞氏大船做一次远航。是船长都害怕风浪，但害怕是没有用的，风浪不可能不来。那么就在宁静的港湾里躲着吧。可是躲在港湾里多么无聊，是船，总要航行的，除非你改行不干了，把船拆了当作废铁卖。

人生就是这样，选择了目标，就只能爱你所爱，无怨无悔；就只能目光坚定，勇往直前。

现在，就让我们搭上俞晓夫的大船，跟着他的画笔，做一次艺术上的远航吧！

在2005年的11月，上海油雕院成立40周年作品大展上，俞晓夫一幅名为《寓言》的油画吸引了众多观众的目光。这幅作品尺幅巨大，画面上飘忽着幽深的氛围，忽明忽暗的色调，虚虚实实的物体，清晰又模糊的众多人物在共进晚餐。仔细辨认，可以认出画面上的人物是鲁迅、吴昌硕、爱因斯坦、凡·高、毕加索这些历史人物，还有当代中国著名油画家吴冠中，创作者俞晓夫和他的画家朋友王向明、姜建中等人，猴子捧着奶瓶，小鸟站在人的头顶，小狗躲在大师的怀里吸食饮料，小乐手在吹着萨克斯。鲁迅点燃一支香烟和爱因斯坦在低声交谈，而创作者俞晓夫，却正在和毕加索搂抱在一起开着玩笑。毕加索大师赤着双脚，一只皮鞋在地上，一只皮鞋在手上。画面意象丰富，意境深远，气氛温馨，显示出一幅人类社会和平友好相处的美好场景。欣赏着这幅画，我们会暂时忘却亨廷顿所说的"文明的冲突"，暂时忘却轰炸机、坦克、精确制导导弹所制造的人类的苦难。审视画面上流露出来的温馨、幽深、神秘、飘忽的气氛，我们也许能够读懂俞晓夫深藏心底的悲天悯人的人文关怀意识，也许能够读懂俞晓夫创作时的哲学思考和思想火花。不过，这种人文关怀和深刻思考一点也不僵硬沉重，丝毫也没有妨碍画面的浓郁艺术氛围，创作者的思想感情，和唯美的，华丽的，带有几分贵族气息的画面水乳交融，创作者的历史感悟、人生感悟恰到好处地融进了美丽的笔触线条和虚虚实实的人物形象之中。让观看者一边欣赏，一边也不由自主地跟着俞晓夫一起思考。

这幅《寓言》三联画，获得2005年全国美展银奖，是上海唯一的银奖，为上海赢得了荣誉。

这幅《寓言》三联画，很典型地反映出俞晓夫油画的艺术特征：画家精神上的人文关怀情结，理想主义光芒，深沉的历史使命感同唯美主义的色彩、构图、线条、情趣和谐地共存在画面上。所以，俞晓夫被一些文化人戏称为"画家里的哲学家"。

著名作家赵丽宏是俞晓夫心灵相通的老朋友。赵丽宏在欣赏俞晓夫的画时说过这么一段话："俞晓夫的作品常常使人觉得新鲜，觉得有一种撞击人心的力量。在他的绘画中，看不到甜腻腻的情调，有的是凝重，有的是深厚，是超越时空的遐思和定格。他的画意象丰富，境界深邃，无论是刻画人物还是描绘景物，他都能用独特并且锐利的笔触深入事物的本质，使读者面对他的绘画感受到历史的深沉呼吸，感受到艺术家对他所处时代的与众不同的思索。俞晓夫喜欢用荒诞不经而复杂的意象表现历史。不同时代的人物，不可思议地出现在同一画面中，而人物沉思的表情和冷静的目光，以及活动在他们周围的斑斓幽光融为一体，给人以无限遐想。"

批评家毛时安也是与俞晓夫相交很深的老朋友。毛时安评论说："俞晓夫是很聪明而不是小聪明的画家。他的聪明使他的作品不会有宏大叙事而赤膊上阵、笨重不堪的毛病，相反总是那么灵动恣肆，神采飞扬，生机盎然。他的图像，看看清晰看看模糊，看看写实看看写意，让你不断交替戴上近视镜和望远镜，视觉总是处在交换的过程中。我们很难用一种'主义'来概括他的画风。你可以说他写实，但他总是变形，年轻时扎实的造型基础，使他的变形总是那么恰到好处地鲜明、准确、传神，他的灵魂，时常在一个深邃广阔的背景下深思游荡。平民气质和贵族趣味在他身上和谐地得到了统一。"

那么，俞晓夫这种混合着英雄主义、理想主义、人文关怀的深沉使命感又是怎样形成的呢？

那就让我们从俞晓夫人生成长道路上留下的脚印中去寻找答案吧！

1950年，俞晓夫出生在一个军人家庭。父亲是人民海军的一个工程技术干部，上尉军衔。母亲是一家设计研究所的技术员。在俞晓夫出生之前，俞家祖籍是在常州市近郊的一个小镇，小镇名叫"西横林"，镇中心有一条热闹繁华的小街，街的两旁，开着一家家米店、饭店、理发店、南货店、烟纸店、杂货店。俞晓夫的爷爷，是当地一名手艺出众的裁缝，在街上开了一家小小裁缝店，凭着出色的手艺，诚实的为人，小店倒也生意兴隆，成了小镇的一个品牌。俞老裁缝手头有些积蓄，心中便萌生起一个创业的梦想，就带着全家人离开故乡来到上海滩，靠着勤奋，靠着吃苦耐劳，靠着出色的手艺，在上海滩站稳了脚跟。这样的小康日子没过上几天，日本军人的铁蹄就无情地踩碎了俞老裁缝的创业之梦，抗日战争爆发了。

为躲避战乱，俞老裁缝率全家南下香港，期望在香港能打拼出一番新天地。岂料那时香港也是百业萧条，老百姓时时担忧着日本军人的铁蹄闯进香江，哪又有什么心思做新衣裳打扮自己？经过几年的苦熬，生意毫无起色，俞老裁缝只能失望地带着全家再回到上海，摆个小摊做裁缝，起早摸黑地用一根缝衣针维持一家老小的生计。

1950年，俞晓夫降临到这个世界的时候，俞家的境况已经大为改观。俞老裁缝的一世辛劳，终于将儿子培育成一个懂得数理化，拥有专业知识的工程技术人员，俞家的第二代继承人光荣地参加了人民海军，成为一名拥有工程技术专业的上尉军官，妻子是一家设计研究所的技术员。

俞晓夫对自己童年的印象，就是自己是一个家境优越的干部子弟。他的家住在常熟路延庆路口，边上的瑞华公寓，当时住的都是华东局的干部。居住在这样一个主流社会的主流人群中间，耳濡目染，不知不觉中受到熏陶和感染。在俞晓夫印象中，邻居和弄堂里的孩子，一个个都朝气蓬勃，读书学习，刻苦用功。一个个都胸怀大志，肩负使命，目标明确。这使得本来就好读书的俞晓夫，也愈加变成一副爱读书、有朝气、要奋斗、立大志的模样。他常常在课余、休息日步行到陕西南路上的卢湾区图书馆去读书，一坐就是老半天。他读书很杂，小说、散文、人物传记都很喜欢。俞晓夫成长到16岁时，迎来了"文化大革命"。大字报，大辩论，红袖章，红海洋，全民狂热的气氛，使得少年俞晓夫也变得骚动不安起来，他出身于革命军人家庭，属于"红五类"，是根红苗正的子弟兵，是最有资格起来"造反"，"破四旧立四新"的革命青少年。于是，俞晓夫就成了最早的红卫兵，而且被选为班长。那时候，俞晓夫有一个邻居是"文革"中复旦大学红卫兵首领胡守钧的同学，俞晓夫常常在邻居家中看到雄辩滔滔的胡守钧，并且很快就把胡守钧当作心中崇拜的偶像，怀着一腔革命热情，到复旦大学去看大字报，抄大字报，听大辩论。从辩论双方的引经据典，俞晓夫立刻感受到自己思想理论的匮乏贫困。由此，他立刻从喧嚣骚动的革命氛围里退了出来，一头扎进卢湾区图书馆，手捧厚厚的马恩选集、列宁选集，认真阅读起来。马克思、恩格斯的《神圣家族》，他读完后仍然半懂不懂，而读《共产党宣言》却马上被深深吸引，很佩服马克思用艺术化的语言，优美的文笔，充满感情地描绘出共产党人的世界观和人类社会的美好蓝图。

　　按照这样的人生发展轨迹，按照这样的逻辑，俞晓夫应该更有可能成长为一个政治家，或者领导干部啊，为什么他最终成为一个唯美主义加理想主义的艺术家呢？

说起这个问题，俞晓夫不由得从心底深深地感激他的父母亲，是父母亲的知识文化气质孕育出他这个天生有着艺术气质的孩子。他的绘画天分，在他3岁时就被母亲发现了。母亲发现这个淘气的儿子用妈妈的滑石粉笔，在地上画了一地的图画，这些图画全是昨晚妈妈带着他看过的电影里的故事情节。这个聪明的妈妈立刻发现了儿子的潜在才华，她非但没有阻拦儿子乱涂乱画，反而从自己工作的研究所带回来一卷卷报废的图纸，让宝贝儿子的天性自由自在地充分发挥。3岁的俞晓夫别提有多高兴了，从此就沉浸在他自己的精神世界里，一画就是老半天，兴奋极了，从来不觉得苦，也不觉得累。

俞晓夫至今还清楚地记得，在幼儿园读大班的时候，幼儿园老师在一块小黑板上画画，画到一半接到通知，要组织幼儿园小朋友出去游行。在20世纪五六十年代，这样的游行是经常的。正在老师张罗游行之际，俞晓夫小朋友忍不住想过一下画画的瘾，悄悄地把老师的画擦去，凭着记忆，在黑板上画了一个斯大林元帅的侧面头像。老师回到教室后，打量了好久后称赞道："这个小孩将来一定是个很好的画家。"因为画出了这个逼真的肖像，老师让俞晓夫手持小红旗，走在队伍的前面，以示鼓励。

俞晓夫在安福路小学上一年级的时候，绘画才能再次被老师发现。这位美术老师是少先队大队辅导员。有一次，她画黑板报画到一半被通知去开会，小小的俞晓夫自告奋勇接着画下去，等到女教师开完会回来，她看到一个英勇的解放军炮兵战士正神情专注地将炮弹塞进炮膛。女教师从此就找到了一个擅长画黑板报的替身。

女教师很喜欢这位热爱画画的小男孩，推荐俞晓夫去考市少年宫美术组。俞晓夫很轻松地就考上了。这时，他才上小学二年级。在市少年宫美术组学习了一段时间后，他听说徐汇区少年宫美术组更专业，又去报考，又很轻松地考取了。于是，一个背着画夹的小男孩，又经常出没在宁静的高安路徐汇区少年宫。

俞晓夫的父母亲看到儿子对画画兴趣十足，托人为儿子拜大画家哈定为师，学费每月20元。这在20世纪60年代，是一笔很大的开销啊！在哈定的画室，和他一起学画的孩子中，有后来在"文革"中画针刺麻醉出名的汤沐黎，画抢救国家物资而牺牲的知青出名的徐纯中。到小学五年级时，俞晓夫已经娴熟地掌握了画水彩人头像的技巧，能把头像的五官、表情、结构画得十分到位。

1963年，俞晓夫考进了安福路上的黎明中学。算他运气好，教他美术课的老师叫陈宗谦，还是徐悲鸿的同学呢。陈老师一手油画完全是欧化的，严谨细致，重视基本功。俞晓夫又遇上了一位名师。

从3岁学画，一直到16岁时遇上"文革"，俞晓夫已经学了13年的画。他的画画是童子功，要他放弃已经是不可能的事情。尽管"文革"停课闹革命，俞晓夫仍然没有放弃学画，也没有放弃读书，他仍像海绵吸水一样，每天学画，每天读书，除了读可以公开阅读的《马克思恩格斯选集》《列宁选集》《毛泽东选集》，他还从窗子里爬进学校图书馆去偷书，偷杂志来读。这样的"雅贼"，也算是特殊年代的一大文化景观吧！

在那个动乱的年代，俞晓夫中学毕业了，被分配到上海客车厂工作。但上班其实也无所事事，他长期借在厂工会画画，画的都是"革命大批判",这让他厌烦,于是更加拼命地找书读,俄罗斯文学,法国文学,到处去借。一边读,一边做了大量的读书笔记。

就在这段打发光阴的日子里,他又一次碰上了机遇。他的一个同学,从画家黄英浩那里借来厚厚一叠苏联《星火》杂志文学插图。这些精美的插图,在只有样板戏的年代,仿佛是另外一片崭新的艺术新天地。俞晓夫如获至宝,他躲在工厂的小阁楼上,没日没夜地临摹,一个半月里临摹了600张插图,整个人仿佛被600张艺术插图勾走了灵魂一样,终于在爬小阁楼时一头栽下来,摔断了一根腿骨,还摔成了轻度脑震荡,下巴上缝了三针。但是,从此以后,这600张画里的洋人却像有了灵魂似的,永远就活在俞晓夫的脑海里,随时可以唤出来派上用场。

等到腿骨愈合后,俞晓夫脑海里长了灵魂的那些洋人,总是想跃跃欲试地跳将出来。从此,他成了受出版社编辑喜欢的连环画作者。

他画的第一本连环画是与上海人民美术出版社毛震耀合作的《南征北战》。接着,上海人美再请他画一本黑白连环画《与鳄鱼搏斗的人们》。刚开始动手不久,他一生中最重要的运气降临了:他作为工农兵学员,考进了上海戏剧学院美术系。他揣着这本刚刚动手创作的连环画走进了大学校园。

大学校园的气氛非常适合俞晓夫。他读书、思考、临摹、创作,勤奋极了。他的油画老师是他非常崇拜的后来旅居法国的画家方思聪。由于俞晓夫的刻苦用功,他临摹方思聪的画,到了几乎可以乱真的地步。而一空下来,他就从容地创作连环画《与鳄鱼搏斗的人们》。画这本连环画时,他努力学习苏联画家平基舍维奇那种黑色、白色对比强烈的艺术技巧。和中国所有的一代中年人一样，俞晓夫血液中流淌着很多俄罗斯养料：深沉、忧郁、大气、辽阔，崇尚良知，关注社会和人生。在戏剧学院读书，俞晓夫一直沉浸在俄罗斯历史和文学塑造出来的意象之中：涅瓦河畔的自由辩论，托尔斯泰的火车站，伏尔加河的船夫。俞晓夫曾经很迷恋苏联的莫伊申科、柯尔席夫、特加切克兄弟这四位画家，非常佩服莫伊申科的《红军过村庄》，柯尔席夫的《红旗》画得凝重深刻、直指人心，蕴含着巨大的精神力量，特加切克兄弟俩的《战地阅读》《面包》里所表现出来的生动笔触和形式美也深深地感染了他。俞晓夫也一度很崇拜列宾和苏里柯夫，揣摩他们的构图和技巧，后来又着重探究谢罗夫的画艺。

沉浸在图书馆和教室的日子过得真快啊！俞晓夫有很多书还没有开始读，马上就面临着毕业了。毕业作品是对大学生活的一次全面总结和检验，每一个同学都在认真准备着。俞晓夫用一个半月的时间，苦苦思考，潜心创作，他的作品是油画《太平天国的将士们》，画面上，色调冷峻悲壮，50多个太平军将士遍体鳞伤地战斗在天京城下，他们在同伴的血泊中进行最后的厮杀，表情坚毅、痛苦、平静、无奈，画面惨烈悲壮，鲜血流淌，尸体重叠。这幅画蕴含着作者深沉的思考，作者在阅读了大量史书后，试图用作品来表达对太平天国历史的新的解释，提供新的历史评价。太平天国领导层在占据南京后迅速地、大规模地走向腐败和内讧，让我们年轻的油画家感到震惊，这幅具有思想穿透力的作品，正代表了他思考的成果。这幅画一挂上墙，就引发了很多责难。有人说："太残酷了，为什么不去表现太平军全盛时候的风采？"有人说："这样悲观地看待农民起义，是不是立场态度有问题呢?"

这些公式化的责难,正是公式化思考的结果。而俞晓夫在读了太平天国历史后,他认为太平天国把西方的上帝作为精神支柱和理论核心,这在中国农民中是没有根基的,太平天国的上帝也体现不出真正的基督精神,所以这是不可能成功的,就像中国的京剧以哈姆雷特为主角,不会有很多观众是一样的道理。这样的思考结果,出自20世纪80年代初"思想解放"运动刚刚发端之际,确实是难能可贵的。

不过,在当时思想还被禁锢的年代,这幅画只得了三分,理由是创作者的文艺思想不健康,这很让俞晓夫感到沮丧。

但是,很多事情都是祸福相互转换的。毕业分配时,上海画院招收学生的是画家杨正新,他却深深被这幅油画表现出来的艺术氛围所打动,一眼看中了俞晓夫,把他招进了上海油画雕塑创作室。

从此,俞晓夫开始了职业画家的生涯。一片更广阔的天地,在他眼前展现。

刚到油雕院工作不久,俞晓夫完成了他在大学时创作的黑白连环画《与鳄鱼搏斗的人们》,交给上海人民美术出版社出版。这种大胆的黑白处理画法,场面结构画法,在连环画界引起了争议,有赞成,有反对,但更多的声音,是为中国连环画界冒出一个有才华的年轻人而惊喜。北京的《连环画报》,杭州的《富春江画报》都给了俞晓夫很多鼓励。这使得俞晓夫很受鼓舞,他又开始创作新的连环画。

连环画评论家徐谷安曾经写过一篇《俞晓夫和他的连环画艺术》的美术评论。他在文章中说:"俞晓夫的可贵正在于他不迎合既往的审美情趣,而潜心发掘和表现(不是再现)新的审美领域。他创作的连环画一向是无拘无束和注重个性发挥的,往往出人意料,却能发人思索。"

为什么会发人思索?因为俞晓夫每当接受一部世界名著改编的连环画剧本,就会去找来原著,长久地沉浸在原著的气氛中,搜寻那个时代的社会文化风土人情形象资料,张开想象的翅膀,把原作的内容融会贯通为自己的想象,将丰富的书面资料化为独特的形象。资料在他心田里,发芽,开花,升华为艺术真实。等到落笔画画时,他倒变得随意和灵动,笔触随着心里不断冒出来的念头而游动,肆意挥洒,觉得不够艺术性,又会在原稿上反复修改,一直到自己满意为止。俞晓夫在谈连环画创作时也说:"到真正画时,我就不看资料了,一看就要画坏,待画好了,一切处于似与不似之间,根本看不出用资料的痕迹。但我在搜集各国资料时是老老实实的。"

这样经过无数个从具体到抽象,从感性到理性的循环往复,再加上作者的才情,他创作的连环画,自然有一股别致的情韵,让美术爱好者倾倒。

1983年,俞晓夫新创作的根据莫泊桑原著改编的连环画《一个儿子》在全国第三届连环画评比中获得二等奖。作者是在用画大幅油画的扎实基本功和技艺画连环画,线条、色彩、笔触、氛围,都聚焦在人物形象上,赭灰色的基调,弥漫着古老深沉的欧洲氛围,灵动又恣意。画面散发着莫泊桑作品独有的惆怅和压抑,似乎听得见莫泊桑的叹息。《连环画报》编辑部破天荒地做出决定,将《一个儿子》一幅画面局部放大印刷在连环画报的封底。画家执着的美术追求和不懈探索的精神在争议中受到赞赏和关注。

同时，他的黑白连环画《根》也获得全国第三届连环画评比二等奖。

他的彩色连环画《和平鸽》获得"上海首届青年美展"一等奖。

"无心插柳柳成荫"，俞晓夫将西洋画技法用在连环画上，获得了成功，1985年，他成了上海文艺界十颗新星之一，荣获"上海青年艺术十佳"称号。

回顾连环画的创作，俞晓夫说："连环画的造型、构图，对我帮助很大，油画可以借助连环画，我的油画现在还没有完全摆脱连环画。"

其实已经不用摆脱了，连环画的某些元素，已经完全融进俞晓夫独有的油画风格中，想摆脱，恐怕也很难。

1984年，俞晓夫为参加第六届全国美展，精心创作了一幅在他艺术生涯中极为重要的油画《我轻轻地敲门》。画面笼罩着如梦幻一般的意境气氛，晚清时期海上画派的四位大师——吴昌硕、任伯年、虚谷、蒲作英姿态各异，面部表情平静，探究的目光专注地射向门口，连那只小猫也转过头对着大门。是谁在敲门？敲门者想说什么？是想表达对四位大师的崇敬，还是想对大师说一句"数风流人物，还看今朝"？也可能是想进来聊聊天，问一声好。更让人惊叹的是，画面上那种凝重的一刹那间定格一般的气氛，显示出俞晓夫的艺术才华。

这幅油画，一展出便引起美术界的震动。然而，这幅画在第六届全国美展中落选了。消息传出，几个星期内，全国便有许多家美术报刊争相刊登这幅落选作品。也有一家美术馆要高价收藏这幅作品，就在这一片争议声中，《美术》月刊在封面大幅刊登了这幅具有厚重人文精神的油画，以后又成为几乎所有全国性大型画册的必选之作。

《我轻轻地敲门》虽然落选，但造成的影响却如此之大，这又是俞晓夫始料未及的。这幅具有里程碑意义的画，初步奠定了俞晓夫在油画界的地位。

1987年，俞晓夫又创作出一幅让美术界眼睛一亮的作品《一次义演》。画面上，幽深的颜色，神秘的氛围，俞晓夫和毕加索带着一名跛足的好像是绑了绷带的小孩在行走，好像在募捐义演，画面的右半部，是画家对战争留下的碎片、废墟、弹片的展示，组合在一起，就有了一种触目惊心的艺术感受。这幅画，获得了首届中国油画展的大奖，再次奠定了俞晓夫在油画界的地位。

1988年，在当时的出国留学大潮的诱惑下，俞晓夫来到英国求学，现在演皇帝戏演得正红火的张铁林在英国学戏剧，他们成了邻居和同学。此时，诗人北岛也在英国，一帮留学英国的中国文化人常常聚在一起聊天。这时的俞晓夫精神上又一次处于迷惘的状态。他在看画展，进课堂，探究艺术发展的潮流时，发现源自西方的架上油画，在它的故乡正处于急剧的衰落之中，讲究绘画的基本功仿佛是保守落伍的代名词，仿佛画笔应该丢掉了，代之而起的各种时髦的装置艺术、行为艺术、观念艺术成了主流艺术，繁忙地现身在各种展览会上，传统绘画，倒反而边缘化了。是放弃画笔，也去玩各种眼花缭乱的观念，还是坚持用传统的画笔画下去？难道学习西方绘画学到技艺纯熟、炉火纯青的地步，就只能在路边替游客画肖像谋生吗？可是如果跟着西方现代艺术走，一味模仿，没有自己的根基，会不会突然从半空中掉下来，变得前不着村，后不着店？这些问题，一直在俞晓夫脑海中盘旋。

在英国待了半年，俞晓夫实在看不到有什么光明的前景，顶着巨大的压力毅然决然地回家了。

西方现代艺术的流行对俞晓夫的刺激很大。是啊，西洋油画自清朝末年进入中国，经过几代人的努力，传承到俞晓夫这一代的时候，正处于基本功扎实，技艺纯熟的时期，应该是收获的季节，应该是出大作品的时候啊！怎么突然就边缘化、一文不值了呢？精神上能受得了吗？可是如果也跟着西方现代艺术玩观念艺术，我们国家的物质基础、人文状态和发达国家完全不是一个等级，你又怎么可能玩得起来？

于是，俞晓夫在迷惘中进入了低潮。他情绪低落，心灰意冷，和画院美工下围棋，打扑克，消磨时光，同时，心底里却在苦苦思索答案。

大约用两年时间寻找，答案在俞晓夫心底渐渐明确：坚定信念，排除干扰，勇往直前，决不半途而废。西洋油画虽然来自欧洲，但是中国人画得更好，就是中国的，如果全世界都不再画油画，那中国油画就是孤本，就最前卫。就像足球并不在南美土生土长，但是巴西人玩得最好，足球就属于巴西，道理很简单。

于是，俞晓夫摆脱了情绪低潮，又重新拿起画笔。这次拿起画笔，他心里多了一项使命，要向汹涌而入的西方强势文化宣战。他觉得自己在被迫应战，是在抵抗侵略，这使得他的创作，平添了几分悲壮的色彩。他在一篇文章中写道："对外国现代艺术，有没有皇帝的新装？有没有故弄玄虚？有没有欺骗上帝？有没有讲得清的观念？有没有讲不清的观念？有没有人为炒作？对中国现代艺术，有没有拣便当的做？有没有虚伪和机会主义？有没有'硬装斧头柄'？有没有'空麻袋背米'？有没有无病呻吟？有没有打外国牌？"

这好像是一篇战斗的檄文。

就像马克思说的那样，批判的武器不能代替武器的批判，必须画出好作品来才称得上是真正的战斗。

黄昏时分，窗外射进夕阳的余光。俞晓夫蜷缩在画室的沙发里，思想渐渐地活跃起来。俞晓夫的脑子里，闪烁着各种意象，内心开始骚动不安，又进入一种梦呓一般的回忆和思考的状态，这是俞晓夫最佳的创作状态。此时此刻，他思维如万马奔腾一般，宏大的历史场面在快速闪过，他只剪裁内心感受最深、最能表达此时此刻内心世界那一块，寻找到了就马上把历史切割下来，剪裁，切割，添加新内容，注入新感受，重新予以组合。借古讽今，移花接木，似是而非，隐喻讥刺，在一片灰色幽默、黑色幽默中构建俞晓夫独特的精神家园。

油画《实验剧目——项羽的坐骑过江东》就这样画出来了。画面上是一个实验舞台，没有灯光，一位历史风云人物，好像是项羽扑倒在一条降下风帆的小船上。项羽的卫士在吹着小号，而俞晓夫本人，正在画面上拉着大提琴，是在为楚霸王唱一曲挽歌，还是楚霸王觉得现代人活得实在太沉重？画面时空交错，古今相融，亦庄亦谐，意境深远。

《史官司马迁回故里》，画面气氛不知应该悲伤还是欣喜。司马迁受了宫刑后，脸上已经没有了胡须，有点女性化了，乡亲们吹吹打打提着、扛着食品来看望他，目光的交流，是沉痛还是欢欣？也许是悲喜交集吧！在司马迁的右手边，一个扶脸垂目的侍从一样的人物，初稿上画的是俞晓夫自己，但画家俞晓夫横看竖看觉得不舒服，觉得破坏了画面的整体气氛，后来才改成司马迁的一个侍从或者是一个马弁。这体现了俞晓夫的艺术观。他的画，确实蕴含了他许多独特的想法，体现了他的价值观、人生观、历史观，隐藏着他的政治理念，但是，他随时准备向艺术妥协。他思想深刻，思维活跃，但他更遵从艺术的召唤。只要政治理念阻碍了艺术的完美，政治理念马上让路给艺术。所以，俞晓夫的画才会有这么多人喜欢，所以，俞晓夫只是个有思想的艺术家，并不是一个懂艺术的思想家。

托尔斯泰，是俞晓夫景仰的艺术家，在俞晓夫的画中，经常会出现托尔斯泰的形象，作者有时和他共进早餐，有时与之共同洗澡。那幅《与托尔斯泰交谈——与之共同沐浴》油画，就很值得评说一番。画面上，俞晓夫和托尔斯泰在同一个浴缸里，也许有着坦诚相见、肝胆相照的寓意。墙壁上挂着圣母马利亚的画像，可能有着在黑暗中寻找光明的含意。一把俄罗斯的镰刀，一罐水，一只面包，大概表达了人类对物质生活的观念。也许作者认为，人类这样一种高级动物，主要是为了精神生活而活着的，至于物质嘛，一罐水，一只面包，再加上空气，这就足够了，这也许正是画面上的俞晓夫和托尔斯泰能够坦诚相见的理由。

从欣赏这幅画的过程来看，俞晓夫的画确实蕴含着他的许多想法。欣赏他的画，需要欣赏者一起参与进来"互动"，需要欣赏者也进入角色，才能完成整个审美过程，也许这正是俞晓夫油画所隐藏的现代意识。

油画家姜建中在《我眼中的俞晓夫》文章中说："如果说俞晓夫钟情于历史题材，毋宁说他是以此为契机表述了他个人对经典艺术的景仰。他的绘画，既不像传统绘画那样再现客观世界，也不像抽象绘画那样纯粹从内心的观念出发去解释自然，而是以一种纯粹的视觉角度以他'个案'的方式切入，通过历史题材来诠释他对政治、历史、文化的态度。"

《俄国往事》这幅油画，就很能说明姜建忠对俞晓夫的评价是入木三分的。俞晓夫有俄罗斯情结，崇拜列宁，向往十月革命。在《俄国往事》中，列宁佩戴着红袖章，骑着一辆自行车，坐在自行车车架上戴眼镜的年轻人，就是俞晓夫。后面的人群中，洋溢着热烈的气氛，美丽的新娘仿佛在舞蹈，抱在手里的孩子吹着小喇叭，红军士兵扛着步枪，沉浸在革命激情中的俄罗斯人，精神面貌是朝气蓬勃的。这幅画，诠释了俞晓夫对革命的态度。

俞晓夫画画，为什么总是喜欢把自己也画进去呢？因为，画中的俞晓夫既起着一种视角的作用，又起着一种串联起情节和讲故事的作用。像《我的精神家园》这幅画中，画家俞晓夫分明是在说一个与自己有关的故事：俞晓夫要搬家了，一辆轿车露出车牌号，这正是真实生活中的俞晓夫开的那辆桑塔纳轿车。画面的右边，一些历史人物或坐或站。仔细辨认，可以辨认出坐着的是马克思，他们是来为俞晓夫送行，还是一起搬入俞晓夫的新居？当然，和俞晓夫许多画一样，故事、历史只是一个索引，画面留给读者更多的是思索的空间，欣赏的空间。

美术评论家邓平祥在《时空交错古今相融》一文中说："俞晓夫

创造了一个'意念真实'的境界。他不愿自己的作品仅仅再现一个世界，陈述一个故事，但是他又知道必须用具象的方式表达，才能诉诸人们，于是他突破时空的樊篱，以意念的合理，想象的真实去创造艺术的真实，这是一种比现实更具有魅力的真实。"

1999年，以美国为首的北约，对科索沃进行狂轰滥炸。和千千万万具有良知和使命感的人一样，俞晓夫愤怒了。他在《谈艺录》文章中说："我不是政治家，更不是国际问题专家。我只能凭一双直观的眼睛去目睹眼前发生的一切。我只能用自己的画笔去记录这个只有中世纪才出现过的黑暗事件。我通过我的画面告诉人们：不要太远离马克思和列宁！他们一些警示是对的。当冷战结束，人们以为天下从此太平，然而接踵而来的是F-117马上就在你的头上盘旋。可以说资本主义永远有它原罪的一面。"

俞晓夫为我们创作了一幅《铁皮鸟》。黑漆漆的天空中，一架F-117轰炸机掠过房顶，画面上的三位男人，手里各自拿着小提琴、鲜花、石膏人像，是在象征着二战时苏联卫国战争时肖斯塔科维奇在被德军包围的列宁格勒指挥演奏《第七交响曲》，还在诉说人民热爱和平照旧平静地生活也不怕轰炸机？看了这幅画，观看者自然会得出结论：人民的精神是不可能被炸弹摧毁的。

这段时间里，俞晓夫还画了一幅《今日早新闻》。俞晓夫在解释这幅作品时说："我画长大了的小天使，是因为她今天也沦为难民；我画一柄小红伞，是我给南斯拉夫Baby的一点点安慰；我画自己，是因为画里只有我能读到今天的新闻——尽管它令我沮丧，但我只能面对它去度过那以后的漫漫岁月。"

俞晓夫就是这样一个听凭内心良知和使命感创作的艺术家，他的脑子里始终充满激情。他很崇拜墨西哥"壁画三杰"——里维拉、奥罗斯科、西盖罗斯这三位绘画大师，他更亲近、更喜欢西盖罗斯。西盖罗斯曾经说过："我只要听到内心的召唤，我就会扔掉画笔，会上山去打游击。"读到这样的文章，总会让俞晓夫奇思怪想，激动不已。俞晓夫还崇拜拉美革命家格瓦拉，总是想着怎样才能粉碎一个旧世界。

笔者在2003年随中国新闻代表团出访墨西哥时，曾参观了墨西哥国家艺术宫和现代美术馆，深深地被里维拉、奥罗斯科、西盖罗斯"壁画三杰"的作品中所迸发出的艺术魅力和思想魅力所震撼。"壁画三杰"具有强烈的社会责任感，为公共建筑绘制了大量大型壁画，用壁画、胶画等艺术品使建筑物成为自己向社会公众发表思想观点的大型舞台。有意思的是，"壁画三杰"在不同场合都提到过他们拒绝架上作品的理由之一，是因为架上作品尺寸小，易收藏，最终必然落入资产阶级收藏家之手，这理由确实太奇怪，也太偏激。尽管如此，随着墨西哥中产阶级人群的扩大，"壁画三杰"还是创作了许多肖像画、自画像、风景画。据说，他们把小型的架上作品当作是一种创作大型作品之后的休息。尤其是俞晓夫思想上、艺术上既崇拜、又亲近的西盖罗斯，首创将合成材料，比如合成树脂、汽车油漆、大理石粉作为材料，使壁画产生如雕塑般的质感。西盖罗斯画画，除了画笔之外，还用画刷、气动喷枪甚至是手指，作品的意象、形象既丰富，又多姿多彩，工人、农民、军人、英雄、无产者、尸体、风景，都在壁画中得以展现，而作品同时又具有叙述性、思想性。欣赏西盖罗斯大师的艺术作品，可以看出俞晓夫确实深受大师影响，西盖罗斯作品中气氛的凝重深沉，幽暗的深褐色、黑色色彩，写实又变形的人物，压抑的挣扎的反抗形象，奇特的丰富的想象力，都融会贯通地同样成为俞晓夫油画中的艺术元素、艺术养料。

甚至俞晓夫喜欢的双联画、三联画这种技法，很可能也是受西盖罗斯影响的产物。我在墨西哥国家艺术宫看到过一幅西盖罗斯1968年创作的名为《暴雨》的双联画，大师用丙烯原料画在胶合板上，隐晦含蓄地描绘了1968年墨西哥的学生运动和当时世界各地无数的抗议活动，表现出大师对人类前途命运的担忧及思考。同时，画面又是用富有创新的绘画语言来倾诉的。画面上的青年，眼睛里流露出的痛楚、悲悯、哀伤，让人过目难忘，大师是用新颖的人物造型艺术和压抑的氛围来抒发他的思想观点。这幅极具震撼力的作品，在2006年5月，由墨西哥现代美术馆和上海美术馆联合在上海举办的"墨西哥现代美术展"上，被印在画册的封面上。

俞晓夫在《谈艺录》文章中这样解剖自己："对我来说，我的画之表达，是我对理想主义和使命感的一种精神上的追求，但这不是我创作的全部内容。我就像意大利烧炭党人一样，一方面从事'革命'，一方面照样过着'资产阶级'的生活方式，我还很有些诗意，有些罗曼蒂克，有些无政府主义……因为毕竟是凡人。美丽的艺术表达对我来说有着挡不住的诱惑。"

这段话，可以看成是打开俞晓夫神秘艺术之门的一把金钥匙。他岂止像意大利烧炭党人，他也许更像20世纪30年代住在上海租界公寓里的左翼作家、艺术家，每天吃着牛奶、面包，但心中最关心的是毛主席领导的红军长征到了哪里？是否已经冲出了敌人的包围圈？尽管胸怀革命激情，但左翼作家创作时却是严格遵从艺术创作规律的。所以，现在回过头来看，20世纪文学上成就最大的作家，就是以鲁迅、茅盾、巴金、曹禺为代表的左翼作家。

正因为这样，俞晓夫才能创作出《拍卖古钢琴》《钢琴系列》这类艺术上十分唯美的油画。《拍卖古钢琴》中，古钢琴上面看不清面目的人体和器物，无不散发着贵族式的趣味。而获得首届上海美术大展金奖的《钢琴系列之十》，人物取材于电影《辛德勒的名单》，而笔触、色彩、线条却是艺术质感极为强烈的，让人看后觉得深受震撼。还有一幅是油画家姜建忠极为称赞的《一个人的战争》，从思想感情来说，俞晓夫是想表达他对西方现代主义的宣战和抵抗，是嘲讽西方现代主义在艺术上并不成功。但在油画技巧上，却充分展现出他炉火纯青的技巧处理。照姜建忠的说法是："平整的色彩魂牵梦萦，耐人寻味，对边缘线的处理已突破了传统意义上的技术，一张一弛地相互挤压，变幻莫测的线的走势，眼花缭乱的涂抹，使观者在阅读时有点眩晕。"

从思想感情和艺术技巧两个高峰同时攀登，在理性和感性两个方面的才能同时拥有，又同样花力气追求；他用理性审视历史、社会、人生的大悲大喜，他用感性审视笔触、色彩、线条的艺术韵味。

如果把思想感情比作水，如果把绘画技巧比作泥，那么把水和泥融合在一起，才能雕塑出一个完整的俞晓夫。但是，是什么把水和泥搅拌在一起呢？应该是一颗好奇、爱探索的童心，如果想要用技巧、感情、童心三个因素来合成艺术家俞晓夫的话，那么应该是五分技巧，四分感情，外加一分童心。

俞晓夫已经56岁了，但仍旧像个老顽童，保持着一份贪玩的心思。他的书房里，仍然放着许多玩具、玩偶，书房猛一看有点像儿童的游戏房。他画的玩偶漫画，也有点像孩子的随手涂鸦。童心未泯，在他身上，首先表现在他很爱和他养的两只小狗玩。看宠物咬橡皮圈，喂小狗吃大白兔奶糖，为小狗分狗粮，两只狗要分得一样平均，不能有多有少，有富有贫。他外出聚会，总不会忘记要带半块省下来的牛排或者几块红烧肉，回家给小狗吃。现在，俞晓夫如果很晚回家，两只小狗总是要等着，等到见到俞晓夫，还要用嘴去拱俞晓夫的手，看看带回家什么好吃的。童心未泯，其次是表现在他具有演喜剧的天分。每逢朋友聚会，俞晓夫总是一个活跃的角色，再一本正经的事情，经他绘声绘色地连说带表演，准能把旁人逗乐。他的话总是令人发噱，让人捧腹。童心未泯，更表现在他的一些看来是很幼稚的行为举止上。俞晓夫夫人有一次在朋友聚会上说："俞晓夫太喜欢烧小菜了，他喜欢自己去买菜，买回来很多很多，再一个个烧好。小菜都是五六十年代很老式的菜，像焖发芽豆、油面筋塞肉、水发鱿鱼、萝卜排骨汤，一烧就要烧十几个菜。我们夫妻两人现在胃口都很小，儿子在国外留学，吃不下，只好倒掉……"一席话，说得大家都大笑不止。问俞晓夫为什么这么傻，他说他把烧菜当成绘画之后的调节和休息，俞夫人却在旁边揭他的"老底"："有一天，他晚上6:30就坐在电视机前睡着了，怎么叫也叫不醒，只好把他扶到床上去继续睡。到凌晨两点钟，他已经睡醒了，没事可干，爬起来到厨房间烧小菜，一烧烧了十几个菜,外加一大锅子汤。到早上6点半,他洗个澡后就去上班了。弄得我一个晚上没有睡着,早上起来,面对桌子上十几个小菜发愁,这么多菜,怎么个吃法?只好去叫邻居一道来吃。"俞夫人的这番话,又让朋友们笑了个七颠八倒:这个生活中的老顽童啊,真是个逗人开心,让人笑颜常驻的大活宝!

不过,从艺术心理上说,童心常驻,是可以让艺术生命大为延长的啊!

俞晓夫的油画,这艘庞杂的大船,这些年来一直在乘风破浪,目标坚定地向前航行。

1995年,俞晓夫到祖国宝岛台湾台南市举办个人画展,画展引起热烈反响。

1997年,俞晓夫参加了"庆祝香港回归中国现代美术大展"。

1998年,俞晓夫再次应邀访问台湾,在台湾清华大学接受采访,并参加台湾海峡两岸雕塑写真风格研讨会。

1999年起,俞晓夫加盟陶艺家罗敬频创办的申窑,把油画又搬上了陶瓷。在陶瓷上画出那么多俞记标志鲜明的人物,确实也算是中国陶瓷史上的一大创举吧!

2005年,俞晓夫应邀赴印度尼西亚巴厘岛举行为期两个月的写生创作。在风景优美的巴厘岛创作了30多幅油画,在当地引起轰动,巴厘岛电视台郑重地做了专题采访。他在巴厘岛创作的油画,被当地的收藏家一抢而空。

俞晓夫的油画,这艘大船接下来要驶向何方?英国的画廊,已经表示出邀请的意向。不过，这次去英国，俞晓夫不会像十多年前那么寒碜，那么迷惘了。他也许会在心里说："谁足球踢得好，谁就拥有足球；谁油画画得好，谁就拥有油画。"

2005年秋天，在金色的收获季节里，俞晓夫被任命为上海油画雕塑院学术副院长，他的肩头，压上了繁荣油画创作的沉甸甸的担子。

五十五，出山虎。过了天命之年的俞晓夫依然劲头十足，他驾驭着俞晓夫油画这艘庞杂的大船，开足马力，目标明确地前进、前进。

俞晓夫是为画画而生的。绘画，是他的生命存在方式。

（2008年3月24日）

为汪天云画像

我们都喜欢用红烛和春蚕来比喻优秀教师的献身精神。讴歌女教师的电影，起名为《烛光里的微笑》，李商隐的"春蚕到死丝方尽，蜡炬成灰泪始干"，也移来用作赞美教师的绝唱。这比喻，自然是贴切和到位的。可对于同样是优秀教师的汪天云，我总觉得，喻之以红烛、春蚕或者萤火虫等，并不能完全涵盖他。作为他的老朋友，我对他的简练概括是：一个心理年龄很年轻，很有演说才能，很善于与人合作，有很强社会活动能力的教师、学者、作家。当然，他身上也并不缺乏春蚕和红烛精神。

去年秋天的一个深夜，我已经睡着了，一阵电话铃声把我惊醒，迷迷糊糊中听出是汪天云，说他准备到上海即将成立的教育电视台兼任副台长。他特地来征求我的意见。

我用不容置疑的口吻对他说："老兄，你的选择是正确的，你有很强的社会活动能力和组织才能，不去施展一下，岂不是浪费自身的宝贵资源吗？"

他就这样到教育电视台去了，干活真卖力，每天要到深更半夜才回家。春节期间，他又打来电话，说忙得似陀螺般旋转，从招聘记者到设立节目，全得自己动手，根本没有时间写作。他感慨万分地说："我现在才体会到，你们这些坐班制的人，要坚持业余写作是多么不容易。我当教师时，心灵是寂寞的，生活是清贫的，可时间绝对是富裕的。我现在像股民一样，全部套牢啦。"诉苦归诉苦，可我听得出，他的套牢是心甘情愿的，辛苦忙碌，只是能量释放引起欢乐的另一种说法。

他说他正在忙着筹备庆祝教育电视台开播的文艺晚会。我知道，他是策划文艺演出活动的好手。市委宣传部在组织庆祝建党70周年"世纪之光"文艺演出时，他是主要的策划者和创作者之一，而且是公认的写舞台串联词的好手。

春节过后，他给我送来一份请柬，邀请我去观看他一手策划的教育电视台开播晚会。那天，他的神情比平时更显得端庄肃穆。他一身深灰色西服，一根深红色领带，站在戏剧学院剧场门口迎接客人。这是一台以春蚕、红烛、萤火虫为主题的晚会，和一般的晚会相比，要庄重得多，同策划者庄重的神色成正比。

1993年6月，我和他一同应邀出访澳大利亚。他的策划才能、演说才能又一次得到了检验。他向澳华青年商会会长张力先生力荐了好几种加强澳大利亚和中国之间文化交流的计划。他那种胸有成竹、妙语连珠的模样，我至今记得。

在澳大利亚相处近20天，我对他的了解也进一步加深。

他爱留影，每见一处有着异国情调的新景致，他都会招呼我："给我来一张。"我记得我们在悉尼拍的第一张照片是在一家鱼店门前。他见到那么多叫不上名的新鲜鱼儿，马上站到门边让我为他照一张。在一家小剧场门口，他见到招贴画的设计很有特色，马上又招呼我："来一张。"和他在一块儿，我被动得几乎成了一架摄影机器，总是他选好了景致，再招呼我。而我的任务只是选角度，对焦距，抓表情。他对我新闻系的文凭还是表示了充分的信任。在近20天时间里，我们拍了20卷，平均每天1卷。

他更爱看电影。在悉尼，他没向东道主提什么别的要求，只是希望多找些新的电影录像带来看。他在国内本来就看得比别人多，所以为他找录像带这任务并不轻松。一大摞录像带中，他已经看过的起码一半。每天深夜，当客人离去后，他就躲在被窝里看录像。我看看就睡着了，除非特别精彩的片子。而他却是叫花子吃死蟹——只只好。只要是他没看过的电影，再难看，也一定坚持看完。我经常凌晨被他吵醒，睁开眼一看，他在被窝里半躺着，红红的烟头一闪一闪，眼睛瞪得碧绿，一眨不眨地盯着电视屏幕，那副认真执着的样子，真是可爱极了。问他为什么一定要看这么多，他说："多掌握一些信息，回去后上课可以给学生吹一吹。"他原来是为他的授业解惑生涯拼命汲取养分。

他烟瘾很重，我带去两条中华烟，准备在社交场合张扬一下国威，后来几乎都被他独自享用了。奇怪的是"烟酒不分家"的原则在他那儿行不通。他不喝酒，饭也吃得少，胃口和娇小姐差不多，只吃那么一小碗，吃菜专挑蔬菜，对美味的鱼虾鸡肉仿佛前世有仇。一问，才知此君的胆固醇太高，血液又浓又稠，所以见到蛋白质、胆固醇高的食物，有点儿害怕。问他既然如此，为什么烟还是抽得那么凶？回答是晚上爬格子，靠那根烟提神，中毒已经很深，这辈子怕是改也难啦！可我还是衷心希望他能够戒烟，至少不要抽得那么凶。

他的英语还能对付。我们在悉尼时，正巧在上演中国留学生、上海电视台青年导演朱翊编导的反映中国留学生生活的话剧《黑眼睛》，全部用英语对白。汪天云居然对这全部英语对白的话剧看得津津有味，不时发出会心的笑声。

最有意思的是，当我们到堪培拉访问时，在澳大利亚宏伟的国会大厦前，竟然碰到一个澳大利亚老头的骚扰。我为汪天云拍完照，我自己也存心端了个趾高气扬的架势，正在酝酿表情时，一个洋老头踱过来，用十分冷酷和坚决的声音朝我大喊大叫。我的英语已经基本还老师了，听不出这个古怪的老头朝我喊什么，我也搞不清什么地方开罪了他。这时，汪天云走过来对我说："糟了，老头把你当日本人了，他说日本人滚出去。"汪天云朝老头解释："我们不是日本人，我们是中国人。"他结结巴巴的英语，半生不熟，连说带比画，弄了半天，才让这个不知什么原因对日本人很反感的澳大利亚老头弄明白，他的骚扰是搞错了对象。天云的半吊子英语，关键时刻还真是起了一点作用呢。

在悉尼唐人街一家录像带商店里，汪天云喜出望外地发现他与人合作的电视连续剧《原谅我的心》。他激动兴奋的神情，就像千里奔波找回一个失散多年的孩子。录像店老板是个福建人，姓林，当林老板知道站在他眼前的这位脸上皮肤有点松弛，头发也开始花白，眼睛稍显浮肿，一脸倦容的中年人（因每天晚上通宵看录像，极度缺乏睡眠），就是《原谅我的心》的作者时，神情马上肃然起敬，嘴上一口一个"汪老师""汪先生",马上介绍说:"《原谅我的心》是店里出租率最高的录像带之一。"而国内很走红的《编辑部的故事》,在悉尼华人中倒并不受到追捧。天云一听就得意了,他掩饰不住的满心喜悦,笑得脸上流光溢彩,眼睛顾盼生辉,神采奕奕地搂着一大叠《原谅我的心》,让我为他从各个角度按下快门。一贯严肃认真的人,不苟言笑的他,此时快乐得像个孩子,一个顽皮的孩子。

我认识汪天云是在十年前的一次报告文学笔会上。他在教书之余,忙里偷闲,写了不少报告文学,笔下的人物,以文艺界居多,尤其擅长写电影导演和演员。记得他写过赵焕章、吴贻弓、黄蜀芹、史蜀君、张瑜等,恐怕也就是从那时起,他开始对电影创作产生兴趣了。我喜欢读他的报告文学作品,他的作品文字清新飘逸,仿佛江南丽人般楚楚动人。然而,我也感到,他的报告文学作品,文字美则美矣,但多停留在一人一事的描摹,缺乏对社会、对生活的投射和浓缩,用我自己的话来说,作品中缺乏一种厚度和气势。当然,天云是教师,他的活动范围,基本局限在校园,要他充满激情地挥写社会重大事件,恐怕也不太现实。

再过一段时间,就很少见到他的报告文学。汪天云沉默了很长一段时间后,终于推出了他和黄亚洲合作的力作——电影剧本《开天辟地》,我在公映前就已先睹为快,十分叹服。这是一部史诗般的力作,又是具有纪实风格的巨作,是新中国银幕上第一次展现70年前创建中国共产党的宏伟画卷。看完电影后,我又找来电影文学剧本,再次细细拜读,更觉得剧本激情洋溢、气势如虹,充满了阳刚之美。而且写人物皆有史实为证。看来,要写出这种纪实性全景式的剧本,具有写报告文学的功底，绝对是个有利的因素。我认为，上影厂当时从四个剧本中，选中了黄亚洲和汪天云的剧本，这和《开天辟地》所具备的全景式、纪实性、史诗式的三个特点是分不开的。作为朋友，我当然为天云欣喜，庆贺他终于找到了更符合他气质、个性、才能的艺术样式。

《开天辟地》在汪天云创作生涯中，具有里程碑般的意义。他和黄亚洲获得1992年度的全国最佳编剧奖和金鸡奖特别奖。江泽民、李鹏、李瑞环等中央领导同志观看后给予充分的肯定。当天云手抱金鸡站在领奖台上，我想，他一定是心潮澎湃，感慨良多。他在创作这个巨片时付出了多少劳动啊！他曾多次实地考察党的"一大"会址、韶山、嘉兴南湖等革命圣地，潜心感受当时的环境气氛；他走访了近百位党史研究者和学者，在图书馆浩如烟海的资料中寻觅无产阶级革命家大智大勇的踪迹，他用菲薄的工资和稿酬，购买了大量人物传记，复印了大量的资料，摘录了近百万字的读书笔记。1989年，他和黄亚洲拿出初稿，1990年3月改出二稿，4月改出三稿，6月底又推出四稿。在这期间，他岳母去世，他强忍悲痛，奋笔疾书；因劳累，他的颚骨发炎，脓血塞满耳道，他几乎成了聋子。天云是好样的，在这沧海横流、功败垂成的关键时刻，他显示了男子汉的英雄本色，他从不休息，躲在简陋的招待所里，天天挑灯夜战，香烟一支接一支吸得舌头发苦，饿了啃冷馒头，渴了喝冷开水，苦熬一个月，完成第五稿。1990年7月，《开天辟地》文学剧本正式投拍，上影厂举办了隆重的开拍仪式，在人们的欢笑声和热闹的锣鼓声中，天云躲在人群中，默默地流下了眼泪。那是激动的泪，欢畅的泪，幸福的泪。

从《开天辟地》起，天云在影视剧本创作这块园地里的耕耘及收获都是惊人的。影视文学剧本正好符合他的个性、气质和特长，他心中的艺术激情如喷泉般喷发出来。《银都警笛》获全国电视剧"飞天奖"，与人合作的《原谅我的心》获广电部"飞天奖"及"银河奖"。和陆寿钧合作的电影《第一诱惑》，又获文化部颁奖。他创作的《铁血昆仑》是一部反映中国抗战的巨型历史片，已经由广西电影制片厂投资1200万元开拍上下两集，其中洋溢的爱国主义情感和誓死抵抗侵略者的不屈精神，得到海内外学者白先勇、杜致远、程思远的好评。从《开天辟地》起，汪天云共完成电影电视剧本16部，计200余万字。他多产，作品却并不粗糙，他对作品一贯是精益求精的。《开天辟地》他写了5稿，《铁血昆仑》写了7稿，《第一诱惑》写了两年时间，整整9稿。

天云现在是国内有影响的影视文学作家，然而创作却只是他的副业。他的主业，仍是教学。他的名片上，没有"作家"的头衔，却印着"教授"的职称。他是上海师范大学破格提升的年轻教授，是学校里公认的"教学精英"。从任讲师起，汪天云每年开一门新课，如《电影社会学》《电影评论与创作》《奥斯卡电影作品赏析》《中西方电影比较》《电视艺术》《港台影视作品赏析》《好莱坞的昨天与今天》等十余门课程。他将自己的创作实践、经验体会，影视界朋友们创作的经验、实践，糅合进影视创作的一般规律，理性、感性相结合，材料丰富，信息量大，受到学生们的欢迎。中文系对汪天云的教学测评，结果是年年成绩优秀，在"你最喜欢的教师及其教学特色"调查中，90%以上的学生喜欢汪老师，认为他的教学特色是"内容新颖、语言生动、信息量大"。

汪天云对待教学,同对待创作一样认真。他为改变陈旧的灌输式教学,想了很多新招。他利用自己在影视界朋友多的优势,先后邀请电影艺术家谢晋、吴贻弓、于本正、黄蜀芹,以及有影响、有创新的中青年导演数十人到学校上课,做学术报告。他还召集学生举办新片展映座谈会,让学生集思广益,举一反三,提高欣赏能力。他还组织学生走出校门,参加"军旗颂""七一颂""上海大学生电影艺术节""工业题材影视研讨会""主旋律电影研讨和影评评奖"等一系列活动。学生通过这些活动,对电影艺术生产的基本规律了解得更贴切,也增强了社会活动能力。而且,学生撰写的影评文章多次获奖。

我在前面说过,汪天云是个说话感染力很强的人。他侃起大山来,绘声绘色,绘影绘形,有情节,有冲突,有信息,有对话,简直就是一种艺术享受。他的这种先天的聪明同他对待教学事业的认真执着结合起来,他上的课,学生怎么会不欢迎呢?所以,中文系的学生都认为汪老师上课"观点新颖,结合实际","语言内涵深刻","上课挥洒自如,不是刻意地一板一眼"。这些评价确实不低啊!这信息反馈到校园外,于是复旦、交大、同济、上医大,中国纺大等40多所高校以及浙江影协、长影厂、上海市委宣传部党校、市委办公厅等机关团体纷纷请汪天云去开选修课和讲座百余次,听众计有万余人之多。

除了教学,汪天云还善于将精心准备的教材进一步加工,升华为论文和论著。迄今已发表论文30余篇,出版专著9部。其中比较有影响的,是1993年他与人合作出版的《电影社会学研究》。在这部著作中，汪天云用马克思主义观点对电影的社会发生论、社会制约论、社会功能论、发展预测论等诸多理论问题做了深入周到的论述。因为具备了相当的学科信息和学术水平，所以该专著获得了上海市马克思列宁主义学术著作出版基金的资助。在这部专著中，主要作者汪天云胸有成竹、驾轻就熟地为我们展示了电影社会学的丰富内容和广阔前景。汪天云确实是精力过人，勤奋过人，聪明过人。他在教学、学术研究、创作三方面都倾注了满腔的心血，三方面都是大面积丰收，得到了学生、专家、社会的肯定和赞扬，三箭齐发，箭箭中靶，鱼和熊掌兼得，这可不是件容易的事啊！

（1994年5月）

一双温情的眼睛

黄阿忠给人的第一印象，就是他那双充满温情的眼睛，眼睛里洋溢着快乐、善意和友好。文人间的聚会，如果有了黄阿忠，就会气氛活跃，心情放松，笑声不绝。所以在艺术圈里，黄阿忠颇有人缘。

艺术家黄阿忠的主要成就，在于他的油画。他曾多次在上海、东京、台北等地举办过个人油画展，他的作品，也多次入选过全国性的油画艺术展。承蒙他看重，曾送给我一册《黄阿忠油画作品选》，翻阅欣赏一番后，也深深地被画中所缓缓泻出的宁静和谐所感动。乡村民居，静物花卉，安静的女人是他的主要描绘对象，餐巾、桌布、茶杯、果盘、桌子、茶几则成为陪衬。在黄阿忠笔下，民居、花卉、女人和其他的附属品都组成了一个个色块，和谐地、宁静地相拼相嵌，相依相偎在一起，而这些色块中，尽管红绿蓝灰青黑紫应有尽有，可淡淡的黄色总是主要的色彩。那些温暖的黄色确实用得赏心悦目，折射出画家心灵中浓浓的温情。从黄阿忠的画中即可知晓，所谓"眼睛是心灵的窗户"绝非空泛之论。黄阿忠眼睛中快乐的温情，正是他心灵中浓浓温情的外在反映呀！

尽管在画展上、报刊上同黄阿忠神交已久,但第一次碰头还是今年在位于上海西北角的嘉定江桥"申窑"。陶艺家罗敬频在江桥开设此窑,与上海一些矢志创新的画家一起,志愿在美术与陶艺的结合上走出一条新路。这些画家是:陈家泠、张桂铭、俞晓夫、黄阿忠、马晓娟和石禅。那天在申窑,我欣赏着陈列室中众多绚丽多彩、精美优雅的陶艺作品,兴致勃发,明知道自己的字丑且不雅,还是在众艺术家的鼓励下于陶瓶上写了一幅字:看天上云卷云舒,任庭前花开花落。我没临过帖,黄阿忠却认为我的字中有些拙朴质感,热心地为我奏刀刻字。如今,这个深咖啡底色洁白字体的陶瓶就放在我的办公室里,每天阅稿至疲惫眼花之时,望一眼陶瓶,就会想起黄阿忠眼睛中的善意和温情。

  黄阿忠除了勤于绘画,还爱好写作。于是,我们在欣赏一幅幅油画的同时,常常会不经意地从报刊上读到他写的散文。他的散文写作范围也不窄,人物特写、游记、艺术作品赏析、日常生活感悟等均有涉猎,日积月累,数量颇多。如今要结集出版了,他希望我为他的散文集写序。听到这话,真的使我感到满面羞惭,绝不是我的矫情,因为这些年来我虽身为报人,精力却因身在管理岗位而陷于策划选题、审阅大样,以及各种行政事务工作之中,再加上身上的惰性,已疏于写作,愧对"作家"称号。夜深人静之时,常常感到内心的愧疚,又岂敢为一位有成就的艺术家作序?但黄阿忠说,他的许多文章,都是在《新民晚报》的"夜光杯"中刊出,多少也有几分报人的劳动凝聚在内,请我写序是理所当然。他的话令我感动,那就恭敬不如从命吧!不久后,我就收到了他寄来的一叠稿子。我仔细拜读之余,发现他的文字，无论是寄情山水，还是记载人物，欣赏评论艺术，笔底奔泻的，仍然是心灵中那些忽隐忽现的温情，一如他画作中的神韵，那温情，就像阳光照耀下的温暖的河水，轻轻缓缓地不徐不疾地流淌，流淌，给予读者和观众的，是心灵的安适宁静，是万事万物的和谐相处，是人生于世间不可缺少的一片温暖情怀。

（2000 年 10 月）

郑辛遥和他的漫画

郑辛遥要开漫画展了，这是他开了20年的漫画专栏《智慧快餐》的精彩集中亮相。专栏就开在"夜光杯"，每周日和读者见面。20年来，郑辛遥创作了1000多幅《智慧快餐》，该专栏曾获第八届全国美术作品优秀奖，第三届上海文学艺术优秀成果奖。我是他的粉丝，每逢周日，总要找来欣赏一番。我觉得，他的漫画，来自生活，富含哲理，在逗人哈哈一笑之余，还能让人或沉思，或顿悟，而且题材不重复，智慧不落套，始终让读者保持新鲜感、愉悦感，太不容易了。

比如，有一幅"这个世界的较量，其实是人的较量"漫画，画面上两个人的脑袋重合，两个脑袋中各有一个齿轮，大齿轮在带动小齿轮，很形象地说明了当今世界的竞争，就是人才竞争的现状和前景，小漫画讲清了大道理。有一幅"有些人一生中所犯的错误都是在本想说'不'的时候说了'是'"的漫画，我看后先是一愣，接着苦涩一笑，是啊，好面子，情面难却，不好意思拒绝朋友的请求，"不行"难以说出口，是国人的通病，本人也有，这就进入了反思国民性的层次了。一幅"举得起放得下，叫举重；举得起放不下，叫负重"的漫画，也让我陷入沉思。这幅漫画有着佛学的深刻，能否放下一切不必要的负重，轻松前行，是人生的大智慧啊！还有诸如"有油水的地方常是最滑的地方""做人的底线，可以走矮门，不可以钻狗洞""把别人拉下来时，你一定在下面""人做好了，事才能做好"等漫画，直指人心，让人警醒。这样的漫画，在郑辛遥的创作中，举不胜举。自称"快餐"，太谦虚了，其实是精美的海上家常菜，色香味俱全，好看好吃，还营养丰富，有艺术性，有思想性，娱乐了读者，还有益于世道人心。

郑辛遥长得很富态和善，稍胖的脸上架着一副眼镜，一看就是个有慧根的人，他一开口说话，也是很让人发噱的。身和心合一，性格和职业爱好合一，是他的福气，是上天对他的眷顾。他的故事也让人发噱。1987年，他的漫画《万无一失》在比利时漫画赛获奖，他去领奖，从西伯利亚铁路一路往西走。他不懂英语，与人交流沟通全靠漫画，点菜时，想吃鸡就画一只鸡腿，想吃牛肉就画一头牛。在莫斯科，他向一位苏联大妈问厕所在哪里，就画了一位大妈拉着一胖小伙，前面画一座房子，写上WC。大妈一看就乐了，也懂了。孔夫子说，仁者乐山，智者乐水，智慧的人，仁慈的人是快乐的，也很会享受快乐。

快乐归快乐，郑辛遥做事是极认真的。2010年，《新民晚报》和恒源祥香山美术馆及上海美术家协会漫画艺委会联合举办"新中国漫画回眸（1949—2010）"。这是件大好事，但工作量极大，组委会艺委会将搜寻、挑选、征集的工作委托给郑辛遥，聘任他为艺委会首席委员、策展人。郑辛遥埋头苦干了半年，搜寻、挑选、征集到丰子恺、张光宇、叶浅予、鲁少飞、华君武、张乐平、米谷、丁聪、廖冰兄、特伟、方成等数百名家的作品，精选了258幅，征集到96幅，精仿复制了162幅，顺利地完成了这一漫画界的盛举。如果没有郑辛遥挑起重担，要想限时完成这一任务，几乎是不可能的。

郑辛遥是上海美术家协会副主席，在1998年就被评为上海首届德艺双馨艺术家，曾担任过《新民晚报》美术部主任。为不影响漫画创作，他从美术部主任位子上主动引退，这也可以看出他的明智和专一。他在辞职之后，善心大发，为我画了一幅漫像——他为《新民晚报》很多编辑、记者画过漫像——形似我，更神似我，单纯，深思，一脸的书生气，这是郑辛遥印象中的我，我很是喜欢，放大了挂在书房里，缩小了贴在我的微博上，印在我的拙著上做封底。我用这一行为，表示我对郑辛遥的感谢之意。

（2012年12月21日）

人生苦短

——忆作家、书法家刘一光

中午,伏案半天的我正准备离座去吃午饭,一阵急促的电话铃声留住了我的脚步。电话是从乌鲁木齐打来的,我听出是我的挚友刘一光的老伴的声音,一阵不祥的预感涌上心头。电话里果然传来哽咽的声音:"刘一光在 11 月 24 日去世了,他才 72 岁。"

我默然无语。刘一光的离世,我是有心理准备的。他一直患有高血压,两年前突发脑血栓,失语且瘫痪在床,一个性格爽朗又多才多艺的人,还没有做完他想做的事,就抱憾离世了。

我认识刘一光已经有十多年。20 世纪 90 年代,邓小平视察南方谈话之后,我应邀做出版社一位朋友的助手,帮着编纂一套经济类的大型丛书,其中有一本是专门论及边境贸易的,我请当时的新疆维吾尔自治区党委宣传部部长李康宁帮忙搜集新疆的资料。李康宁就把这件事委托给了当时在新疆电视台当文艺编辑的刘一光。几个月后,刘一光带着详尽的资料来到上海。他的热心和负责让我很受感动,我们从此成了好朋友。

刘一光是多才多艺的。他一生写了近千首歌词,出名的歌词有《咱们新疆好地方》《伊犁河啊,我心中的河》《我的琴声》《祖国啊,萨拉姆》《我们的童年亚克西》等,1982年就出版了刘一光作词的歌曲集《春到新疆》。

除此之外,刘一光还写诗歌,写影视剧本,写文学评论,是一个作家中的多面手。

刘一光是扬州人,幼年身世坎坷,出生后家乡遭日寇铁蹄践踏,3岁时被人收养,到晚年仍不知亲生父母是谁。幸运的是,他进私塾启蒙时,塾师是扬州颇有名望的书法家,对刘一光要求严格,大字小楷是刘一光每天的必修课。晨起小解前,必先写大字一张,塾师谓之"元气未散";晚饭前,必写小楷五行,塾师谓之"求欲正旺"。从此,每日晨昏大字小楷成了刘一光的生活习惯。刘一光小学毕业后,行三跪九叩大礼拜师学篆刻,真、草、篆、行、魏、宋体,他广泛涉猎,孜孜不倦,14岁时就以书法印刻独立谋生。1951年,刘一光靠刻字的积蓄考进中学。学校特许他上午读书,下午刻字谋生,还让他享受人民助学金,直至高中毕业。

1960年,刘一光响应国家号召来到新疆,先做美术设计,后又调电视台当文艺编辑。正是在当文艺编辑的20余年间,他创作了近千首歌词,但刘一光最爱的,还是他的童子功——书法。他幼年时大字临摹《柳公权玄秘塔》,小字临摹《九成宫》,以柳体为筋骨,颜体为血肉,几十年勤练不辍。在他58岁快退休前,出版了《刘一光隶书作品选》。

退休后,刘一光偕老妻移居上海,成了"新上海人",我们的交往更多了。他靠写字卖字的钱，在上海租房维持生活。他是扬州人，很适应江南润泽灵秀的气候，身体也更健，尽管他风尘仆仆，几年间到扬州、金华、苏州、温州、广州、北京以及美国都办过书法展，大事小事全靠自己张罗，却不知疲倦，精神健旺。但是，刘一光老妻是新疆人，却很不习惯江南冬天的潮湿阴冷。老妻患有糖尿病，已影响到视力，每次朋友聚会，刘一光总是小心地牵着老妻的手，充当拐杖，呵护备至。两年前，也是因为心疼老妻不能适应上海气候，只能随老妻回到乌鲁木齐，不久，就遽然病倒，直至去世。

刘一光愈到晚年，他的书法愈有味道。他的隶书钟灵毓秀，又苍劲古朴，融合了南北两种文化气息。他是想等老妻身体稍好些，再回到上海来住的，他还有很多事要办，还有很多地方要举办他的书法展，可惜，人生短暂，无可奈何啊！但刘一光从一个苦孩子，靠自己努力，成为一个多才多艺的作家、书法家，应该能够含笑九泉了。

(2006年12月18日)

感谢爱神

酒杯对着酒杯,竹筷对着竹筷,眼睛对着眼睛。桌子边,一男一女相对而坐,各自眼角噙着一汪闪闪的泪花。没有语言,没有交谈。一个眼神,一个哪怕是细微到不易觉察的表情,都能知道对方想说些什么。

这里在举行一场庄重的婚礼,没有宾客,没有喧哗,没有喜庆的鞭炮,没有兴奋的冲动,只有新郎新娘相对垂泪。

刚才,他们以姐弟相称,现在却是夫妻了。

新郎今年53岁,是国内闻名的摄影艺术家。新娘比他大四岁,一个慈眉善目的老婆婆。

新郎端起酒杯:"英姐,你是我们华家的大恩人,几十年来,你照顾了我们华家祖孙三代,我从心里感激你啊。来,让我敬你一杯。"

英姐深情地注视着新郎:"不,不,这些年来,是你的勇气鼓舞着我,我坚持着活下来了。要是没有你,我也许早不在人间了。来,我来敬你一杯。"

酒杯,颤抖地端起来,清醇的美酒中,清晰地映出了四颗清澈的瞳仁。

这是华国璋的第三次婚姻。

除夕之夜，家家户户的窗户里，射出明亮的灯光。街头的鞭炮声连绵不绝，烧红了半个天空。电视屏幕上，正在播映一个解放军和一个女演员隆重的婚礼仪式。这一切，这一对年过半百的新郎新娘几乎视而不见，充耳不闻。

凝视着爱人亲切的眼神，谛听着爱人真挚的话语，扬脖灌下一杯美酒，心里洋溢着醉人的幸福，当然，也有让人揪心般痛苦的回忆。华国璋啊华国璋，在这个幸福的时刻，你是不是想起了你前两次失败的婚姻？

一

1957年的春天。华国璋坐在长途汽车上，口鼻呛满了滚滚的黄尘。他心事重重地盯着窗外的景色出神。淮北广袤的原野上，寒风呼啸，沙尘阵阵。杨花在空中打着旋儿，稀疏的麦苗在寒风中瑟瑟地颤抖。大地裸露着黄褐色的胸脯，任凭风沙抽打、鞭挞。农民成群结队地外出讨饭，佝偻着腰，垂下了饥饿的头颅，困难地在沙尘中移动着脚步。身后，留下了一个个空寂的村庄。

一声沉重的叹息，华国璋闭上了眼睛。他是当地一家日报的摄影组长，奉命到淮北去拍一组合作化迎丰收的照片。他满怀一腔热情而来，一到农村，破败凋敝的真实情况使他大吃一惊！人民记者的良心，人民记者的责任感在驱使着他。他毅然放弃了拍一组喜庆镜头的计划，开始拍摄餐桌上的野菜糊糊，孩子们饥饿的眼神，大姑娘身上褴褛的衣衫。他要用这些照片向党报告：农村已经出现灾荒的迹象。再盲目乐观，必将铸成大错。正当他全力以赴投入工作时，一封急信，犹如一道金牌将他召回。领导要他回报社参加整风运动。

车轮在飞快地旋转，随着一颠一簸。华国璋在精心构思他的发言提纲，他要把淮北之行的所见所闻率直地讲出来，表一表对党的一片赤子之心。想着想着，一阵倦意上来，他不由得迷迷糊糊地睡着了。

他才24岁，正是贪睡的年龄呀！

1952年，他从苏州美专毕业，分配到安徽省文化局。他从小爱绘画，四岁开始画天上的云，火柴盒上的招贴，连环画上那威风凛凛的将军，这天性使父母亲极为伤心。他的父亲是荣氏家族属下一家面粉厂的营业部主任，母亲受过良好教育，爱好文学，为了支持丈夫的事业，屈居家中做贤内助。夫妇俩对绘画有着很深的偏见，认定画家都是来无影去无踪的神仙，像断了线的风筝。只此一个独生儿子，如何舍得让他学画？学医才是正道啊！但华国璋只愿学画，威胁说，如果反对他学画，他就上山当和尚，从此不再回家。父母亲吓坏了，只能让步，同意送他上美专，师从刘海粟先生。三年苦学，刚刚能创作了，不料领导忽然又命他改做摄影记者，他开始不太情愿，后来同意了。50年代的青年，对党和组织的决定，是绝对服从的。他很快又迷上了摄影，干得真不赖，才几年，就当上了报社摄影组长，很受领导器重。

他22岁那年，一个偶然的场合，认识了一个活泼可爱的上海姑娘，姑娘毕业于上海戏剧学院，在画报社当编辑。一圈华尔兹，一场关于艺术的谈话，竟在姑娘心房中悄悄播下了爱情的种子。50年代，青年人的心田，单纯得像一片莹洁的水晶。姑娘迷上他了，爱得很热烈。在姑娘的进攻下，华国璋坠入了情网，他们很快结婚了。婚后，组织上将妻子调到报社，这个温馨的小家庭给了他多少欢乐！人们常说，爱情幸福和事业成功是男子汉一生追求的两大目标。华国璋刚刚独立走上人生之路，一个目标就已稳稳攥在手心，另一个目标呢，也在开始向他微笑了。少年得志，春风拂面，华国璋得到了多少人的羡慕！

傍晚时分，汽车到了目的地。华国璋没有回家，先拐到报社去看看，离开报社十来天了，他怕有急事等他处理。

没有事。他的桌上，只放着一封信，是他的师兄老刘写来的。老刘也是苏州美专毕业，刘海粟的学生，后来弃画从影，是国内有名的静物摄影专家，对尚未露头角的华国璋很器重。

老刘在信中告诉他，上海已经开始鸣放了，鸣放的意图究竟如何，吃不准，吉凶莫测，他是知道师弟性格的，肚里留不住话，嘴上没门岗，开会发言像胡同里赶小猪，直来直去的。他提醒师弟，少开尊口，免祸至上。老刘的妻子英姐也在信末添了一句：千万不要感情用事！

捏着来信，华国璋不由笑了，师兄和英姐真是过于多疑，党号召大家帮助党整风，揭露矛盾，克服缺点，推动社会主义事业前进，这里难道会藏有什么杀机吗？绝不可能！

他自信地踏着月光，走进家门。

第二天，报社开会了。华国璋第一个发言。他说："农业合作化步子迈得太快了,农村的情况不好,农民粮食不够吃,有人饿死了。"他拿出拍摄的照片给大家看:一张张菜色的脸,一双双瘦骨嶙峋的手,一只只凹陷的眼睛含着平静安宁、无怨无悔的神情。人们互相传看他的照片,会场上沉默了。

过了几天,报社领导找他谈话。"你是右派。""我?"华国璋莫名其妙,"我是为了帮助党整风,只不过讲了几句大实话。""你这是打着帮助党的幌子向党进攻,十足的右派反党言论。立即遣送淮北农场劳改。"

大祸临头,英姐的话果然应验了。

华国璋像喝醉了酒,一脚高一脚低走回家。

"明天,咱们上法院,离婚吧!"

这冰一般冷的话,是妻子说出来的吗?她那双妩媚的眼睛,怎么闪着绿幽幽的光?

"你也说我是右派?"华国璋气急败坏地抱住妻子的肩。

妻子用力挣脱了,背过身去说:"你攻击农业合作化,我要和你划清界限。"

"你真浑蛋!"华国璋咆哮起来。

妻子转过身子,大眼睛里充满了凄苦的泪花:"领导说了,只有和你一刀两断,才能考虑我的组织问题。求求你,为了我们的女儿,为了我的前途,我们俩就……"

啊,他什么都明白了。他痛苦地坐在椅子上,死命揪着自己漂亮的长发,"啊啊"地吼起来,像一只掉进陷阱的豹子。

"我成全你。"他低低地说着,猛地拉开门就走。

"你带些东西。"

"用不着了,全留给你。"

"你别恨我,我也是无法可想哟。"

华国璋走远了,身影隐没在浓浓的阴霾之中。

二

一阵"笃笃"的敲门声。

华母拉开大门一看,不由倒抽一口冷气,这是一个游荡的幽灵?头发像老鹰扑腾过的鸟窝,脸色像墙脚的青苔,颧骨就像菜刀一般锋利,眼睛就像两眼枯干的深井。

"你是谁?"

"妈妈,你认不出我了吗?我是国璋啊!"

"噢,噢噢,国璋啊,你变成这个鬼样,妈妈敢认你吗?"母亲一开口就哭了。

这是1962年的春天。

在农场,忧愁加上劳累,华国璋的肺病大发作,鲜血呕了半脸盆,命如游丝,奄奄一息。领导这才同意让他回家。让他死在农场,倒还不如死在家里让领导省心。

父母亲送他进华山医院。一检查,是肺结核。立即开刀,割去了半个肺,锯断了一根肋骨,这才保住了性命。等他走出医院,平稳的肩膀倾斜了,20多岁的年龄,佝偻着身子走路,像个半老头子。

老刘和英姐来看他,唏嘘泪下。

"你要是听我们的劝就好了。"英姐哽咽着说。

"我这些话是对还是错?"

"这年头,谁知道谁对谁错?真假不分,善伪难辨。唉,我劝你改行吧,别搞新闻摄影,这玩意儿离政治太近,危险。跟我一样,搞静物摄影吧,这门艺术和政治绝缘,可以保个太平。怎么样?"

他叹了一口气,点点头表示同意。

"你现在是一个人过日子?你的妻子呢?"

"早改嫁了,经受了考验,入了党,正走红呢。"

"唉,人的心思真是估不透。你再找一个吧,像你这样的身体,没个人照顾怎么行呢?"

华国璋摇摇头:"有过一次就够了,我宁愿一个人过。"

"嗨,你真傻,女人都是没良心的吗?这是让你碰巧了。"

"让我再想想,你们别催我。"

任凭母亲淌了半脸盆的眼泪,他还是回安徽去了。他重新端起了摄影机,只是镜头改了方向,只摄花草虫鱼,不问人间世事。日复一日,他的静物摄影有了不小的名望。作家、园艺家周瘦鹃先生多次邀请他到苏州去拍园林盆景。他去了。那天,正好朱德委员长也在那里参观。朱老总送给周瘦鹃两盆兰花。周老一高兴,采了一枝兰花,替他扎了一个微型盆景。在周老的园子里,华国璋忙了整整一天,抢拍了100多张照片。

作品日见其多,身体却日见虚弱。这个不会料理生活的男子汉,生活潦倒得真让人吃惊。客人来访,连一杯开水都倒不出来,早上起床,一杯凉水漱口,用干毛巾一抹脸,算是洗涮过了。他把整个心思都用在摄影上了。

"还是成个家吧,别一日遭蛇咬,十年怕井绳。"一到上海,英姐总劝他。

"那也要有合适的呀。"他动摇了,单身汉的滋味,确实难熬。

没多久,朋友为他介绍了一个天津姑娘。姑娘身世凄苦,父母亲亡故了,依靠叔父扶养,不堪忍受婶娘虐待,到安徽投奔姨妈。没多久,姨妈到香港定居,姑娘一个人在这儿,没有工作,生活艰难。

华国璋动心了。他想,这姑娘命苦,苦命人逢苦命人,或许能心心相印呢。

浓郁的林荫道上,星光月光伴着一对年轻的伴侣。"我会让你幸福的。"他对姑娘起誓。"我也会让你幸福的。"姑娘对他起誓。

华国璋第二次结婚了,隔年生了个儿子。他的作品名声日旺,安徽摄影学会正在筹备开他的摄影展览。啊,家庭和睦幸福,事业成功在望,华国璋又一次赢得多少人羡慕的眼光!单纯天真的人儿哟,怎能看清悄悄逼近自己的魔影呢!

疾风暴雨式的"文化大革命"爆发了。华国璋突然被揪了出来,认定他是一个无中生有的反党小集团成员,一辆警车送他进了监狱。

几个彪形大汉耸立在他面前,一拧他的胳膊:"老实交代你的反党罪行!"

他痛得直冒冷汗:"轻一点,我的肺部开过刀,抽掉一根肋骨。"

"噢,在哪儿?""在这里。"华国璋指着左胸。"砰。"一位勇士飞起一脚,准确地踢在他的左胸部,华国璋猝不及防,口喷鲜血,往后一仰。站在后面的勇士顺势抓住他两只胳膊往后一拧,大头靴死命踩住他的膝弯，顺手揪住他的头发一按，华国璋跪下了，一个低头认罪的飞机式。

"放老实点！"勇士吆喝着一松手，华国璋软软地倒下了。他早晕过去了，一个动过大手术的病人，能挨得起这般"杀威棒"？

一缕月光射进了铁窗。华国璋醒过来了，难忍的疼痛使他不住地呻吟。可爱的月牙儿啊，牵住了他心底深深的思念，妻子这一刻在干什么？她经受得住这般惊吓吗？

他哪里会料到，就在同一时刻，报社的造反派头头，一手将他送进监狱后，就在夜幕的掩护下，悄悄拨开了他家的大门，直奔妻子的床头……

四年之后，林彪摔死了，华国璋被释放了。他满怀和亲人团聚的心情，踏进了家门。他无比兴奋地走进去，却又悲愤莫名地走出来：妻子，在那个造反派头头的软硬兼施下就范了……

一个男子汉的自尊心受到了多大的伤害。华国璋白天黑夜在马路上兜圈子，眼睛发直，脸色铁青，嘴唇乌黑，他快要疯了。一抬脚，他回到了上海。

英姐出来为他开门。他大吃一惊：英姐剃了个阴阳头！

英姐也遭了难，师兄不堪忍受折磨，悄悄服了一瓶安眠药。那年月，这是一个与世无争的艺术家的最好归宿了。勇士们没了斗争对象，把怒气全撒到英姐头上，剪去了她一头秀发，恶作剧地逼着她一口喝下一瓶茅台，然后将细软一扫而空，扬长而去。一天，英姐上街，正碰上华母。华母听了英姐的遭遇，哭着说："一个人独伴孤灯，真苦啊。你要是不嫌，就做我的女儿吧。我多想要个女儿啊！"就这样，英姐住进了华家。

华国璋听到这一切后，眼睛里射出两道冰冷的光。哦，他的心已经麻木了，他已经感觉不到痛苦了。对这个世界，他完全失去了信心。人啊，为什么都变得那么冷酷、阴险、贪婪？

他不愿住在人的世界里，他要上黄山去摄影，饮山泉，餐山风，听山涛，观云海，与世隔绝，方能平息心中随时可能爆炸的那一腔狂怒！

英姐理解他。她从自己的生活费中挤出100元，在淮海路旧货商店买了一架德国"莱卡"照相机，郑重地送到华国璋面前："国璋，这是我的一点心意。你放心去吧，家里老人有我照顾呢。"

华国璋怔怔地捧着照相机，激动得满脸发烧，心头似乎有一股异样的感觉流向心田。他颤颤地捏着英姐的手说："英姐，你真好！你真是个大好人。"难怪啊，尽管他结过两次婚，但这种来自异性的真诚的温存、体贴、关心，在这之前他还没有得到过呢。这是他第一次感受到除了母亲之外的异性发自内心的关切。

三

一踏上黄山的土地，华国璋的心情就好了。哟，那山，那云，那泉，那树，真是绝了。人，仿佛到了九重天之上的仙境。人世间那些莫名其妙的争斗、残杀，令人寒心的贪欲、权癖，在幽静、肃然、博大、空旷的大自然面前，显得多么可笑可怜。哦，美，只存于大自然之间哪。华国璋感叹着。人世间给予他的种种侮辱、不幸、委屈、眼泪，统统扔到脑后去了。

看哟，白茫茫的云雾从深不见底的山谷底部升腾起来，像海浪一般翻滚跳跃，云雾弥漫之中，山峦仿佛不断地变幻着自己的形状，一阵寒风吹来，云雾奔跑得更快了。若隐若现的山峰，反倒像一艘艘威武的猛舸巨舰，穿云破雾，疾速向前。舰首，犁破了千顷迷雾，翻起了万朵雾浪……

华国璋兴奋地举起了"莱卡"，还没来得及按快门，哟，山峰又变幻形状，那一艘艘大船，在云雾包围下变成了一个个海中小岛，像万顷碧海中颗颗璀璨的珍珠，玲珑剔透，娇美可爱。骤然，山谷刮来一阵狂风，云海咆哮起来，疾走狂奔，只一眨眼工夫，取镜框里白茫茫，一片云遮雾障。

华国璋在这变幻莫测的景致面前，惊呆了。他的手，还停在快门上没来得及按下去呢。

在山上的摄影家中，要数华国璋最寒碜了。相机是30年代的，胶片呢？六角钱一卷的"代代红"。他没有暗箱，要换胶片了，就脱下裤子，绑紧裤腰，两手伸进裤筒里换。那寒风，常常吹得他咯咯打战。

寒碜，他根本不以为意。总算有了弥足珍贵的安宁，有了专心致志于艺术创作的心境，这就行了。他已经过了"不惑"的年龄，艺术上至今仍是空白，怎不令人心焦呢？黄山方圆数百里，哪一条小径没有留下他的足迹？哪一块岩石没有他驻足的脚印？为了得到一处最佳风光，他常常是清早就起床，站在危岩峭壁上，瞄着取景框，等待着无限风光扑入镜头。

那天，华国璋站在孤岩上，等了七八个小时。在悬崖上站久了，他揉揉眼睛，往下探一探头，看见了一处好景致，兴奋得喊了一声"好"，从腰里解下绳索，一头系住了树根，脚踩着石块往下悠荡，反身，举起相机一瞄，不行，差点儿，再接着往下溜。他学的是国画山水，讲究意境、气韵、线条、墨色、虚实、明暗，追求的是空灵、缥缈，意在画先，情溢画外。是的，他绝不是简单的纪实，他是用一个山水画家的眼睛在构图，把摄影机当成了画笔。

哟，一块乌云飘过来，下雨喽。那雨点又大又密，山谷中弥漫着白茫茫的雾气，雾气在风的搅拌下，像一条白龙缓缓飞升，升到半空，又变成一条细细的腰带缠绕在山腰，近处的山峦墨一般黑，远远的山峰又似淡淡的一痕，危崖旁的大松树又粗又黑，支撑着苍天，远远的树群又缥缈得像一丛柔嫩的青草，若隐若现。哦，好一幅黄山烟雨图。华国璋目不转睛地瞧着，等到恰到好处，才按一下快门。他从不像那些阔气的摄影家，"嚓嚓"地按着快门。他穷啊！即使是"代代红"，他也只能抠着算着用。他无处报销啊！

暮色将临，雨停了，昏黄的天空中，聚集着棉絮般厚重的云彩。路边突兀着一块浑圆的巨石，深褐色的粗糙褶皱，圆圆的顶部指向天空，巨大的底部深深扎进了石缝，四周是一片蓬生的杂草。啊，好一块傲然横卧的石头，清高独处的石头，向着阴沉沉的天空，高昂起不屈的头颅。在一刹那间，华国璋心头一阵轰鸣，他感觉到了一种苍劲悲凉的气氛，他分明从石头上发现了自己！"咔嚓"，华国璋高兴得蹦了起来，捡到了一张佳作！这是他黄山摄影中，最轻松怡然得到的一张。

是的，摄影就是选择，选择来自艺术的敏感，但是，隐蔽在艺术敏感中的，难道不是艺术家的人生见解、哲学观点吗？接连不断的磨难，华国璋成熟了。他对世界、人生已经有了自己独特的理解。要不，他的取景框里，黄山为什么永远是那么刚健清新、激昂欢乐？他的作品中，为什么山峰大树总是顽强地从云雾中冒出娇美的身影？巨石危岩为什么常常不屈地拔地而起，孤傲地凝视着人间？

　　黄山的夜晚是幽静的，明晃晃的月亮给千山万壑披上清光，晚风在山谷中穿行，发出呜呜的响声，夜雾在无声无息地流动，对着幽静的夜幕，他不由自主地会想起英姐。

　　自己的家，早被他压到潜意识的深处。啊，真诚的感情又一次遭到了粗暴的践踏，无情的愚弄。他不愿去揭那痛苦的伤疤。自打上了黄山，又有朋友捎来口信："妻子年轻，你要经常回家。"从这些颇含深意的口信中，他似乎察觉到了一点弦外之音。然而，这友善的警告在他心头竟然没有激起一点波澜，仿佛和他毫不相关。他明白了，他不爱妻子了。既然没有了爱，又何必要痛苦？他托人将儿子带到上海，交给英姐扶养。他只担心儿子，耳濡目染，会不会变坏？瞧，侍奉老人，抚养孩子，全让英姐包下来了。

　　思念，扯不断的思念之情，在心底翻滚。当这种思念常常无缘无故萌生在心头时，他明白了，他不由自主地爱上了英姐。哦，这才是真正的爱情，那么优美，那么安宁，那么平静。是的，大海从不像小溪那样喧哗，那样故作姿态，不就因为它是很深很深的吗？

　　思念之情再强烈，他也没有下山。作品快够出一个集子了，可不能中途而废。他知道，这是英姐所期望的。

一天傍晚，他拖着疲乏的双腿回到北海，服务员递给他一封信。是英姐寄来的。他急忙拆开信，啊，他急得头脑嗡嗡响："爸爸妈妈都患了肝癌，正在住院治疗。"这可怎么得了！华国璋乱了方寸，第二天，他急如星火赶回上海。

父母的癌症都到了晚期，绝症。蓬勃的生命正一天天向他们告别。

奄奄一息的母亲见到儿子，枯瘦的脸上泛起一丝笑容，母亲说："我能活到今天，全靠你英姐的照料，你要替我好好谢谢英姐。"

华国璋瞅瞅英姐，啊，英姐明显地苍老了，脸色蜡黄蜡黄的，眼圈黑中带青，这是操劳过度的标记啊。他张了张口，什么也说不上来，难道一句谢谢就够了吗？

母亲回光返照时，让儿子把英姐叫到床前。母亲脸上露出真诚的微笑，对英姐说："我们俩总算有缘分，做了一场母女。我死后，我这个家就交给你了，你要替我照顾好，国璋除了拍照，什么也不会，老头子也是快去的人了，小孙子还太小，这副烂摊子只有交给你。你既然做了我的女儿，我就不见外了。"

英姐流着眼泪，母亲讲一句，她就应一句，哽咽得几乎换不过气。瞅着这场面，华国璋痛不欲生："英姐，英姐，让我怎么报答你呢！"他觉得，英姐真的就是他嫡亲的大姐，一个什么烦恼都可向她倾诉的姐姐！哦，把爱情深藏在心底吧，别让英姐烦恼，她够为难的了。他已经听说，外面对英姐住进他家颇有些议论呢，"寡妇门前是非多"啊！自己尽管和妻子没有了爱情，还有一张纸在起作用啊！还受法律保护！要真有什么流言传出去，不是往英姐心口上捅刀子吗?

怀着对英姐的一片深情,华国璋回到了黄山。酒封得越久越香,感情藏得越深越纯。他要把一腔深情融化在每幅作品之中,这样,他的灵魂才会安宁。

四

"确诊了,是肝癌。"医生同情地看着华国璋紧张的脸。

"什么?"

"是肝癌,立即住院开刀。"

犹如遭到电击,华国璋的脸变得纸一样惨白。"不能啊,我不能生癌啊!"他低低地发出绝望的哀鸣。

啊,命运也真是太捉弄他了。他的人生之路真艰难,打击连着打击,灾难接着灾难。他不停地挣扎、拼命、搏斗,从不敢放纵惰性,几乎连喘气的时间都没有。上黄山,是他用尽生命的底力做出的最后一次拼搏。在黄山上滚了那么多年啦,刮风下雨,寒冬腊月,霜雪交加,从没能阻止他在崎岖的山路上奔走。结实的解放鞋,三个月就要换一双新的。多少次出现突如其来的危险,多少次与死神擦肩而过。那次在狮子峰拍夕照,至今想来还让人心惊肉跳。

他在树上系的绳子还没打上结,脚下一滑,便从悬崖上"哧"地下去了,他惨叫一声,从头凉到了脚,"完了"的念头刚闪过,脚下忽然踩住了石块。啊,万幸,万幸,一块临空凸出的石头救了他的命,他坐在石头上,瘫倒了。

八年了，自己满意的作品已经积累了几百张。他的两本摄影集《风景如画》《黄山奇观》已经送到出版社的印刷厂里，多年梦寐以求的理想，很快就要变为现实，多美哟！

更让他快乐的，是那次无意中觅到了一种能使照片保存千年不变色彩的颜料。那些天，他每次从树丛中钻出来，衬衫上总是沾满了斑斑污迹。他用力搓啊，洗啊，开水泡啊，斑迹仍然牢固地附着在衬衣上，他发愁地看着麻脸似的衬衫。忽然，一个念头从脑海中跳出来：要是用这种植物来做颜料，那洗出的照片一定能保存很久了吧？他换上崭新的白衬衫，故意在树丛、草棵里奔走，再小心地将染上斑迹的衬衫保存好，请教附近的画师，和制作条屏、年画的民间艺人，还钻研了分析化学、电子扫描等自然科学，再送去化验分析，终于弄了个一清二楚。

这是一个有着重大意义的发现！

他的心底，掀动着阵阵波澜。长期以来，摄影界一直在为摄影作品的短命而犯愁。盖世无双的稀世珍品，顶多保存一两百年吧，胶片就发黄发脆了。要是用这种原料，将照片复制到丝绢或宣纸上，那不也和古老的中国绘画一样，可以历尽千年而泽润新鲜如初了吗？摄影艺术不是和绘画融为一体了吗？为这个想法，他狂喜过一阵子，决心用自己的毕生精力，去从事这项研究，开出一条前人没有走过的路。

可惜，人生常恨水常东。命运，憎恨的命运啊，偏偏和他刁难，悄悄在他的生死簿上打了个叉叉。

华国璋悲愤欲绝。他固执地请求医生："千万想想办法，给我一年时间吧，我只要一年就够了。"这种绝症，哪个医生敢打包票？华国璋的眼睛暗淡了，他变得暴躁乖戾，像一头送进屠宰场的小兽。

来了，迈着快速的小碎步，英姐来到了他的身边，眼睛红红的，留着刚哭过的痕迹。"英姐。"华国璋悲惨地叫了一声，静静地流下了眼泪。他安静下来了，只有英姐能使他安静。

一辆手术车推着华国璋进了病房。14个小时后，他身上带着一尺多长的伤口，插着几根橡皮管出来了。术后三天三夜，华国璋昏睡不醒。英姐，昼夜不停地守候在他的身边。

华国璋是被一阵粗鲁的叫骂声惊醒的。他睁开眼睛，发现儿子也在病房里，挺着身子，哇啦哇啦骂英姐。那话，就像肮脏的抹布。英姐脸色苍白，一动也不动，像是没有感觉的泥塑木雕。他又惊又气，一挺身体，伤口一阵钻心的痛！他又昏过去了。

他再次醒过来后，儿子不见了，英姐也不见了，他什么都明白了。

儿子，是他的一块心病。不争气的孩子哟。自从爷爷奶奶过世后，儿子独居一室，招惹来一群酒肉朋友。口袋空了，就把家里的财产卖个精光。那年，华国璋回上海，推开家门，只见人影晃动，音乐大作，男男女女抱作一堆，大跳黑灯舞。华国璋气得愣了半响，半天才回过神来，拉亮电灯，大喝一声"畜生"，涨红着脸将儿子送到派出所。从这件事起，父子就结了仇。

艺术家的心，纯洁得容不得一丁点污垢，一见到丑恶就会勃然大怒，暴跳如雷。儿子嘴里那些不干不净的"标点符号"，常常引得他忍不住想发火，后来终于爆发了激烈的争吵。

"你的嘴脏得像马桶布。"

"我是修房工人的嘴,黄浦江的水,脏到顶了,你又怎么样?"

他暴怒至极,一拍桌子,震得玻璃都碎了:"你给我滚出去!"

"你给我滚出去,我是这里的户主。你有户口吗?你的户口在安徽!"

华国璋发热病似的颤抖,向儿子投去哀怨的一瞥,逃似的离开了家,从此就再没有踏进家门。

……

无情无义的儿子哟,怎么父亲病危了还来相逼!

英姐,让你不明不白受委屈了。我要是这会儿死了,对其他所有的人都问心无愧,只是对不起你哟!

华国璋觉得心口阵阵发凉,血液在凝固,呼吸也急迫起来。是不是生命真的要结束了!一阵阵的绝望袭击着他,他觉得自己太孤单,太渺小,太没有力量了。生不逢时啊,"出师未捷身先死,长使英雄泪满襟。"大颗的眼泪涌出眼眶。既然不免一死,何必再做无谓的奋斗?他再也不抱希望,只想安安静静地死去,不受任何人的干扰。昏昏沉沉的,他又昏睡过去了。

……

一阵舒适的感觉浸透了全身,他又醒过来了。睁眼一看,英姐又来了,正给自己擦身呢。这是真的?是做梦?是幻觉?

"国璋,请原谅我,我是气昏了头……"

英姐低低地倾诉着,泪水在眼眶中打着旋儿。

在路上,那些脏话还在耳朵里嗡嗡作响,英姐发誓再也不去医院了。她是个清白的女人,爱面子的女人,受不了这样的侮辱啊!

在家里待了一个上午,她又后悔了。

"我是姐姐,我不照顾弟弟谁来照顾呢?我一撒手,不是要送掉他的命吗?"她真诚地谴责自己。

"国璋,不管别人怎么骂我,我再也不离开你了。我是你嫡亲的姐姐,你是我嫡亲的弟弟,我们俩以前是这样,现在是这样,今后也是这样,你同意吗?"

华国璋快乐地点头,像个驯顺的孩子,有英姐在,他就觉得有希望了。

整整八个月,华国璋才从床上走下来,在英姐的搀扶下,他摇摇摆摆地走到院子里,温暖的阳光抚摸着他,温柔的和风亲吻着他,他恢复了一个男子汉的自信。他亲切地瞧着英姐。哟,英姐多憔悴,眼睛枯干,头发白了一圈,胖胖的身躯只剩一副骨架。

"英姐,我会永远记住你的大恩大德。"他在心里对自己说。

五

联邦德国的汉德堡大学,以 600 年的历史和迷人的校园风光闻名。1985 年 7 月,这里举办的一个摄影展览轰动了全校。华国璋的黄山摄影使汉德堡大学的迷人风光相形见绌了。

多么千奇百怪、瞬息万变的景色哟!巍峨险峻又妩媚秀丽的是山,诡谲难以名状的是石,做出各种动人姿态的是树,海一般奔腾的是云。好一个生命力旺盛的黄山,凝固又流动,抽象又具体,恍若仙境,又分明在人间,似真似幻,如梦如醉。

人们在惊讶赞叹之余，也感到迷惑：这是摄影？那种散点透视、大量留白、画外有画、黑白分明的艺术手法，那一幅幅制作在宣纸、丝绢上的摄影作品，气势奔逸，纸墨润泽，不就是中国山水画吗？是的。这是华国璋在肝癌痊愈后研制出来的崭新艺术品种，德国人称之为"摄影中国画"。这是一项用现代科学技术与摄影艺术联姻产下的宁馨儿！这是摄影史上一个具有重要意义的突破！

德国人，迷恋艺术是出了名的。华国璋遇到了知音，原定六天的展览，延长到三个星期。当华国璋应邀走上汉德堡大学六层楼的讲演台上，向热情的观众发表演说的时候，他的心头不由自主地浮现出英姐的形象。要是英姐能够一起来看看，该有多好！这些摄影也浸透着她的心血呢！

"回国后，我一定要陪着英姐好好玩几天。"他许下了心愿。现在，他已经自由了，长期苦恼着他的早已死亡了的婚姻，终于解除了，他再也不用担心英姐会受到伤害了。

飞机缓缓降落在虹桥机场，他提着旅行包匆匆回到宿舍。哦，英姐已经在里面忙碌开了，桌子上，盘子、碟子已经排开，锅里炒得热气腾腾。英姐想得真周到，在为他接风呢。英姐今天真美。头发梳得一丝不乱，瞳仁也格外明亮。一件藕色的衬衫外边，罩一条白围裙，显得年轻又干练。

他注视着英姐。此时此刻，他憋了多少年的那句话，就卡在喉咙口："英姐，我爱你。"是的，他现在是自由的，完全可以爱，谁也不能妨碍他们。可是，华国璋清楚地知道，他不可能同英姐结合，也绝不会表白自己的感情。不是没有勇气，而是一个艺术家的良心不允许他这样做。自患肝癌后,他已彻底丧失了性功能。

夜深了,时针指向 10 点钟。"我该回去了。"英姐说。"我来送你。""不用了。你好好休息吧,路上太累了。"华国璋答应了。这个名气很响的艺术家,在英姐面前,是格外的老实。

也许是疲劳过度的诱因,华国璋忽然急性阑尾炎发作,痛得他在床上打滚,哀鸣。是好心的邻居,将他送进了医院。

第二天,英姐才知道消息,匆匆赶到医院。华国璋这次病倒,又是一个多月。英姐又在医院里精心看护了一个多月。

等到华国璋出院后,英姐神色庄重地向他提出:"国璋,我们结婚吧!"

"不行,我不能同意。"华国璋又惊又怕地跳了起来。

"怎么啦?"

"我的身体已经垮了,我不行了……"

英姐挥挥手:"那又有什么关系?我们都老了,哪有那么多浪漫的情调?本来我也想,都快 60 岁了,就这么安度晚年算了,何必那么风流,惹别人嚼舌根呢?你又一次病倒提醒了我,我不能只考虑自己。妈妈临终前,将你托付给了我。我一定要照顾好你,这是我的责任。但我们既然是姐弟,照顾终就有个限度呀。我这次思前想后,干脆就结为夫妻,互相有个依靠,你同意吗?"

华国璋说:"我心里当然是愿意的,只是觉得太对不起你了,太苦了你啦。"

英姐阻止他说下去:"你那种负罪感、内疚感毫无道理。我照顾了你的生活,这是事实。可是你也给了我很多很多呀。你知道吗?只要在你身边，我就有了安全感，我那颗空荡荡的心就落到了实处；看着你拼命工作的劲头，我仿佛感到自己也变得坚强了，有力量了。生活得再辛苦，再劳累，我都感到这是一种幸福。"

华国璋激动得从床上蹦起来，摇摇晃晃走到英姐的身边，抚摸着她黑白相间的头发："英姐，你知道吗？自从你赠送我'莱卡'，支持我上黄山那时起，我就感到我爱上你了。"

"我也是，自从你决定上黄山那时起，我也就爱上你了。你受了这么多的冤屈，可从不向命运低头，女人就喜欢这种男子汉气概。"

就这样，两人相互依偎着，互相庆贺人生暮年终于得到的幸福，各自倾诉心头那深沉似海的爱情。

（1987年9月）

画坛伉俪

儿子婚礼送上祝福

2009年的春天,上海的画坛伉俪乐震文、张弛的儿子、儿媳在夏威夷举办婚礼。

在画坛,艺术伉俪是稀缺资源。在上一辈的大画家中,艺术伉俪刘海粟、夏伊乔,谢稚柳、陈佩秋,程十发、张金锜,流传下多少美谈!但在上一辈画家中,因为时代不同,"男主外女主内"的传统文化留存较多,女画家年轻时更多精力用于相夫教子、操持家庭,最典型的是程十发夫人张金锜。而到了乐震文、张弛这一辈画家,因为国家实行独生子女政策,只能生一个孩子,也因为时代进步、男女平等、旧传统瓦解,夫妻共同分担了教子及家务,然后在画坛上精研画艺,比翼齐飞,乐震文、张弛就是这样的新派画坛伉俪。

儿子是东京大学博士毕业生,在东京大学当老师,同时又在美国哥伦比亚大学做研究,两边来回跑,成了一个国际人,学的是信息工程专业,正在研究让机器人怎么更快地叠衣服等虚拟世界的演算。

乐震文、张弛的儿媳是个日本姑娘，名古屋人，儿子的大学同学。婚礼很简单，新娘一身白色的婚纱，手持一束白色的手捧花，新郎一身白色的西服，新人的笑容多么灿烂。新人的父母，欢笑着将手中的花瓣洒向新郎、新娘，祝福他们人生幸福、前程似锦！

孩子是父母爱情的结晶，是父母最重要的作品！此时此刻，乐震文、张弛笑逐颜开地看着一脸灿烂的儿子，眼睛湿润了。

水有源，树有根。儿子人生和事业的源头是乐震文、张弛。那么，画坛伉俪乐震文、张弛人生和事业的源头在哪里？

不妨从头说起。

花开两朵，各表一支。

少年乐震文爱画画

乐震文儿时最深的印象，是他的父亲每年在交孩子学费时，紧锁的眉心，能愁出一个歪扭的"川"字。五个孩子，乐震文最小，上面两个哥哥，两个姐姐，每个孩子6元学费，就是30元，这在当时的乐家，是一笔巨款。父亲在永安公司当职员，月工资70多元，母亲在里弄生产组，月工资20多元。全家连阿爷、阿娘在内的9个人，靠父母不到100元的收入，日子实在是过得紧绷绷，也难怪父亲一直愁得眉心出现"川"字。

乐震文的阿爷，原来住在香港，在英国一家轮船公司当水手长，嘴巧，会讲英语；手巧，会修船。1966年，阿娘送阿爷上船，阿娘回到家后，想想阿爷要半年后才能再见到，思念太过，心绪烦乱，血压急升，突发脑中风，瘫痪在床，喉咙发不出声，手脚无法动。是邻居发现后急送医院，才救回一条命。邻居再将阿娘送到上海儿子家。阿爷知道后赶到上海，见到的是无法说话的瘫痪阿娘。阿爷问："我放在家里的钞票，你带来了吗？"阿娘呆呆地看着阿爷，喉咙里只能发出轻轻的"啊啊"声。阿爷明白了，他辛苦当水手，用性命储蓄下的养老钱，邻居在支付了阿娘的医疗费后，吞掉了。面对手脚无法动脑子已糊涂的阿娘，阿爷心痛得老泪纵横！人生，最怕这突如其来的横祸！天有不测风云，人有旦夕祸福，阿爷从此相信了。

原来是阿娘服侍阿爷，从此变成阿爷服侍阿娘，孙辈们亦轮流去照料阿娘。乐震文记得，他在 10 岁时，就会半夜两点去排队买菜，再是洗菜、烧菜，中午端给阿爷阿娘吃。由此，阿爷阿娘最喜欢这个最小的孙子。

在烧好小菜后，童年乐震文喜欢对着小人书画连环画，用铅笔摹在白纸上，不知疲倦，乐在其中。阿爷欣赏了又欣赏，表扬小孙子是"丹青师傅"，乐震文听了开心，画得更加起劲。乐震文父母对小儿子喜欢画画的态度是模模糊糊地赞成，心里想的是，只求儿女平平安安长大，只要不野在外面闯祸就好。黄浦区文化馆美术老师请来老画家谢之光，给美术爱好者上美术课。谢之光拿出几支破的毛笔对大家说："我就喜欢用这种笔来画。"他画得随意又自由，这让少年乐震文很是崇敬。

乐震文读中学了。他最崇拜美术老师，总是悄悄跑到老师办公室，想看看老师画图，但是，老师一进办公室，就把门关好。他觉得很神秘，鼓起勇气敲门，老师开门让他进去，他腼腆地叫着老师好，眼睛却偷偷地朝桌子上铺开的纸上瞄。老师用毛笔在宣纸上画画，乐震文就站在边上看。

在培光中学乐震文这一届，他是画得最好的学生。工宣队师傅在台上作报告，他在座位上画工宣队师傅。会后，这位工宣队师傅喊乐震文去办公室，问他开会时在做啥？乐震文说："我在画画。"就将画交给工宣队师傅。师傅一看笑了，对乐震文说："你这幅画送给我好吗？"

工宣队师傅喜欢这个头颅又大又圆，眼睛又大又圆，又会画画的男孩子。中学去农村拉练时，别人步行，工宣队师傅借给乐震文一辆脚踏车，问他："你会踏吗？"少年乐震文很想学会踏脚踏车，就说自己会的。先推行一段路，再摇摇晃晃摔了几跤，居然学会了。

培光中学当时是徐景贤树立的所谓"教育革命"典型，专门以学生为主成立一个政宣组，用毛笔写大字报，用毛笔画插图，一个月出两期，一期40多张大纸。乐震文就专门配插图。

培光中学的美术老师是浙江美院毕业的，在老师指导下，乐震文学会分辨国画、油画，懂得素描、速写。他哥哥的朋友，带他去国画家乔木和油画家任微音的家里拜访，乔木是有名的花鸟画家，江寒汀大弟子，以笔下百鸟姿态各异闻名，号称"乔百鸟"。任微音油画具东方审美趣味，独创薄彩画法，作品唯美有诗意。乐震文是幸运的，一开始接触专业画家，就是名画家。

乐震文中学毕业了。他的四个哥哥姐姐，两个在工厂，两个去了农村。按照当年的毕业分配政策，他应该去上海近郊农村。此时，正好上海工艺品进出口公司技校招生，那个喜欢他的工宣队师傅主管毕业分配，知道乐震文爱画画，将这个技校名额留给他。但是乐震文想当军人，在学校里贴出决心书报名参军，想不到，工宣队师傅在夜里悄悄撕掉决心书，关照乐震文近日不要来学校，在家里等录取通知。

这个爱才的工宣队师傅，改变了乐震文的人生。

1974年，乐震文进了上海工艺品进出口公司技校读书，学制两年。办技校目的性很明确，培养出一批能为国家创收外汇的艺术人才。技校分专业，一批人学鉴定及修补古陶瓷，一批人学玉雕，一批人学雕砚台。乐震文学木雕。1974年正在开展"批林批孔"兼带批"崇洋媚外复辟回潮"的运动。上海工艺品进出口公司为创外汇而印制了一本中国画图录，有山水、花鸟、人物及仿古画37幅，引起了"中央文革"及江青的关注。江青批评陈大羽画的公鸡是"好斗的公鸡"，江青发怒，非同小可，编辑这本图录的负责人受到批判。为了便于批判，在技校里，每人发了一本图录。乐震文拿到这本图录后，像是无意间得到一个宝贝，上面收录的画，画得多么好啊。林风眠《山区》，唐云《公社鸡群》，来楚生《黑鱼》，程十发《秋》，刘旦宅《此时无声胜有声》，线条，笔墨，色彩，趣味，构图，意境，一派大家风范，让乐震文大开眼界，爱不释手，偷偷地临摹。这本图录在文化荒芜年代，实际上起到了绘画教材的作用。这件事听起来蛮荒诞的，也是江青始料不及的。

从批黑画开始，乐震文认真上课，卖力画画，水平提高很快。两年毕业，乐震文因成绩优秀，留在技校当老师。

张弛和父亲张大昕

现在，该说说张弛和她的父亲了。

张弛的父亲张大昕是画家，艺名张逸，别号玄化居士。从小，张弛就跟着父亲学画。张弛和乐震文一样，也是家里最小的孩子，有一个哥哥一个姐姐。哥哥不学画，姐姐聪明，但学画不太用心。张弛的画老是受到父亲表扬，她的童年过得很开心。

张弛童年的开心无忧，是因为有了张大昕这个画家父亲。这是张弛的福气。

张大昕童年时曾进入徐家汇土山湾的教堂学过西洋画，1934年毕业于上海美术专科学校，师从意大利艺术家赫伯特，17岁就结婚当了父亲，生下张弛的哥哥，为承担养家责任，向金梅生先生学习画月份牌。那时。月份牌销路好，画家酬劳不低，足以养家，但是，张大昕心中有一个山水画的梦想。他不喜欢月份牌，画月份牌只是为了谋生养家。直到1940年，才有机会拜山水画家郑午昌为师，开始临摹宋元的山水。当下山水画很热门，但此一时彼一时，在40年代，山水画却无人问津卖不出去。正是为生活重担所迫，张大昕虽然心中喜欢山水画，却只能在画月份牌养家之余，分一点精力给山水画。

到1949年春，上海解放了，经夏衍介绍，张大昕带着太太周慧明参加了邓小平、刘伯承的第二野战军西南服务团，从南京背着背包一路步行到重庆。他那时画的是毛泽东、朱德的像，糊在很大的木头牌子上，解放军战士扛着领袖的画像进了重庆。说来也怪，张大昕在画领袖画像时,心中所想的,仍然是山水画。可见张大昕喜欢山水画,排除了任何功利目的,是纯粹的没有理由的发自心底的痴迷。正好此时大仗打完,开始"精兵简政",张大昕就打了报告要求复员回上海。部队领导同意了,张大昕就带着夫人回家。张大昕根本就没有想过,只要他不打报告复员,他就是离休干部,终生的衣食保健,国家就包下来了。

但是痴迷艺术的张大昕,心灵单纯的像一个孩童,哪里会这么考虑问题?

回到上海后,全家人的开门七件事,仍是大问题,张大昕只好重操旧业,画年画,以稿酬和版税养家。张大昕35岁生下张弛的姐姐,40岁生下了张弛。从此,经常用照相机拍下天真无邪的姐妹俩的照片,然后将姐妹的音容笑貌画进年画。到张弛长大后才发现,父亲的年画,之所以受到出版社欢迎能卖钱养家,因为有自己的创新。传统的年画,都是胖胖的男孩子,骑着一条大鲤鱼,抱着一个大寿桃,显示吉祥福禄寿,而父亲已将自己的两个女儿的童年生活画进年画,反映出新中国的儿童生活。一幅"咯咯鸡",是婴儿期的张弛,看着姐姐画了一幅大公鸡;一幅"穿木珠",当时社会影响很大,很多的热水瓶、脸盆上都印了这幅画,画面是一个女童在穿珠子。女童就是张弛的姐姐。此时,张大昕已经拜贺天健先生学画山水。贺天健先生的山水画功力深厚,线条漂亮,画面大气秀美,在先生指导下,张大昕的山水画技法日益精进,他和贺天健先生一起合作画了巨幅山水画《锦绣河山》,用了青绿勾金技法,画面明亮辉煌,被中国美术馆收藏。

在父亲指导下，张弛 5 岁开始学画人物，7 岁开始临摹扇面和小册页。1972 年中学一年级画了一幅四尺整张的万里长城图，想去参加首届上海市少年儿童美术作品展，当时美协负责少儿展的画连环画的赵宏本对张弛说："你这个年龄，应该画你自己的生活。"张弛听懂了，画了一幅儿童画，入选首届上海市少年儿童美术作品展，随后接连 4 年参加上海少年儿童美术作品展。到 1975 年，张弛画了一幅年画《在阳光下》，画面上，两个小女孩笑着，在欣赏一幅电影《闪闪的红星》中潘冬子手持红缨枪剧照。这幅画由长宁区推荐，经层层选拔，入选了全国少年儿童美术作品展，后被中国美术馆收藏。

这幅画，让少女张月芳（张弛本名）一下子出名了。

中学毕业分配时，张弛想去当女兵，想去东海舰队，都没有去成。她的命和乐震文几乎一样，这两人命中注定的前世有缘。此时，上海工艺品进出口公司技校因为年画《在阳光下》而看中了张弛，想招她来读书，但是，张弛是上海县户口，进不了市区学校，技校校长专门打报告到市劳动局，用三个工厂名额给上海县，换来张弛一个女学生。而张弛走进技校时，她的班主任正好是刚刚毕业留校的乐震文。

地下恋爱情定黄山

在张弛眼里，乐震文这个老师，不过是个大男孩。冬天，穿着一件老棉袄，大大的头颅，前额发达，面相和善，和人说话时，眼睛张得老大直视对方眼睛，唯独和张弛说话时，眼睛望着天花板。是在躲避内心突然萌发的情愫？

张弛发现，乐震文的花鸟画，确实好。技校去上海植物园写生，是用钢笔写生，张弛要来乐震文老师的一幅写生，带回家仔细研究老师画的线条。正在张弛认真研究时，父亲过来了，拿起乐震文的写生一看，脱口赞道："画得好！是谁画的？"张弛老老实实回答："我们班主任。""你有这么好的老师，是你的运气，你对老师要恭敬，要好好向老师学本事。"父亲将乐震文想象成一位尊敬的长者。张弛看着父亲严肃的表情，"噗嗤"一声笑了出来，告诉父亲，乐震文是一个年轻的小老师，只比自己大一岁，是个大男孩。"这样啊，我更要见见他了。"父亲意味深长地微笑着说。

张大昕有一个心结。自己画了几十年的山水画，拜过郑午昌、贺天健为师，现在自己年岁渐老，谁来继承自己的山水画？女儿张弛，从小当成男孩来养，从小教她画山水画，她可以继承自己，但毕竟是个女的，如果再有一个画山水的女婿岂不是更好！这个年代的父亲，有一点重男轻女思想，很正常的。

张大昕好像对山水画有一种使命感。"文革"时，他们全家被造反派赶出自家造的一幢小别墅，搬进工人新村一间很小的房间时，张大昕在一堆破家具的包围中仍坚定地对张弛说："现在这种做法不可能长久，中国的传统文化，将来终归要传承下去的。"

延安西路上的小别墅，是张弛的爷爷出钱造的。爷爷是木匠，靠着手艺好人勤劳，有点积蓄后，在安福路开出一家米店，又在上海县的虹桥买了一亩地，一半土地造一幢小别墅，一半土地种菜。造别墅的时间，正好是国民党在内战中连吃败仗、上海物价飞涨的时候。金圆券上午可买一袋米，下午只能买一斤米，造房工人拿着金圆券买不起米，气得散伙走了，小别墅连下水道也没挖，只有一个房子的外壳，成了烂尾楼，靠爷爷和父亲张大昕慢慢修补完工，一家人才住进去。就是这样的房子，还是在"文革"中被造反派扫地出门，但到了被狂热的极左风暴冲击得晕头转向的时候，张大昕仍然对传统文化抱有信心，对山水画的传承抱有信心。

在听了女儿对乐震文的描述后，张大昕朦朦胧胧感受到，很可能乐震文就是上天派来解开他心结的人。

技校通知召开家长会，张大昕忐忑不安地去了，听了班主任乐震文的介绍，见到这个小伙子精明的眼神，坦诚的笑容，他开心了。他相信自己的直觉，这个聪明能干的男孩子，定能解开他的心结，传承并发扬他痴迷几十年的山水画。

他支持女儿的恋爱。

在当时，老师学生之间不能谈恋爱，乐震文张弛只好谈地下恋爱，白天见面就像不认识，晚上，出去荡马路。技校在马当路肇周路，边荡马路边谈谈山水画，然后乘三部公交车送张弛回家。当时的虹桥，延安西路古北新区一带，还是农村，晚上人很少，张弛一个人回家，乐震文不放心。

1976年11月，技校老师带着学生去黄山脚下的练江牧场劳动、写生，全班22个人分为两个组。乐震文带着男同学住在牧场总部。两位女老师带着张弛等11位女同学住在山里。虽是短暂的分别，少女张弛心里，对恋人的思念，丝丝缕缕，绵绵不绝，"此情无计可消除。才下眉头，却上心头。"正好接到通知要开班干部会，张弛欣喜地走到场部，见到了乐震文，眼神里全是想念，表情却极为克制，不能让外人察觉他们是恋人，他们只能悄悄谈一场地下恋爱。会开完后，张弛一个人甜蜜地走着山路回驻地。此时正是黄昏，天格外地蓝，天上的云层，仿佛都镶了一层蓝边，通红的晚霞照过来，照在山路的古桥上，古桥变成暗红色。天上的蓝色，古桥上的暗红色，晚霞照不到的山峦阴影处的黝黑色，太漂亮了，这个色彩给张弛留下深刻印象。大自然真是鬼斧神工啊！古人说"外师造化，中得心源"，归纳得太准确了。她不由感叹着、敬佩着古人的高明。后来，张弛画了一批这种色彩的山水画。

写生、劳动结束后，技校同意学生自由组合去黄山等地。张弛就和她的同桌女生及老师四人上了黄山。上午上山，一路开心地看着美丽风景往上爬，忽然，天上落下纷纷扬扬的雪花，山上顿时成了冰清玉洁的世界。走到北海宾馆时，天快黑了，就在北海宾馆休息。尽管累，但是张弛心中却是满满的亢奋，独自一人走出宾馆。走在山路上，雪落在树枝上，银装素裹，地上，已积起厚厚的一层雪，走在上面软软的，悄无声息，四周万籁俱寂，只留下张弛的一串脚印，唯有雪在飘飘洒洒。走到始信峰，一座小桥架在两山的中间，幽暗的峡谷里刮来的狂风，呼啸着，旋转着，几乎要将张弛裹挟到天上去。张弛紧紧抱住路边的小松树杆，张大双眼看着夜幕降临时朦胧雪景的演绎，她看到一种神秘的灰调子，空旷，冷艳，孤绝，挺拔的老松树，在风雪中巍然挺立，始信峰在雪雾中迷迷蒙蒙忽隐忽现。黄山真美啊，张弛感叹着黄山的壮观宏伟。这种神秘灰调子在她的脑海里深深扎下根。第二天下山，照理，一般爬黄山都是前山上，后山下。后山路平，可节省体力。但是张弛他们已被黄山美丽雪景迷住，仍然从前山下来，为再看一遍风景。上山容易下山难，又高又陡的台阶上，雪变成了冰，冰上又积了一层雪，又湿又滑，走到百步云梯时，台阶陡峭似乎垂直而下，张弛突然脚下一滑，身体失去平衡，她一声惊叫，双手下意识地凭空乱抓。运气啊！张弛的一只手抓住了路边的铁链，差一点点，就掉进了万丈深渊。

1977年暑假，张弛读技校两年级时，又去了一次黄山。乐震文、张弛，一共6个老师同学。长途汽车下午到汤口，下了车就开始爬山，到玉屏楼看迎客松的时候，天黑了，晚上就住在玉屏楼。那时玉屏楼宾馆没有电灯，点着油灯入睡，早上四点钟，就裹着被子起来看日出。黄山的日出非常美，看黝黑的天，变成黛青色，变成鱼肚白，变成暗红色，云彩似乎着火了，燃烧成一片，一轮红日一点一点升起来升起来，跳出云海，明晃晃地照耀大地，真的很激动人心。

外师造化，中得心源，古人的教导，乐震文、张弛记得很牢，这一次，他们做了充分准备，带好了水墨纸笔，将黄山的峰峦云雾、奇松怪石都描摹在写生本上。两周的写生时间到了，乐震文、张弛仍感到恋恋不舍，为了遵守规定，只好凌晨两点起床，摸黑从后山下山去买好汽车票，再爬上山来。黄山上空气好，阳光中的紫外线毫无遮挡地照在皮肤上，火辣辣地痛，然而热恋中的少男少女，根本顾不上这些，他们的心里在欢乐地唱着歌，身上有着使不完的劲。

两周的黄山写生，乐震文、张弛都感到收获很大，而他们之间的感情也成熟了。

美心酒家结缘终身

1978年4月,张弛从技校毕业了。此时技校突然停办,只招收了乐震文张弛这两届学生,偏偏这两人成了一对。只能解释为前世有缘。有道是:有缘千里来相会,无缘咫尺不相逢。

技校停办后,上海工艺品进出口公司从技校留了4个人再加公司2个人成立一个绘画工作室,乐震文、张弛都在其中。成立绘画班目的更明确,就是为了赚外汇。

当时,玉佛寺是华东六省一市"文革"抄家抄来的字画艺术品仓库,全部归上海工艺品进出口公司管。明朝的文徵明,清朝的八大山人、新罗山人、王石谷,当代张大千、齐白石、吴湖帆,都有。走路时一不小心,踢一脚就踢出一个唐云的手卷,这段历史,可称为艺术发展史上的奇葩。乐震文开心啊,找个房间当宿舍住下来了,除了睡觉,日夜临摹。乐震文临吴湖帆,张弛临张大千。临摹是一对一临。边上放一张原作,找一张旧的熟纸,下面打一个灯,一笔一笔临原作,可以临摹到与原作一模一样分辨不清。乐震文除了临吴湖帆,还将文徵明、八大山人、新罗山人、王石谷都临遍。乐震文后来回忆说,那个阶段,对自己最有帮助,进步最快。那个时候,画画没有一点点的功利性,学到了大艺术家的敬业精神,殉道精神。

但是,乐极生悲,出事了。一个管理仓库的人,每天经手这些宝贝,眼红手痒,开始盗画偷印章,吴昌硕的印章给偷去好多,名家字画也偷了不少,偏偏他偷去的名家字画中,有一张张大千的画是张弛临摹的，印章是乐震文刻的。这一对恋人用尽手段，想试试自己到底学到多少本事，就用一张旧宣纸来临摹，临摹好，撒些尘土在印章上画面上，再染些茶叶水，就和原作分辨不清了。公安局破获此案后，将负责绘画班的乐震文找去，请他辨认，乐震文交出了自己刻的印章，告诉公安是仿作，原作在仓库里。警察到仓库里找来原作对比，就像辨别两个长得一模一样的双胞胎！外人是分辨不清的，只有他们的父母才能一眼辨清。

临摹临到这个份上，乐震文、张弛想创作了。1979年初，绘画工作室正式向领导提出要办画展，得到同意后，就在原技校教室里展览。乐震文用张大千的技法画了一些仿古画，夹进去几张自己创作的画，上海的老画家应野平、韩敏来观展，日本客商也来了，一个叫阪田的商人定了100张乐震文创作的山水画。乐震文振奋啊，自己的创作画被日本人认可了。100张画，这对工艺品进出口公司来说，是一笔大生意。领导重视了，但乐震文的眉头，却像当年他的父亲一样，扭出一个"川"字。他苦着脸对领导说，画一张可以，画100张画不出，只有出去写生，外师造化嘛。领导同意了，批了2000多元钱。绘画班6个人，再加上张弛的父亲张大昕，沿着桂林、贵阳、成都、峨眉山、青城山、长江三峡，一路走一路画。当时条件艰苦，他们省吃俭用，坐硬座火车36个小时到桂林，住的是小旅馆，被子都是潮湿的，夜里用自己身体烘干。在峨眉山上两周，吃的食物每天一样，心里却非常开心。上峨眉山时，行李寄放在派出所，两周后去拿，派出所同志开玩笑说："你们还是活的啊！"他们从春天出发，到峨眉山已是夏天。下了峨眉山去吃红油抄手（辣馄饨），味道真好啊！觉得生活真是美好，山水真是美好！写生本积累了好几本。这几个月的外出写生，让聪明的乐震文悟到，其实写生不单是对景临摹，而是注入自己的观察和情感，获得人生和艺术的体验和感悟。回到上海后，乐震文创作了 100 幅山水画，还参加了上海美展。乐震文自创的山水画，在上海反响蛮好，得到好评，乐震文没有拜过一个老师，所有画得好的大画家都是他的老师。他的山水画和人家不一样，他画出了自己对山水的独特感受。

张弛看到乐震文初战告捷，很受刺激，她也一直在构思着自己的美术语言和表现图式，隔了一年，她创作的一幅山水画也被一个日本客商定了 100 幅。张弛开心极了，她信心大增。

1982 年 4 月，爱情长跑 6 年的乐震文、张弛结婚了，在淮海路美心酒家包了两间房间，画家胡振郎、赵冷月来参加了婚礼。双方的老人都笑得很开心，对儿女的婚姻满意，尤其是张大昕，他觉得，他对中国山水画的痴迷感、使命感，被女婿、女儿接过去了。

美展获奖信心大增

1984 年，第六届全国美术作品展举行。上海有 28 位画家作品入选，乐震文、张弛合作创作了山水画《熊猫迁居》。创作时，临摹过宋元明清至当代大画家的经历起作用了，采风写过的秀山美水起作用了。范宽的溪山行旅，李唐的万壑松风，马远的踏歌行，文徵明、新罗山人、八大山人，一幅幅名画在眼前闪过；黄山、峨眉山、青城山，一座座走过的大山在心底涌现。在激情迸发中，《熊猫迁居》完稿了，高耸入云的秀美的山居于中后景，苍茫流动的云雾围绕四周，前景哗哗流动的溪水中，一群人抬着一只国宝熊猫涉水前行。1984年，正好是四川熊猫爱吃的箭竹开花，大熊猫的口粮发生危机，人们只好将大熊猫迁到箭竹不开花的地方去，这个主题，其实也有着新闻性、时代性。稳定的构图，深远、中远、平远的技法，范宽马远的影子和元素若隐若现，显示着传统的浸润熏陶，山水的面貌是从写生中得来，显露出作者企图构建自身独特绘画形式语言的意识。就这样，传承及创新与时代主题的交融，山水的意境美和洋溢的诗情，使得《熊猫迁居》得到好评，获上海地区佳作奖。

1985年，乐震文、张弛又合作画了两幅表现大海的作品，《搏击》和《风雨接舟》。《搏击》画的是一艘渔船在大海上与风浪搏斗，一支毛笔描绘出异常强烈的波涛肆虐质感，这幅画入选首届全国青年画展。《风雨接舟》主题也有时代性，乐震文在沈家门海边写生时，正好目睹了风暴来临时，一艘台湾渔船遇险，大陆几艘渔船前去接应台湾渔船。画面上，中景是在海浪翻滚中，"弄潮儿自涛头立"的大陆渔民手持长竹竿站立船头劈波斩浪，远景是两艘大船围救遇险渔船，近景是迎风挺立的海边劲松和礁石。观看这幅画，一种惊心动魄的壮美感油然而生。

这三幅画接连展出，引发很大反响，作为青年画家，乐震文、张弛脱颖而出，出名了。

乐震文、张弛很崇敬谢稚柳、陈佩秋。一天，乐震文与吴明耀一起去看望谢稚柳，乐震文带了一张自己临摹的谢稚柳山水画。谢老说："小乐，外面我的假画都是你画的吧！"乐震文一听，吓得一下子不敢说话，敬畏到全身发抖。吴明耀说："你为什么发抖？这是谢先生对你最好的表扬。"乐震文这才回过神来，知道谢先生是和他开玩笑。回答说："我只是想学得好一点，从来没有起过造假的念头。"谢先生听了哈哈大笑。

1985年，敏感的张弛因为和乐震文成功合作三幅画后，短暂地开心一阵之后却陷入苦恼之中。她已经做母亲了，儿子已长到两岁，照理，家庭幸福，老公有才，儿子健康，自己作为女画家，订货不少，日本客商定下的100幅画正在陆陆续续画出来。她应该感到幸福和甜蜜，才符合一个贤妻良母的传统价值观。然而，她的内心却有着一种隐隐约约的焦虑感、枯竭感。她不想做一个随便画画的商品画家！100幅接着100幅连续几年的订单让她感到疲倦，要画出千变万化，又谈何容易！是本领恐慌吗？直觉告诉她，应该再去进修。她去了浙江美院进修。半年后，认识了陆俨少先生。陆先生看了她的画后，建议她再进修一年。张弛告诉陆先生，进修生只能读一年。陆先生说，我来帮你去申请。这样，张弛就进修了两年，成了陆俨少的女学生。

张弛一直去看陆先生作画。先生绘画，先将毛笔洗干净，蘸一点水，再蘸一点墨，一笔下去，墨色有浓有淡，先浓后淡，先用笔尖，再用笔肚，最后用笔根，墨色浓淡枯涩焦，墨分五彩效果出来了；一支笔里的墨全部画完，再蘸点水，蘸点墨，墨在宣纸上渗化流动，笔从不同角度按来按去，宣纸上就会出现千变万化，永不重复。而且陆先生画画自由自在，画到哪里算哪里，一点也不刻意，一切又在绘画"六法"规定的法度中。先生一支毛笔拉出的绵长有力的书法线条，圆润松弛，真美啊。这样画画，太开心了。而且，陆先生画画，台面上非常干净，水盂里是清水，他把墨和颜料全部用到画里去了。

看了陆先生画画后，张弛大受启发，开始用陆先生的笔墨技法画山水，画完后，就请陆先生看，陆先生有时帮她改几笔，将尖的山石改成圆润的，意境马上就不同了，跟着陆先生，张弛长进很快。更让张弛惊讶的是，她去陆俨少家看先生画画，先生旁边围着好多人在看，几乎是一房间的人在看，而先生丝毫不受影响，就像边上一个人也不存在，情绪完全沉浸在绘画中。张弛明白了，这就是职业画家的专注力，职业精神，画画的时候，心里只有画，没有杂念，没有功利心，只想着完美更完美，越完美越极致，画家越开心。张弛这才知道，像唐云、程十发等先生，画画的时候，都是这样一房间人围着看的。张弛感受到，看这些老先生画画，可以感受到人与自然，人与宇宙的关系，绘画是借宣纸抒发画家自己的感受，画出画家内心最深沉的感觉，这就和信仰"天人合一"的中国古典哲学有了联系。

夫妻双双东渡日本

在进修期间，张弛接到一封邀请函，日本客商办的友好工艺画廊，邀请张弛去北海道办美术展。展览了张弛之前销往日本的最后十几幅作品，有一个日本女画家佐佐木看到张弛的作品后，想和张弛交朋友；正好友好工艺画廊马上就没有张弛的作品了，希望她到日本去画画。他们来信问张弛："你想到日本来吗？"张弛拿不定主意，就打电话问乐震文："我要去吗？"乐震文说："去呀。"

这对画坛伉俪真是前世有缘，乐震文的日本客商阪田先生也差不多同时邀请乐震文去日本画画。张弛去日本才一个星期，乐震文也到日本来了。

到了日本，乐震文、张弛眼界大开。原来，中国水墨画老祖宗画的好多画，让日本人收罗去了。在日本的博物馆美术馆，乐震文看到了仰慕已久的南宋画家牧溪画的潇湘八景、猿图、鹤图，梁楷的李白行吟图、六祖截竹图。乐震文也看了很多日本画家如横山大观、菱田浅草、川合玉堂的作品。尤其是日本明治画家横山大观的艺术，充满激情，崇尚浪漫主义，作品构思独特，画面清新。傅抱石就深受横山大观影响，中国画的岭南派也有日本画的元素，更让乐震文受到心灵震撼的是日本画家的认真、安静，他们沉浸在自己的画里面，顽固地表现自己的风格，慢慢地画，追求一种极致的完美。而在"文革"后的中国画坛，却有一股浮躁的不良风气，让乐震文感到汗颜。看了很多的日本画后，乐震文觉得像是重温了一遍张大千和吴湖帆，聪明的乐震文的直觉是，这些日本画家可以和吴湖帆连接起来。

日本画家给乐震文的最大影响，是对绘画的态度，画家要抱着一颗敬畏心来绘画。心，要放在画上，进入画的世界。要将画当成自己的孩子来爱。要将自己的灵魂放到画里面去。

到日本后，乐震文绘画慢下来了，一幅两张6尺整张宣纸拼接起来的画《秋色无远近》，附身在地板上画了一个月。

有意思的是，乐震文签约的阪田画廊和张弛签约的友好工艺画廊是竞争关系。友好工艺画廊是一个日本共产党人玖村芳男办的，开办的目的就是为了中日友好，这是周总理播下的种子。很传奇的是，张弛的老板玖村芳男曾经参加过中日战争，他是日本共产党员，不去当日本兵,反而来华参加了华北八路军,战后回到日本从事中日友好事业。他对张弛说:"我请你到日本来不是想赚钱,是想培养一个受日本人欢迎的中国画家。"过新年时,这个老板让他的员工学习《共产党宣言》,他热爱毛泽东,崇拜周恩来。

张弛很配合老板,画画尽可能让日本人喜欢。她去日本各地写生,看到日本的小山小水,觉得也很美丽,她就画出内心的感动,将空灵、迷蒙的诗意画出来。日本人喜欢张弛画中的水,海水、湖水、河水、溪水、飞瀑面貌各各不同,大海惊涛骇浪,湖水妩媚平稳,河水缓缓流动,小溪泉水叮咚,瀑布飞溅直下,质感强烈,表现力异常准确和丰富。作品《波涛》《海涛松声》分别于2001年和2008年获日本外务大臣奖。她和乐震文在日本各地举办"乐震文张弛二人展"50多次。

1992年到1995年,是乐震文、张弛全家在日本团聚的日子。儿子读三年级第二学期时来日本读书,儿子刚来日本时一句日语也不会,上课一句也听不懂,老师说,小孩子学语言很快的,不要紧的。果然,儿子第一周日语成绩零分,半年后日语成绩100分。儿子的数学成绩尤其好。儿子表扬爸爸,我的数学是你教出来的。乐震文想起来了,儿子很小的时候,他经常在儿子手心里放糖果,然后拿掉一些,问儿子还剩几颗,儿子每次都回答正确。乐震文还想起来,儿子在爷爷带他时,还会教爷爷买股票,点一只涨一只,神了。儿子还会计算日期,你问他某年的几月几号是星期几,他都能一下子算出来。当时大家都感到奇怪,以为他真的有特异功能。保密几年后,他自己透露是在上小学前,在爷爷家闲着无聊,看着墙上的挂历,忽然想出了一个演算公式，绝对没有误差。乐震文忽然觉得一身轻松，儿子数学有天赋，就不用教他学画了，绘画多辛苦啊，让他走自己的人生之路吧。

1995年，上海大学校长杨德广到日本访问，去乐震文、张弛家做客。乐震文下厨做菜，杨德广就在客厅里看乐震文的画，等乐震文菜烧好从厨房出来，杨德广说："你就来上大美院教书吧。因为，俞子才教授去世后，缺一个教山水画的老师，我看了你的画，你行的，来吧。"

新的跨越新的登攀

刚团聚三年的一家人又分开了。张弛带着儿子在日本，乐震文去了上大美院。他经常带着学生外出写生。为了怕重复自己，乐震文写生避开熟悉的山水，去了北方，带着学生乘火车去兰州，包一辆汽车上了黄土高原，再去太行山，一下子对粗旷辽阔的北方山水着了迷。

艺术教育的最大好处，是学生"教"老师，学生常常会有奇怪的问题问老师，逼着老师去学习，去面对挑战。乐震文的感悟是，画家要跳开自己熟悉的专业范围，开辟新路，才会有新的收获。

画惯了南方山水，又画过日本精致小山小水的乐震文，现在面对的是陌生的中国北方大山——黄土高原、太行山，只能探索新的技巧、新的方法。

他想起了牧溪。在日本，他用六年时间对牧溪的《潇湘八景》心追手摹，他对画面的深美、幽静、空灵、淡泊深为折服，能领会到画中所蕴含的深深的禅意，他似乎看见了牧溪在对他拈花微笑。

　　他想起了横山大观。横山大观用西画技法的色彩，代替日本画传统的墨线，注重以晕染和没骨法烘托画面，在画面中融入中国和日本的古典哲学理想。

　　他想起了毕加索，他喜欢毕加索的几何体立体主义，用毛笔临摹过多次《格尔尼卡》，敬佩毕加索笔下呈现出以表象折射本质的荒诞味。

　　乐震文绘画没有拜过老师，但是古今中外所有的绘画大家都是他的老师。

　　古今中外的绘画大师，他临摹过的大师们，在他心里都活起来了，范宽、李唐、马远、倪云林、文徵明、龚贤、王石谷、八大山人、新罗山人、张大千、吴湖帆，一个个大师的脸庞在他面前旋转，在指导他作出新的跨越，新的攀登。

　　北方的山，特点是干燥，但是在乐震文的笔下，宏伟的大山是滋润的。外师造化，中得心源，心源不同，画就不同。归根到底，画家毛笔下流淌的，是自己的内心感受。画面一旦滋润，美感就产生了。这样的北方山水，乐震文画得很慢，常常是半个月画一张，一个月画一张，慢工出细活，他在画中注入了自己的心，自己的爱，自己的灵魂。

　　乐震文画的北方山水画引起画坛关注，苍凉又润泽，苍茫又迷蒙，雄浑又壮美，空灵又幽静，野趣又雅致，超然又脱俗。色彩上，黄色，金色，紫色，褐色，成了主基调，视觉冲击力很强，这和南方山水的青绿色，黑白色为主形成区别。变形的山石，几何体的山体块面，层层叠加，层次分明，形成峰恋叠嶂绵绵不绝的宏伟气势，而本来乐震文就善于画扭曲老树，画飞瀑，画云雾，他精心又精心地画好每一个细节，每一个物体，每一个零部件，然后又组合在范宽式满构图的画面上，各就各位，细看每个细部都很灵动，组合在一起又很豪放、大气、壮美。他的北方山水画，可以读出宋元的传统，读出日本画的烘染技法，读出西方绘画的光影技巧，读出乐震文笔墨中顽强表现出来的富有当代感的审美趣味，融合在一起了，就是乐震文风格鲜明形式独特的"乐氏山水"。

陈佩秋先生为乐震文的山水画册的序言中写道："他寻觅于远山、幽谷、寒江、暮雪、烟村，并将自己对传统的理解和在东瀛观摩的绘画艺术进行结合揉入自己的作品之中"，"他试着将中国画的笔墨隐藏于水墨的烘染之中，这就使得他的作品具有个性，画面主景稳重，云遮雾障，具有一种幽深的意境和一种逸放的美感。"

当乐震文回国后在画坛大显身手的时候，张弛仍在日本，1992年友好工艺株式会社受日本经济泡沫破灭影响，公司倒闭，张弛作为一个独立的画家在日本各地举办画展，为美术杂志连载水墨画技法。连续两年的连载，使她获得了大批粉丝，她的一套风景画技法大型画册《张弛·风景画技法·张弛画集》，卖29000日元一套，两三个月就卖出3000多套，为老板赚了近一亿日元。后来又再版发行，同时，还陪着儿子读书。母亲，总是将未成年的孩子放在第一位，尽管，水墨画也被她视为自己的孩子。

2008年，四川汶川大地震，乐震文、张弛伉俪在银座举办了"风雨同舟"画展，捐赠了100万日元，通过中国驻日大使馆转交给灾区。他们画着名山秀水，仿佛超然世外，其实有着浓烈的家国情怀。

2009年，儿子长大成人，结婚成家，张弛就收起纸笔回国来陪老公，去华东师大艺术研究所当兼职教授。

2010年，乐震文到上海书画院当执行院长，院长是陈佩秋先生。

2010年，张弛开始带硕士研究生。

这对画坛伉俪，又开始你追我赶，比翼齐飞。

为迎接上海世博会，市领导要求陈佩秋先生创作一幅描绘当今上海的美术作品。陈佩秋先生说自己年龄大了，推荐了张弛等一批知名年轻画家。张弛和汤哲明合作，后来陈佩秋先生看张弛和汤哲明绘画风格相差太大，建议两人各画一幅。张弛开始去写生，从黄浦江源头安吉一直跑到崇明岛，一个个有代表性的点，都去遍了，但心里还是没有底。一天白天，张弛看陈佩秋先生作画。晚上，做了一个梦，梦中，陈先生笔下橘红色的山峦在梦中出现，延安西路两边，出现了蓝蓝的天，蓝蓝的海，出现了森林和明月。醒来后，想起陈佩秋先生提醒她不要画成地图，不要见到什么画什么，忽然顿悟。

张弛开笔了，从黄浦江源头清澈的水流起头，河水穿过安吉大竹海，绕过松江方塔，进入大虹桥国家会展中心"四叶草"，越过延安高架路两边的建筑群，来到世博园，再越过外滩，越过陆家嘴东方明珠，穿过浩瀚长江，进入崇明岛，最后以湿地边休闲嬉水的水牛家族、翱翔蓝天的小鸟结尾。长卷以绿色为主基调，虚实相间，秀丽润泽，情景交融，形神合一，树草苍翠，建筑厚重，相得益彰，诗意盎然，有着音乐感和节奏感，表现了人类源于自然，回归自然，人与自然和谐相处，人与人和谐相处，人与心灵和谐相处的世博会主题，张弛画这幅长卷的过程,其实也是在向"天人合一"古老哲学回归的过程。这幅画,在似与不似之间描绘了大上海的美,也展露出创作者对大自然的情感,展露出画家对自然宇宙的观念及自身精神境界。

张弛用了将近一年时间画出的这幅 20 多米长的《海上揽胜》水墨长卷,在上海世博会五大主题馆之一的城市足迹馆展示,吸引无数观众前来观赏。

张弛的勤奋让人惊叹,她回国后的近十年时间里,几乎跑遍了中国的大山大水,记录下十几本写生本,积累起几百幅写生稿,创作了百余幅山水作品,出版了《那山那水》《江山如画》《高山流水》三本画册。

张弛和乐震文一起去了一次西藏,张弛的高原反应严重,头痛欲裂,她一边吃高原安的药,一边还在写生。画下布达拉宫、大昭寺、扎什伦布寺,画下难得一露真容的南迦巴瓦峰(7782 米)、雄伟的希夏邦马峰(8012 米),由于高原反应,张弛一边画,一边手在颤抖。她看到了神奇的高原梯田,奇异的晚霞,橘红色的藏式建筑,洁白的云彩,清冽的尼洋河,湛蓝的羊卓雍湖,只可惜因云雾太大,没有见到珠穆朗玛峰,但也遥望到喜马拉雅山脉像一条玉带横跨在天空中,四周围绕着变幻无穷的云层,绚丽的晚霞为云层镶上了金碧色,目迷五色,美不胜收。西藏之行几乎是灵魂洗礼,她感悟到灵魂的自由,内心的宁静。

在一次又一次行旅写生的过程中,她对"天人合一"的中国古典哲学有了更深的感悟,几乎是进入一种"天人感应"状态。每一次,她用朝圣般的虔诚走进山水,大自然的神灵就会展现出云雾霞光的奇异景色给她看，张弛就报以更敬畏的心态面对毛笔宣纸，将绘画当成一次次寻找自身精神归宿的修炼过程，于是，超出形式、线条、笔墨、色彩、技法之外的内涵和意境产生了，诗情画意，在画面上充盈，流动。她笔下的山水，已不是对客体山水的直观描摹，而是她见过的所有好山好水的综合感受，是她心中深藏的山水。

20年前，陆俨少先生对张弛山水画的评价是"质有而趋灵"，是"清新娴雅"，经历20年的修炼后，陈佩秋先生为张弛画册写序这样评介："近岁张弛的山水，更见精进，画中云海翻腾，飞瀑一泻千里，色彩墨韵清新，用笔娴雅，大有夺得沪上山水画冠军之能。"

精神状态回到童年

2016年1月，乐震文退休了。退休前，他是上海书画院执行院长，总觉得自己大小是个业务领导，绘画要有示范性，退休后无官一身轻，他画画越来越没有目的性，怎么开心怎么画，越画越舒心。2016年，他用11个月时间画了一幅大画，贴满整幅墙。他觉得，反而回到童年时初学画画的心态，心绪极为安宁。

乐震文画画几十年了，他卖了很多画，但他最好的画都不舍得卖，留在自己手里，几十年来留存了60张，是乐震文最为心爱的宝贝，可以反映出"乐氏山水"的全貌。这60幅画，按照市场上的画价，按照乐震文山水画在市场上受欢迎的程度，卖出去太容易了，但是，要花钱收齐这60幅精品，却太难了。

"一个艺术家，要将自己全盛时期的最好作品捐赠给国家美术馆"，他的心里，这个想法酝酿了好多年，之所以舍不得卖，就是害怕流失。放在自己家里，又没有时间照料，交给美术馆，还可以让观众欣赏。前辈画家，也给他做了榜样，如刘海粟，如程十发。

何况，自他退休后任玉佛寺觉醒书画院院长后，对万物皆空的理念更坚定了。

"流芳百世也是假的，一个人活在世上，关键要做自己喜欢做的事。"乐震文对张弛说。

乐震文身为海派画家，他觉得上海应该有一个海派艺术馆，增加海派画家的收藏量，方便以后的研究者找寻完整资料。他感觉到，当今社会浮躁，名与利，对艺术家诱惑太大了。宋人画画纯粹就是喜欢，就是孔夫子说的"游于艺"，就是游戏本身，就是为了开心。

张弛支持乐震文，这对画坛伉俪的价值观一致。张弛小时候，父亲张大昕就一直教育她，画家画画不是为了卖画，那样肯定是画不好的。你只要能维持你的基本生活，就可以了；画家的生活，温饱安定就可以了。艺术上要有不懈的追求，生活上，物欲要淡泊，要放弃身外之物，物累少了，人就轻松了，艺术上就能日益精进。这些话，张弛一直记着，并受益良多。父亲张大昕1981年被聘为上海文史研究馆馆员，1995年应邀赴新加坡举办个人画展，山水画《青岩气流》《一帆风顺》等由中央文史研究馆收藏。山水长卷《高山奔流》捐赠给东亚运动会，他很长寿，93岁高龄逝世。2017年是张大昕百岁冥诞，张弛要办一次父女画展来怀念父亲，回报父亲对她的养育之恩及人生观上的教导。

2017年1月17日下午，刘海粟美术馆举办了隆重热烈的乐震文捐赠60幅精品画仪式。

　　捐画之后,乐震文觉得一身轻松,好像回到了童年时学画的单纯心态,回到了初心,就是纯粹的喜欢画画,对名与利更淡泊了。

　　这真是一对前世有缘、情投意合、比翼齐飞、互相扶持的伉俪!为他们祝福!为他们喝彩!

第三辑 天涯屐痕

滇文化寻访记

春城绿色

8月1日下午1:45，在飞行了2小时45分钟后，飞机到达昆明机场，空姐甜甜的嗓音向旅客报告地面的温度：25摄氏度。25度？要知道，我早上在虹桥机场登机时，上海的温度是35摄氏度啊。

走下飞机，一阵轻风吹来，我感到有说不出的凉爽。啊，原来昆明的夏天竟是这么舒服啊！难怪说昆明是"四季如春"呢。看来，昆明真是避暑的好地方啊。

我到昆明，是作为"西部大开发云南行动"民族文化采访团的一员，到云南的楚雄、大理、丽江、迪庆采访考察云南的民族文化现今状态的。全国有《人民日报》、新华社、中央电视台等22家媒体受到邀请。作为第一次到云南的我，心情自然格外振奋，情绪自然格外高涨，什么都感到好奇，一切都是那么新鲜。

我首先发现的是昆明空气质量较好，能见度高，看物体格外清晰。阳光灿烂，植物都长得生气勃勃，树叶、草地都是绿油油的。

其次，我发现昆明市政建设新与旧同时并存的现象比较明显，马路上车流滚滚，市面繁荣，时有崭新的高楼耸立，而拐进小马路，一间间的小店铺比肩而立，我觉得更有情趣。这些小小的小吃店里，一只只圆圆的藤萝矮凳，围着一张方桌，卖的是昆明的小吃。有一家小店的泥墙上，同时贴着毛泽东、邓小平、刘少奇三位领袖的像，我见了觉得有趣，就信步走进去，要了一碗砂锅牛肉面，想品尝一下，却辣得我眼泪直流，看来，昆明人也喜好辣椒啊！

晚上，云南省委宣传部常务副部长顾伯平请我们这些记者吃过桥米线，同时又上了很多菌类，有松茸菌、牛肝菌、鸡棕菌、干巴菌，还有竹子里长出的竹虫，蜜蜂的蛹等云南特产，很是鲜美。

顾伯平副部长见我们吃得香甜，他开始颇为自豪地介绍起云南。他说，云南是一个生物宝库，一直有"植物王国""生态王国"的美誉。由于云南地处云贵高原横断山脉，高山、峡谷、平坝同时存在，有海拔仅60多米的山谷，也有海拔6000多米的雪山，从山谷到山峰，就囊括了热带到寒带的多种气候。因为光照时间长，昼夜温差大，水量充沛，所以植物长得格外好。他说，今天大家喝的云南红葡萄酒，葡萄是从法国引进的，种在金沙江河谷，结果葡萄长得比法国还好，郁金香是从荷兰引进的，但长得比荷兰的郁金香更鲜艳硕大，这得益于造物主对云南的厚爱。

是的，造物主对云南确实厚爱，推开窗户，看看满园的绿树吧，那浓郁的绿色，滤去了心头的焦虑和躁动，油然而起一种心闲气定的感觉，这种感觉是多么美好。

第二天上午8:30，民族文化采访团出发时，云南省委副书记王天玺为我们做壮行讲话，有一段话引起了我的注意。他说，云南有26个民族，少数民族人口占全省人口的三分之一，各民族能够和睦相处，互相影响，形成了各自独特的生活方式、风俗习惯、文化艺术和语言文字。

听到这里，我的思维神经顿时受到了触动。是啊，现在世界上动乱频频，狼烟滚滚，民族和宗教的冲突不断，但是在中国，56个民族却能够和睦相处，在云南可能表现得特别典型。那么，就让我们驱动车轮、迈开双脚，开始细细采访吧。

恐龙之乡

采访团的汽车在距昆明90多公里的禄丰县境内的一排小山丘旁停下了。走下车抬头一望，只见一座座小山丘裸露着赭红色的泥土，上面无一根草，无一棵树，山丘一座连着一座，似一排巨兽，蹲踞着昂首向着东方。禄丰县的官员告诉我们，这里地名叫作川街阿纳老长菁村，在这些山丘下面，有许多恐龙化石，现在已经发掘了450多平方米，竟然已发掘出八具恐龙化石！

我们这些"老记"一听有这样令人振奋的消息，一个个从昏昏欲睡的疲惫中惊醒过来，一溜小跑朝山丘跑去。通向山丘的路尚未修好，只有两双鞋那么宽，两边都是几十米深的悬崖，令人心惊。顾不得这么多了，我们手拉手，在女记者的一片惊叫声中，爬上了山丘。

在一座简易的工棚中，赫然躺着八具庞然大物，最有趣的有两只恐龙是首尾相接的。讲解员告诉我们，据国内外专家考证，这两具恐龙化石，前面一具大的是食草的恐龙，后面一具小的是食肉的恐龙。为什么吃草的恐龙和吃肉的恐龙会同时在这儿死去？是掠食者和防御者的相互搏杀以至精疲力竭、伤痕累累而同归于尽，还是食草恐龙的巢穴里跑进了侵略者？为什么这么一点地方会有这么多的恐龙化石？为什么这儿只有恐龙而没有发现恐龙蛋？为什么这些恐龙化石的头都朝着东方，就和这排小山丘一样？据说，这些问题连国内外的古生物专家都百思不得其解。

这块恐龙的集体墓地是由当地一个农民在种地时发现的，后报国家文物局同意进行抢救性挖掘，挖出的八具恐龙化石被鉴定为是生活在距今1.5亿年左右，专家们还推测，在这一地层剖面上，含恐龙化石的面积有1万平方米，可能埋藏有300多具恐龙化石，是世界罕见的高密度、多种类恐龙化石埋藏点，为研究侏罗纪恐龙动物群的演化、迁徙、区域分布提供了丰富而珍贵的实物资料。专家们还认为，禄丰川街阿纳老长菁村很可能将成为世界上最大的恐龙化石发掘坑。

禄丰县已成为科学家公认的恐龙之乡。包括这块恐龙墓地在内，已发掘出的恐龙化石已达34种、120具之多，而更多的还躺在地坑中等着人们去发掘。

恐龙之乡是幸运的，那么多的恐龙化石，这是造物主赐予的无价之宝啊！近年来，全人类都对这个6500万年前突然灭绝的庞然大物产生了莫大的兴趣，先是美国电影《侏罗纪公园》风靡全球，今年好莱坞又投资1.5亿美元拍摄了电影《恐龙》，票房同样看好。日本电视剧奥特曼勇斗恐龙怪兽的片子一再播映，这些都是人们想象虚构出来的恐龙故事，而发掘真实的恐龙化石行动也紧锣密鼓。美国犹他州国立恐龙纪念地和加拿大艾尔伯特恐龙公园——世界最大的两个野外恐龙博物馆均已成为著名的旅游胜地。受此启发，楚雄彝州政府正设想在禄丰县建立中国的"侏罗纪公园"，而且禄丰正处在昆明、大理、丽江之间的旅游线上，若此宏伟设想能变成现实，这个公园一定是世界级的。

彝族十月太阳历

坐在我对面的是一个睿智的老者，清瘦，眼睛里闪着智慧的光芒，他就是国际知名的彝族文化学学者刘尧汉。他的论著《文明中国的彝族十月太阳历》奠定了他在国内外学术界的地位。

我请他介绍一下什么是彝族的十月历法，他用口音浓重的云南话不紧不慢地开始向我介绍：

"彝族的十月历是一个月36天，一年十个月的历法。十个月终了另加5至6天'过年日'，平年的过年日是5天，每隔3年到4年的过年日是6天，平均每年为365.2422天。它是根据观测太阳运动到达最南点时为冬至，到达最北点时为夏至，它又根据傍晚观测北斗星的斗柄正下南指为大寒，正上北指为大暑。彝族在大寒处过5至6天的'过年日'，在大暑处过'火把节'（农历6月25日）。"

他说，一部优良的历法必须具备两个条件：第一，季节性准确；第二，一年内各月的日数整齐。彝族十月历是根据天文点（大寒、大暑、冬至、夏至、春分、秋分）来定季节的，十分准确，它的每月恒定36日，最便于记忆。相比之下，现行公历的季节性不够准确，它最大的缺点是一年的每月日数很不整齐，有28天、29天、30、31天，杂乱无章，不便记忆。因而，彝族十月历的科学性优于现行公历。

彝族十月太阳历实行已有两千多年历史，在受到汉文化影响后已经流散。1983年4月，刘尧汉接受楚雄彝州邀请，正式从中国社科院民族研究所回到家乡楚雄，这一年，他在云南宁蒗县茅家乡了解到了彝族十月历的详细情况和证据；1985年，又在云南楚雄彝州禄丰县罗申乡得到重要补充。

1986年，刘尧汉教授又在楚雄武定县考察到了彝族更为古老的大约有上万年历史的一种十八月历法。那就是：一个月20天，一年18个月360天，另加5天祭祀日，全年365天。1991年3月，刘尧汉又从楚雄大姚县昙华山乡全面获知十八月历的内容，原来十八月历中的18个月各有专名，一个月中的20天也各有专名。

刘尧汉教授发现的十八月历法在科学性上意义不大，但在文化人类学上却有着重大意义。在这之前，世界上只知美洲墨西哥发现有玛雅人创立的十八月历法，中国人写的世界通史上也有记载，认为是美洲两大古老文明的标志之一。玛雅十八月历一年18个月及每月20天也各有专名，这些专名的具体名称与彝族十八月历虽不相同，但日期却是一样的，而且中美洲秘鲁文明古国印加帝国也分别有十八月历和十月历这两种彝族创立的历法。

刘尧汉教授就中国和玛雅文化及古印加帝国都有十八月历这一文化现象正在撰写专著，他的观点是：玛雅文化、古印加帝国的开创者正是亚洲中国居住在金沙江两岸的彝族先民。他的这一推断已经引起了国内外的广泛关注。

从北京回到家乡楚雄已有 17 年的刘尧汉，经常带领他的学生往返于滇、川、黔的彝族山寨，调查正处在变迁消亡中的彝族民间"活史料"。他指导学生结合考古、文献、语言、古彝文等资料，以现实调查获得的"活史料"为研究对象，运用"由今溯古"的方法，对彝族文化进行研究。由他主编的"彝族文化研究丛书"已出版 35 部，他还培养出彝族的 1 个研究员，8 个副研究员，10 个助理研究员。

刘尧汉今年 78 岁，他在 61 岁退休后尚能在学术上做出这么大的贡献，着实让人敬佩。

苍山雪映洱海月

早上从苍山宾馆出门，淅淅沥沥下起小雨，天上乌云重重，洱海上风很大，吹在身上，冷飕飕的。幸亏我被事先关照好要添衣，披一件西装上了船。

洱海是一个狭长的高山断裂湖泊，水面有 246 平方公里，是云南第二大高山湖泊。

大风将洱海刮起了片片白浪，站在甲板上，披着西装也挡不了寒冷，奇了，这可是在炎热的夏天啊。

身旁的美景吸引着我，抱着双肩瑟瑟颤抖着站在雨中观景致。高耸的苍山平地而起，耸立在洱海边，有 20 多米深的洱海，水是深绿色的，悠远的湖面，显得沉重神秘。但雨中也有雨中的情趣，层层浓云下的湖面，凝重又大气。

我们采访团的导游是白族姑娘，叫白燕。她戴着白族头饰，右肩有白色流苏，辫子从脑后绕到额前，用红丝线系好，头饰上部是白色的流苏。这头饰很有讲究，如果是未婚姑娘，流苏应长于肩膀，因为白色的流苏象征姑娘的纯洁。到新婚那天，丈夫应当剪断流苏至少三分之二，显示对妻子的拥有权。白燕的流苏长于肩膀，未婚姑娘无疑了。关于头饰，白燕念了一句顺口溜："下关的风，上关的花，苍山的雪，洱海的月。"这四句话说的是大理的风景，从这四句话中又引出两句诗："下关风吹上关花，苍山雪映洱海月。"而这四种风景，在头饰上均有体现。飘动的流苏代表下关的风，头饰上方白色花饰代表苍山的雪，中间的彩色花饰为上关的花，头饰半月形的形状即为洱海的月。看来，白族妇女头饰上也有着浓浓的民族文化积淀，蕴含着一个民族的智慧。

既然聊到民俗文化，我们自然就问起白族的婚嫁风俗。白燕说，白族姑娘出嫁时，母亲要喂两口饭，女儿不能吃下去，要含在嘴里再吐出来，用手绢包好。一口饭要埋在娘家院子里，表示女儿虽然出嫁，但仍要常常回来吃饭；一口饭要埋在婆家的院子里，表示自己是带了一份口粮来，你们休想欺负我。

就这么闲聊着，我们的船已经靠岸，弃舟登车，我们又去建于南诏国时代的崇圣寺三塔和象征着甜蜜爱情的蝴蝶泉游览，这是我们在体验大理一日游的感觉。为什么要体验？因为大理旅游太兴旺了，像这样一个下雨天，又不是双休日，竟然所有的游览船全部满载，洱海中的小岛上，竟然全是熙熙攘攘的人群，撑着花伞在游荡。大理旅游，可真是红火啊。

大理成为游客喜欢的名胜，我以为主要有以下三点原因。其一是自然风景佳，苍山洱海就在城边，此为一绝。二是大理历史上存在南诏国、大理国两个地方政权，保留下如《张胜温画卷》、剑川石窟、太和城遗址、崇圣寺三塔、飞檐彩壁的白族民居等富有个性的文化。三是文艺作品的影响。电影《五朵金花》在大理拍摄，那首"大理三月好风光，蝴蝶泉边巧梳妆"的歌流传广泛，杨丽坤虽逝，但影星的影响不可小视。至于金庸小说《天龙八部》及改编成同名电影、电视剧的读者、观众可能更多，文艺作品对促进一个地区旅游业的兴旺有着莫大的作用啊。

可大理的朋友不太同意我的观点，他们说，据《中国旅游导报》报道，公元1000年前后，曾经盛极一时的全球大城市有15个，中国榜上有名的城市为两个，一是宋朝都城开封，排名第二；二是大理，排名第13位，大理自古以来就是兴旺的。

看来，我和大理朋友之间有了分歧，但这并不重要，更重要的是：滇西重镇大理的知名度如此之高，大理人的运气实在太好了。

南诏古乐和三道茶

晚上8点钟，大理的夜幕刚刚降临，大理博物馆内的南诏古乐演出拉开了幕布。

南诏古乐团艺术总监、演出主持施珍华，一个64岁的老人，身着民族服装上台，指挥一群白族姑娘唱了一个《敬茶歌》后，向观众介绍起白族款待宾客的三道茶：

头道茶，香喷喷，苍山茶绿水清清，先吃苦来后享乐，创业多艰辛。

二道茶，甜津津，吃了保健葆青春，地方名茶配佐料，捧来献嘉宾。

三道茶，暖透心，神清气爽脑清新，姜椒桂茶加蜂蜜，健体又强身。

台上的乐师，一个个身着唐代的南诏乐师礼服，歌舞演员身着鲜艳的民族服装，表演了14个音乐歌舞节目。这些节目，演绎出白族三千多年的历史文化。

汉代留传至今的古老歌谣《行人歌》，再现了汉明帝修"蜀身毒道"即从四川通往印度的古道的艰难。古歌《贾客谣》表现的是一千多年前商人"走夷方"想回家又不能的哀叹："冬时欲归来，高黎贡上雪；秋夏欲归来，无奈天炎热；春时欲归来，囊中钱币绝。"

《南诏奉圣乐》是一个艺术水准很不错的音乐舞蹈节目。据传，是南诏国君主异牟寻在公元793年派庞大演艺队伍，赴长安献于唐德宗的歌舞。少女们手持两支点燃的蜡烛，合着乐曲翩翩起舞，烛光在手掌内翻飞，少女身姿柔软婀娜，做出各种柔媚又高难度的动作。这么美丽的歌舞，我想当年的德宗皇帝看后一定会"圣心大悦"吧。

歌曲《义督古词》唱的是南诏国后期与大理国立国之前，大理有过60年的战乱，百姓不胜其苦的历史。通海节度使段思平联合滇东37个部落，在公元937年进军大理，建立起大理国，给百姓带来了300多年的安宁。后来，百姓作歌，思念这位"段白王"。歌曲中，

"人安乐，寿绵长"两句词，给我印象很深。看来，中国的百姓，古今都一样，要求不太高，只想太太平平，不希望战乱，只要"人安乐，寿绵长"，就心满意足了。

整场演出大约有1个小时，最活跃的演员是艺术总监施珍华。他是主持人，又是歌唱演员，身背三弦，又弹又唱，还要介绍歌舞背景知识，真是满场生辉。这位老人，他一生从事白族文化艺术研究工作，是大理白族文化研究所负责人，退休后来当大理南诏古乐团的艺术总监，在他发掘整理下，古乐团已经拥有十套节目，我们民族文化采访团看的节目，叫作《千里回声》。

当我在采访施珍华老人时，心里充满了尊敬，正是这些默默无闻的民间知识分子薪火相传的劳动，才使得民族文化一代一代传承下来，使我们今天还能听到一千多年前的古老民歌。写到这里，我情不自禁还想说几句有关大理白族音乐的源头——南诏古乐的话。历史上南诏国在唐朝帮助下统一了洱海六诏后，即开始实施中原唐王朝的"礼乐治国"，派学子到长安、成都学习汉文化，很重视学习音乐艺术，由此而产生了《南诏奉圣乐》《朝天乐》《锦江春》这些南诏古乐曲，不少有名有姓的古乐谱保存至今，为我们留下了一份宝贵的民族音乐遗产。

新华村的故事

离开大理平坦的坝子后，汽车开始在高山云雾中穿行，轻纱似的云雾，大团大团洁白的云雾，包围着我们的车队，视线只有10米，再远些就什么也看不清了。我们的心都提到了喉咙口，紧张万分，要知道，一边是悬崖，一边是峭壁，万一有个闪失，可就惨啦！雨不停地下着，云雾越来越厚重，层层叠叠把我们的汽车紧紧裹住。我们的车队打起了双跳灯，一路鸣着喇叭缓慢而又坚定地前行。

翻过大山，冲出雨区，天空顿时一片明净，碧蓝碧蓝，太阳绽开了笑脸。高旷的苍穹下，有一个小村庄，正是我们翻越大山前去寻访的地方。这就是大理州鹤庆县新华民族旅游村。虽然隶属大理州，可这儿离丽江更近，距丽江机场才12公里。

新华村背靠着凤凰山，山脚下有一清潭，名为龙潭，潭水清澈见底。奇的是，水是从潭底咕嘟咕嘟往上冒的。一条弹格路，通往村里，长长的巷子里干净得不见一点垃圾，巷子两边，全是白族三房一天井的四合院，院门两边贴着对联，有贴着"有关家国书常读，无益身心事莫为"的，有贴着"新华特色忙抓粮闲抓钱，农副结合粮有余钱有存"的，也有贴着"富贵眼前花，早开怎样，晚开怎样；功名身外物，有又何妨，无又何妨"的，看着看着，我不禁有些肃然起敬。大门上贴着门神，有尉迟恭、秦叔宝，也有关公、张飞。推门进去，是一个天井，天井里有七八个匠人，在打磨着银器铜器，一眼泉水，砌在院墙边，清澈的泉水，正从地底下往外冒泡。手拿一个木瓢舀一勺，一仰脖喝下去，呀，真是清冽甘甜，美得很咧！再推开一个院门，呀，室内空无一人，大门却没锁。一问，被告知主人外出打工数月。问为何不锁门。答："这儿民风淳朴。"我听了心里一惊，现在怎么有夜不闭户的地方？不是装了锁还不够，还要装上铁栅栏吗？

这个村有1092户，4922人，白族人口占98.5%，是大理州的文明单位，村子里的人有着加工银器铜器的悠久历史，早在明代，这儿就制造民间工艺品，世代相传，沿袭至今。全村家家有手艺，产品有银碗、银勺、银筷、银戒指、唢呐、长号、藏刀等上千种手工艺品。村里出了个"云南民间高级工艺师"寸发标，此人今年38岁，中等个儿，在西藏拉萨秀水街做了三年银器没回家，创作的"布达拉宫"铜雕被西藏自治区作为访美的赠品。我问寸发标一年赚多少钱？他说20万吧。

走出寸发标家，看到一个老翁坐在巷子里，神情悠闲，问今年几岁？答："77岁。"问他还干活儿吗？他指指对面盖到一半的房子，说替人看工地，每天赚2元钱。再走几步，就到龙潭边，一个老翁面湖而坐，湖面上垂着三根钓竿，见了我咧嘴一笑，刀刻一般的皱纹在脸上漾成湖水般的波浪。

转着转着，转回到村前的广场，只见六个老太太在边跳边唱，老太太一身白族服装。一问，方知年龄最大74岁。问唱的是什么，答道，这叫放羊调，唱的是哥哥妹妹田头相会。我又一惊，74岁的老太太，还哥哥妹妹！这时，又有一队老太太穿得花花绿绿地来到广场，傍晚的高原阳光照射在老太太身上，明亮亮的，浮雕一般。我的心灵分明是受到了震动，什么叫作自得其乐、知足常乐，我今天算是领悟了。

新华村的村长是个24岁的白族姑娘，叫张燕珍，毕业于西南民族大学，小小年纪当了两年村长，只见她幸福地微笑着，看着她的奶奶们在夕阳中神仙般舞蹈。据张燕珍说，新华村80岁以上的老人很多，最高寿的一位老太今年101岁。

离开新华村时,我觉得自己的灵魂像被龙潭泉水洗过一遍,清醒了许多。

东方女儿国

上午8时30分从鹤庆县出发,汽车在小凉山里颠了整整一天,不知翻了多少座山,拐了多少个弯,山是又高又陡,弯是又小又急,坐得人背脊都痛了,直到晚上6点钟,汽车才开到了泸沽湖。

在夕阳的映照下,泸沽湖像一面平静的镜子,水面上连一丝波纹也不见;又像一块湛蓝的宝石,镶嵌在大小凉山中。云雾在湖面四周的山腰中升腾,就像一条彩带在飘动。

在我们要住宿的摩梭旅馆门口,摩梭姑娘们穿着艳丽的民族服装,端着酒壶和酒杯,唱起了"欢迎朋友"的歌,给每一位记者敬酒。

泸沽湖以在湖畔居住的摩梭人的婚俗而出名,摩梭人的婚俗就是:"男不娶,女不嫁,'阿夏'走婚制,母系大家庭。"这是一个至今仍保留着母系社会习俗的神秘的东方女儿国。

摩梭人母系氏族大家庭由女性主持,家庭人口很多,多的有20多人,由祖母、母亲(多位)、舅舅(多位)、哥哥、姐姐、弟弟、妹妹组成。在这个家庭成员中,没有父亲,所有成员以母亲为中心生活,舅舅、哥哥、弟弟这些男性的子女在外面跟随自己的母亲居住生活。

祖母是家庭的领袖,母亲当家理财,舅舅管礼仪、造房、经商,农活大部分由母亲和姐姐去承担,家务活也归女性来做,舅舅、哥哥、弟弟从事经商或副业生产的收入都得交给祖母或者母亲保管支配。

母亲是摩梭家庭中最辛苦、最忙碌的人。白天,她们要干农活,烧饭做家务;晚上,家庭中的各位舅舅、哥哥、弟弟要各奔东西,去自己的"阿夏"家,母亲要打点他们出门,又要照料家中年迈的祖母、舅爷和小孩,还要接待自己的"阿注"来幽会;天还没亮,她又要起床,为走婚归来的男性公民烧早饭。

舅舅是摩梭家庭中的重要成员。摩梭人从小就被母亲这样教导:"天上老鹰最大,地上舅舅最大。"舅舅在母系家庭中承担着传授、教育众多侄子侄女各种礼仪知识、生产技能的责任,一生都得协同母亲、姐妹哺育下一代,所有姐姐妹妹生的孩子,舅舅都得将他们抚养成人,所以,舅舅实际上承担了父亲的责任。

走婚是摩梭人生活的重要内容,但常常被外人误解,以为走婚是一件很随便的事。我们在采访多人后才得知,摩梭人的走婚是很慎重严肃的,男女双方是在生产劳动、工作学习、走村串户中相互认识、相互了解,是有了感情之后才相爱的,然后相互交换一些信物,如手镯、项链、戒指等定情之物。随着感情越来越深,走婚幽会相聚的次数就越来越多,直至相伴终生,或者因感情破裂而中途分手,双方各自重新寻找意中人。那么,一个人因为能力强、本事大或者长得特别漂亮,可以同时拥有几个"阿夏"或者"阿注"吗?我们在采访中多次提出这个问题,回答是不允许的,会受到众人的谴责,只有在中断了现有的情人关系后,方可另行寻找新的情人。在摩梭人观念中,性爱同经济关系不大,结合是自由的,两相情愿的,离异更是毫无瓜葛,双方都有主动权,社会、家庭不会干预。结合不是以谋生为目的，离异也不会危及谁的生存。

摩梭人家庭是以"母系血缘"为纽带的，如果家庭中的姐妹们都生男孩，没有女孩的话，那就意味着绝嗣，必须去找母亲的远房姨表姐妹家的女儿来续嗣，绝不能把舅舅、哥哥、弟弟的女儿叫来续嗣的。这样纯粹的母系血缘观念居然顽强地传承了千年万年而不变化，居然能顶得住现代文明的巨大冲击，确实让我们这些记者惊讶不已。

摩梭人的走婚制固然原始古老，却有许多现代婚姻制度所不能企及的优点。当地学者归纳为四大优点：一是母系家庭团结和睦，没有婆媳纠纷、财产纠纷。二是爱情美满幸福，男不娶，女不嫁，各自在自己家庭中生活。"文革"中，在摩梭人中曾推行过一夫一妻小家庭制，结果仍然实行不了，可见摩梭人认为情人式的婚姻可以使爱情更美满。三是优生优育。摩梭人后代个子高大，身强力壮，经受得起高原严酷的气候条件。尤其让人惊讶的是，摩梭人家庭中生多少孩子是由祖母决定的，家里条件好，就多生几个；如果条件差，孩子就生得稀少，摩梭人的计划生育是非常自觉的。第四是社会安定。摩梭人社会中没有孤寡老人，没有流浪儿童，没有无家可归者，没有第三者插足，没有包二奶、养小蜜，没有财产继承纠纷等现代文明的弊病。据对一个近千人的行政村庄调查，新中国成立至今的50年中，只有1个人被劳教过3年，基本上没有刑事案件。

采访至此我已经明白，摩梭人"阿夏"走婚制的物质基础就是"共耕分食"。赡养老人、哺育孩子是整个母系家庭的共同责任，这就使妇女、儿童解除了生存发展的后顾之忧，而对成年男子来说，母系大家庭是他们赖以生活和养老送终的乐园，走婚又有什么不好呢？

但是，我还有疑问：在现代市场经济冲击下，男人走南闯北，外出挣钱，必然见多识广，尤其对本事特别大，能力特别强的男人来说，这不是太吃亏了吗？我为此采访了能干的摩梭男人——永宁乡党委书记郭怀中，他今年36岁，有两个孩子，一个属虎，一个属羊，属虎的今年读初中，属羊的读小学。他说，他的工资主要交给自己母亲，但也要给自己的孩子一些，在名义上是孝敬自己"阿夏"的母亲。他说，舅舅在家里贡献大，得到的回报是受到尊重。我又去采访在泸沽湖畔开了家庭旅馆的落水村村长曹彩塔。彩塔今年38岁，长得又高又壮，他拥有一幢已居住了7代人，有150年历史的老屋，自己又贷款9万元盖起了有20多间房的家庭旅馆，再过几年，贷款就可还清。彩塔母亲已去世，有两个妹妹，大妹在县城成家，离开摩梭村寨后当然就不走婚了。小妹有一个女儿，将来彩塔所创造出来的财富，全部会给妹妹的女儿继承。彩塔自己也有孩子，他大约要承担孩子三分之一的生活费，在名义上，也是送去孝敬自己"阿夏"的母亲。彩塔说："摩梭人没有吃亏的概念，祖祖辈辈都是如此，我的舅舅没有生过孩子，但在我家最受尊重，吃饭要坐上座，尽管母亲去世了，但我要为舅舅养老送终，因为是舅舅养育我长大的呀。"

采访至此，我的疑问释然，摩梭人，真是淳朴原始的"自然之子"啊！

古城清泉雪山

我们的车队从摩梭湖回到丽江时，又一次有惊无险。车至小凉山深处，忽然天降大雨，盘山公路的峭壁上滚落下不少大石头挡住去路，这又把我们吓得不轻，万一有块石头自天而降，正好砸中我们车顶，不就玩完了吗？好在我们的司机艺高胆大、沉着镇静，加上我们运气不错，一路上在一惊一乍中平安开到丽江。

丽江古城真是美极了，现已被联合国批准为世界文化遗产。古城建于宋末元初，距今已有800年历史，至明代最为兴盛。古城可能是中国唯一不筑城墙的城池。据说，丽江纳西族土司姓木，木加框不就变成"困"了吗？木老爷觉得太不吉利，于是干脆不要城墙。

古城美，美就美在它的自然古朴。每一条路，都用花石条铺就，质朴可爱，纹路美丽，雨季不泥泞，晴天无尘土，走在上面，舒适无比。路边，则是一排排建于明清时期的民居，土木结构的瓦屋楼房，多数为三房一照壁的纳西族民居，门窗上雕饰着花鸟，天井里种植着花草。古城中心，由整齐繁华的铺面围成一个方形的街面，称为四方街，四条主街路面宽阔，两边都是商铺，主街分别又向四周辐射，延伸出许多街巷，条条街巷相通相连，两边都是一个个四合院。仅有2平方公里的古城，走进去，你会觉得它很大很大，就像一个迷魂阵。我在其中逛着逛着就迷了路，几个圈子转下来已辨不清方向。

古城美，美就美在泉水潺潺。泉水来自古城外的玉水龙潭，到龙潭一看，你会惊讶万分，这里的山脚、树洞、河底，都会咕嘟咕嘟冒出一股股的清泉，汇入玉水龙潭后，分三股流进古城，古城又沿地势开挖水渠，于是三股主流又变化成无数支流，穿街走巷，穿墙过院，流进万户千家，又穿墙出院流回水渠。你在古城闲逛，潺潺流水就像悦耳的音乐始终伴随着你，不，这是比音乐更美的天籁之音，你会觉得身心舒坦无比。再放眼望望身旁的明清建筑，石路石桥，铺子里卖的书画瓷器、银碗铜锅、木雕顽石，你真不知自己是走进哪一个朝代了。

古城三面环山，最高的一座山是玉龙雪山，位于丽江古城的北端，海拔5696米。玉龙雪山连绵起伏，横亘排列着13座雪峰，从照片上看，真有一种前赴后继的美丽动感。我们采访团上雪山那天，天空又是浓云密布，四周一片混沌，什么也看不清，行至半路，又下起小雨，大家都很懊丧。丽江的朋友安慰我们："你们都是贵客，丽江的俗话说，'贵客到，雪山笑'，雪山是有灵性的，我们一起来祈祷吧。"于是，我们就息气闭目，开始一遍遍祈祷。

我们在草甸子下车，换乘缆车上山。缆车索道是从意大利引进的，尽管很安全，但我们坐在迅速飞升的缆车里面，仍有一种胆战心惊的感觉。

缆车停下，我们被告知这里海拔4500米，大家不要过于兴奋，不要喧闹激动，如有高山反应，赶快吸着氧气下山。于是，大家怀着一种神圣的心情迈上了雪峰前的一片平坡。此时，天空仍然云遮雾障，透过流动的云雾，可以看见离我们只有数十米远的冰川，于是我们就开始研究起冰川，正七嘴八舌间，忽然一阵风起，云雾顿时影踪全无，雪峰即刻耸现在我们面前，灿烂的阳光倾泻在雪峰上，雪峰反射出晶莹的光辉。此时，我们早就忘了刚才的告诫，大家挥动着双手，兴奋地喊着、跳着、笑着，所有的摄像机、照相机一起端了起来，迅速摄下这美丽的画面。

真是奇了，在海拔4500米山峰上，我们30多名记者无一人有高山反应。丽江的朋友解释:"因为你们是贵客,雪山在保佑你们啊。"这句话,说得大家都舒心地笑了。

东巴文化和纳西古乐

在丽江三天,我们采访团一直沉浸在浓浓的东巴文化和纳西古乐的氛围中。

东巴文化指的是纳西族古代文化,因保存于纳西族的古老宗教——东巴教而得名。东巴教是在纳西族原始宗教基础上与汉、藏文化融合而成。"东巴"就是祭师,意为"智者",集巫、医、学、艺、匠于一身,是东巴文化的主要传承者。东巴用来写东巴经书的文字是一种图画象形文字,大约有1400多个单字,被称为"目前世界上唯一活着的象形文字",用这种文字书写的东巴经,存世约有25000册,分别收藏于丽江、昆明、北京、台湾省及美英德法等国。

丽江有10个学识广博的老东巴,经过18年时间的努力,在研究人员帮助下,翻译1300册东巴经书,出版了东巴文、汉文对照的《纳西东巴古籍注译全集》100卷,这些经书涉及天文地理、宗教哲学、神话传说、民俗民风。其中有纳西族三大史诗:创世史诗《崇搬图》,战争史诗《黑白争战》,爱情史诗《鲁摆鲁饶》,还记录了东巴唱腔、舞谱、图画等古代文化。

在东巴文化博物馆里,老东巴赵静修先生正在用汉文和东巴象形文字对照着创作书法作品。我看中了赵先生用两种文字写的一首唐诗《枫桥夜泊》,是写在牛皮纸上的,一问价钱,只要50元,我如获至宝，立刻掏钱买下来。据我观察，用东巴象形文字创作的书法、美术、雕刻作品很受旅游者的欢迎，在丽江古城中，这类小店比比皆是，而像我这样的爱好者也比比皆是，我们采访团30多位记者几乎是人手一幅。

纳西古乐是明代嘉靖年间，纳西族土司木老爷从南京、福建、四川引进的道教洞经音乐，木氏土司在明嘉靖三十三年（1554年）建文武经会而传承至今。今天，道教洞经音乐在中原已失传，却在丽江得到很好的保护和广泛的流传，这不能不说是一种奇迹。

真是有趣，在古城四方街上，宣科先生率领的纳西古乐会和纳西族话剧导演杨宏主持的东巴宫正好隔着马路门对门，两支古乐队天天打擂台，竞争激烈，两支古乐队却均场场爆满，每天晚上都要演两场，真是欲罢不能。两支古乐队的演奏我们都去听了，觉得各有长处，各有千秋。

宣科的纳西古乐会乐队很强，节目古老高雅，如古曲牌《浪淘沙》《水龙吟》《山坡羊》等古韵绕耳，水平很高。他的乐队中，有7位是80岁以上的古稀老人，70至80岁之间的乐师就更多，只有寥寥几位年轻人。老人们手中乐器就更为古老，被称为"老曲、老器、老人"，保留了纳西古乐古老、朴素、纯真、高雅的品位。只是宣科先生在主持时过于饶舌，调侃太多，几近于说单口相声，浪费了大家不少时间。听说古乐会有20多首洞经音乐，那场音乐会我们只听到7至8支乐曲，真是遗憾。

杨宏先生主持的东巴宫，内容是音乐歌舞，乐队稍弱，但歌舞却很强，古老民歌，原始舞蹈，观众看得如痴如醉，简陋的剧场里连一点声音都没有。有一个男子跳牛尾舞，演员高大威猛，他表现的是纳西族先民的生活，舞蹈模仿了青蛙、老鹰、牦牛、虎、狼、猴子的动作，原始古朴，体现了纳西先民在艰苦的环境中乐观自信的精神。老妈妈民歌手何朝花让我们欣赏到了古老的赶马调。她不用话筒，声音从胸膛中奔泻而出："没有盐，没有茶，马帮到，有油有盐又有茶。"歌词是乡村俚语，土得掉渣，却韵味无穷。老东巴的唱词更是富有哲理："最美丽的女孩，看上三天，也有丑陋之处；最丑陋的姑娘，看上三天，也有美丽的地方，只要心地善良就够了。"

古乐会表演的，是中原已经失传的道教古乐；东巴宫表演的，是纳西族的民俗文化，各有侧重，相互补充，倒也是各自清醒明智的定位。

香格里拉

今天上午，采访团从丽江出发，北上迪庆藏族自治州，即香格里拉。

汽车沿着水流湍急的金沙江边开，一小时后即到虎跳峡。虎跳峡很狭窄，中间兀然一块巨石耸立江中。在峡谷中穿行的江水，碰到虎跳石的阻挡，奔腾咆哮，声若巨雷，响声声震数里。站在峡谷中往上望去，只见两岸的山峰高高耸立，直插云天，雄奇险峻，让人惊叹不已。

江边停着一顶顶小轿，轿夫不时来问，是否需要坐轿上山。我想，被人抬上去也太窝囊了，尽管海拔很高，台阶很陡，尽管走下来时我的双腿已经在打战，但坐了那么长时间的车，跑了那么多的路，不就是为了体验一下虎跳峡的粗犷、鲁莽、野性吗？乘轿子上去，也太矫情，太没劲了。于是喊一声"走喽"，就扶着栏杆，一步一步往上爬。脚颤，气喘，心脏仿佛要跳出胸腔，大汗淋漓……我一步一挪地从谷底爬上公路时，心里很是自豪。

在虎跳峡镇吃过午饭，我们的车队继续朝迪庆州开，开过一片草原时，车上的记者们顿时欢呼起来。原来我们眼前出现了一片奇异的花的海洋，不知名的红花、黄花、蓝花旺旺地开放着，草原的远处连着山坡，山坡上是绿绿的树，树顶上是雪白的云彩在缓缓移动。这真是一片原始的草地啊！原始得连牲畜的粪便都见不到，也许这片草地就这么静静地存在了不知几千万年，从古至今保持着这种处女般的纯洁。

很多记者已经按捺不住内心的激动，在草地上四仰八叉地躺下，脸上的笑容就像纯真的孩子，摄像机、照相机架了起来，朝任何方向取景，都是一幅画啊！

晚上在中甸吃饭时，我们被告知：这里海拔3300米，空气稀薄，第一天不能喝酒，喝酒会增加耗氧量；也不能洗澡，高原地区万一着凉感冒，后果不堪设想。一番话吓得我们再也不敢大声喧闹。

第二天上午，采访团在风光美丽的黑颈鹤保护区纳帕海边为云南电视台做了一个《周末夜话》的节目，下午去参观藏民旺堆的家。这是一个巨大的四合院，大门进去是一个大天井，四根廊柱都有两人合围那么粗，那样大的树大概要长几百年吧。

楼上的大客厅里，中间是一个大火炉，炉膛里烧着木柴，淡淡的烟就从炉子上飘到屋顶的天棚。炉子上，三口铜锅正在烧水。好客的主人在精美的银碗中盛上酥油茶、青稞酒。我们喝着酥油茶，品着青稞酒，在淡淡的烟雾中谈天。主人说，木头房子一定要用烟熏，不熏，木头就会被虫蛀掉。

在旺堆家附近，有一个温泉，温泉水温有 70 摄氏度，可将鸡蛋煮熟。我们到实地一看，果然见到一汪水塘在噗噗冒热气，空气中弥漫着硫黄味，手伸下去一摸，烫得很。这里已经盖起了桑拿温泉浴室，还有一个温泉游泳池，有人在里面奋臂划波。在四周青山的注视下，在绿绿的草地怀抱中，浸泡在温暖的泉水里，仰望蓝天白云，该有多么舒服、惬意、浪漫哟！

香格里拉，意为世外桃源，是英国作家希尔顿小说《消失的地平线》中描绘的中国深山草原上的一个田园牧歌式的村镇，自从三江并流的迪庆被确认为香格里拉后，游客激增。我们由衷地为迪庆庆贺，因为香格里拉体现了各民族、宗教和睦相处，人与自然和睦相处，人与人和睦相处，连人的心灵和躯体也和睦相处的理想境界。香格里拉，其实就是人类追求的梦想，而上述四个和谐变得不和谐，则是今天这个世界动荡不安的根源，由此，我们向往香格里拉。

雨中游西湖

哪有这等不巧的事情呢？难得有机会途经杭州，偏偏天公不作美，淅沥秋雨绵绵不断。在房里实在憋得慌，便冒雨来到湖滨。

真令人惊讶，"湖开一镜平"的西湖，云雾蒸腾，一派灰蒙蒙的色调，湖水竟完全变成浓黑的了，湖畔的树木、房屋、曲栏、亭台，一齐映入黑黝黝的湖水。湖心"小瀛洲"在轻纱般的雾气中晃动，虚无缥缈，若有若无。南高峰，北高峰，在云雾编织成的白漫漫的幕布中忽隐忽现。苏堤，似一条玉带直卧湖面。我见过画家李可染的《雨亦奇》，画面上，山雨空濛，黑白分明，我当时还认为太过写意，现在看来，竟是这等的逼真。我忽然想到，前几天，我还同一个朋友对"朦胧美"的含义争得面红耳赤，我想，下回拖他冒雨游趟西湖，我们的意见大概是会一致的。

沿着湖滨波浪形的铁链栏杆踱去，不知不觉眼前出现了一层密密的垂柳，像一道绿色的帐幔，像一座绿色的屏障，西湖十景之一的"柳浪闻莺"到了。我走进了掩映在秀林浓荫里的"闻莺馆"，细细眺望，但见雨中的草坪，碧青青，嫩生生，竹叶上，滚动着圆圆的、亮晶晶的水珠，伟岸的雪松躯干笔直，纤秀的玉兰亭亭玉立，目力尽头，只见三面云山，一湖云雾，偶尔，白色的云雾深处会冒出一个隐隐约约的灰点，渐渐显露出游船的轮廓。倾耳静听，雨丝打着柳丝，淅淅沙沙，屋檐的积水下落石板，滴滴答答，一对不知名的小鸟婉转啼鸣，似乎久未相见的情人在悄声软语。吸一口空气，啊，清洌洌，香喷喷，沁人心脾，我竟辨不清究竟是花香、草香，还是"闻莺亭"的茶香？

观饱了，歇够了，我抬手看看表，还只有3点来钟，跳上四路汽车，只20分钟，便到了九溪十八涧。这儿以峰奇石秀、林泉幽美闻名，它位于西湖西边群山中的鸡冠垅下，形状像一个"Y"。上端，一方起自龙井，一方连接烟霞三洞，下端贯连钱塘江，我向屏风山疗养院的一位同志问了路，便沿着山路向望江亭走去。山陡坡峻，溪清水浅，细雨霏霏，云雾漫漫，路上，只有我一个人打着雨伞踽踽独行。偌大一个山林，唯有山泉叮咚响，更显得寂静、安谧。长年居于长街闹市，忽然来到这么一个清静去处，心底顿时涌起一种萧然意远、恬淡宁静的心情。

沿着山路，我慢慢走，悄悄行，过九溪菜馆，沿鸡冠垅拾级而上，步进了望江亭，正可俯瞰钱塘江。大江似一条白练，从西边云雾深处飘然而来，隔江的萧山，只是隐约可见的一缕青影，低首下望，峰回路转的小径和曲折盘旋的溪水，仿佛是正在飘舞的丝绸带了。这时，云雾更浓，天色转暗，远处钱塘江水与云雾合成一片混沌。待我走下路湿苔滑的石级，夜幕已渐渐低垂了。

（1982年12月）

泛舟富春江

中午 12 点半，班轮从杭州南星桥开航时，钱塘江水清澈澄净，晶莹透明。当长虹般的钱塘江大桥，巍峨的六和古塔消失了最后一丝踪影，江水便开始变浓变深了。进入富阳县境，我发现江水已呈深绿色，浓浓的，稠稠的，像碧玉，又像凝脂。婀娜轻盈的一江清流，盘曲逶迤于锦峰秀林之间。两岸山势柔和，近山如翡翠般碧绿，远山似秧苗般苍青，再远些，变为淡青，微紫，渐渐隐没在灰蒙蒙的天际。一阵阵乳白色的烟雾，沿着山脚袅袅升腾，空中飘飞的朵朵白云团团裹住了山峰，座座青山就像披轻纱、戴絮帽的玲珑仙子，她们仿佛刚从富春江沐浴后，带着满足的心情翩翩飞回天宫。青山衔接处一块块田畈上，簇簇桑叶、片片翠竹环绕着白墙青瓦的小村庄，浓荫深处，时时会闪出携盆前来江边洗濯布衣菜蔬的农家少女。哦，天下竟有这般佳山秀水，难怪古人会发出"天下佳山水，古今推富春"的赞叹。

这时，班轮驶过处，一座瘦骨嶙峋的孤峰平地崛起，形如一把撑开的大伞，那就是有名的赤松山。传说赤松子驾鹤途经富春江，曾在山顶歇息，因而得名。孤峰脚边，是一个布满古樟苍松的小平冈，三面环山，一面临江，传说这是元朝有名的画家、我国绘画史上被称为"元四家"首领的黄公望晚年结庐安身之处。

江面突兀拔起的一座山峦，形状宛如一只朝江面探头的鹳鸟，这就是"鹳山"。山顶，一个几丈高的平台临江屹立，一棵约莫两人才能合抱的古樟，亭亭如伞盖，覆盖着整个平台，这是游人眺望江景的最佳处。山脚，是郁达夫先生的家乡富阳城关镇。

班轮在富阳短暂停留后，又启程溯江而上了。在这段江道上，江水绿得有点黑黝黝的，江心一个个遍栽桑、榆、柳、桃的沙洲，宛如镶嵌在碧玉带上一颗颗闪闪发亮的绿宝石。穿过"两山对峙，一水中流"的长山泷后，江面逐渐开阔，山势逐渐平缓，一艘艘的小火轮，拖着十几只装满沙石的木船，向下游驶去。江岸边，常可见到一堆堆待运的黄沙石头。而刚才驶过的一个个小码头上，却大多堆着黄黄的草纸。同船一个小伙子告诉我，这儿离海洋远，江中沙石不含盐分，不腐蚀金属，是城里大量需要的建筑材料。

4点半钟，暮霭渐渐低垂，远方的山峦模糊为一片灰色，太阳像个大红灯笼，挂在船首右方，江面尽头，燃烧着绚丽的晚霞，绿树掩映的村庄上炊烟四起，与山间流动的烟雾汇合在一处。江面显得特别空旷开阔，幽雅安静，江心无倒影处，似乎是一条曲折盘旋的回廊。过一会儿，就有一艘小火轮拉着汽笛向下游驶去。我们的船驶过了孙权的祖父孙钟种过瓜的王洲，驶过了传说中又一处严子陵垂钓处大桐洲后，茫茫夜色中出现了一片灿烂的灯海，天上的星和地上的灯共映江上，一江碧水，万点银光。富春江上又一座古城——桐庐到了。

（1983年2月）

夜宿桐庐

桐庐，是一座美丽的江南山城，地处富春江的西北岸，钱塘江中游。它一面依山，三面傍水，物产丰饶，风光旖旎，是浙西的交通要道，历史上称之"绥一隅，以络四方"。据史书记载，自三国时吴设桐庐至今，约有1700年历史了。近年来，离桐庐县城西北约25公里处发现了瑶琳仙洞，桐庐作为一处游览胜地，名气更大了。

月亮爬上树梢的时分，班轮徐徐靠上了桐庐码头。下得船来第一件事，我就想去尝尝以肉质细嫩、脂厚味美而闻名的富春江鲥鱼。据说，吃鲥鱼很有讲究：一是要清蒸。将鲥鱼剖开肚子后放在容器里，加上盐、老酒、生姜片，摆在锅里蒸十分钟后，用酱油蘸食，味道真是又鲜又美。二是不能去鳞。因为鲥鱼鳞片下面有厚厚的皮下脂肪，这也正是鲥鱼营养丰富、鲜嫩肥美的缘由。

我嘴里念诵着郭沫若的诗句"鲥鱼时已过，齿颊有余香"，跨进了饭店大门。遗憾的是，饭店已经停止营业，在扫地送客了。我暗自对着黑板上的食谱叹息："班轮到得太晚了！"

旅途劳顿，我早早寻个旅馆，上床躺下。窗外即是富春江，银盘似的明月斜悬在蓝青色的天幕上，江涛拍岸，水波阵阵，在夜深人静时，声音竟是这等的喧哗。我睡不着了，披衣起身下床，径自走到江边。清奇秀丽的富春江，像一条油光发亮的黑缎子，从西边浙、赣、皖三省交界处的大青山中蜿蜒东来，从桐庐东面缓缓淌过；源于天目山深处的桐溪，曲折盘旋，宛若乌龙，绕过桐庐城北，在这里汇入富春江。

　　此刻，月升中天水似银，两江汇合处的桐君山，披着霜白色的清冷月光，仿佛一个宽厚的长者屹立在江边，守护着静静安睡的城镇。传说在远古时候，山侧有棵郁郁葱葱的桐树，亭亭如冠盖，蔽荫数亩。山上有一个采药老人，居桐树下，专为百姓采药行医，不收报酬。当地百姓不知老人真名，俱以"桐君"呼之。老人去世后，百姓怀念这位慈善长者，就将此山称为"桐君山"。眼下，风清月白，山上的古庙、亭阁，依稀能辨出朦胧的影子；长长的桐君塔影，倒映入江中，在水波中晃动；江面上，星星点点的渔火，在夜幕重重中闪射出微弱的亮光。万籁俱寂，天高野旷，水光月色，上下交辉，浩渺宇宙，一片空明澄澈。我独自伫立江边，望明月，听江涛，如醉如痴，胸中似觉格外坦荡、和谐、宁静。就这样呆呆地站了不知多久，直到我发觉旅馆的一扇扇窗户里大都熄灭了灯光，才想起明天还要起早游览，就急急回到旅馆，上床安然睡去。

（1983年4月）

游雪窦山记

乘汽车从宁波出发，两小时就可到奉化县溪口镇，出镇 15 里，就是被推为浙东四明山第一的雪窦山。《宁波府志》用 16 个字概括了雪窦山的雄姿："千丈之岩，瀑泉飞雪，九曲之溪，流水涵云。"

雪窦山最壮观的风景是千丈岩。一块巨大的绝壁，亮晶晶，平展展，从山脚拔地而起。几百尺长的大瀑布，在绝壁上倒泻直下，飞溅翻滚，其势如九天银河决口，如高山雪峰崩塌，又像万只洁白的天鹅自天宫翩翩而降，轰隆之声，仿佛春雷勃发。站在观瀑台上，一股雄伟、崇高的感觉从心底油然而生。明代诗人汪礼约曾著有《雪窦寺观瀑》长诗，其中以"石转惊飞流，槎来银汉秋，又疑广陵雪，喷薄钱塘秋"这四句最为绝妙。千丈岩下，曾有一间小石屋，当年张学良将军曾被蒋介石囚禁于此。面对飞岩瀑雪，耳听雪窦寺的暮鼓晨钟，当时张将军心情之凄苦，可以想见。

从千丈岩沿小径盘旋而下，即是仰止桥。在此处仰视飞瀑更觉壮观，溅起的水花飞至数百步远，百米之内，整日飞珠溅玉，雾气漾漾，细雨绵绵，恍若仙境一般。

千丈岩北面一块平坝，是有名的雪窦寺遗址。该寺香火曾盛极一时。明人陈濂曾作《游雪窦寺》诗赞道："青山面面削芙蓉，咫尺犹疑千万峰。野草逢春都是乐，碧潭和雨半藏龙。池开锦镜晴波阔，路入珠林暖翠重。试采新茶寻涧水，一双玄鹤下高松。"岁月流逝，盛极一时的雪窦古刹只留下残破的僧房。油彩剥落的菩萨和十多棵形状奇特的古松、白果树。

妙高台也是一处胜景。这是一块凸出的山岩，台上遍植青松。站在这崇山之巅，远眺近察，极为壮观：绿色的峰峦绵亘不绝，葱郁的树木望不到边，挂在山腰的片片梯田青翠欲滴，视野所到之处，满目尽是苍翠蓊郁。妙高台就像一只巨大的船，正在碧绿的大海上航行，而游客头上飘过的一片片白云，就像大船上的白帆。到此小憩，顿觉尘心尽涤，心胸坦荡，几入物我两忘的境界。

妙高台不远处有两个奇妙的山洞——伏龙洞和白龙洞。妙的是，虽名为洞，却不见洞，清澈见底的溪流蜿蜒曲折，从两崖之间的小石桥洞中翻滚而下，在无数嵯峨怪石中悠悠而逝，叮咚之声，甚为悦耳动听。

从雪窦寺再向西15里，便到了布满悬崖峭壁，瀑布终年不断的又一胜景徐凫岩。站在岩上，只听见水声激越，却瞧不见瀑布的踪影，你必须下一个决心，在陡峭的山坡上开出一条路径下山，方能看到瀑布。

造物主赋予雪窦山的神奇景色，正吸引着大批游客。

（1983年8月）

幸福园中的幸福人

万石岩，是厦门有名的风景区。岩区里举目都是千姿百态的嵯峨巨石。或如玉笋，或如笔架，或或如巨兽，或如大鹏。有的突兀峙立于悬崖陡壁，魁伟雄奇；有的安然静卧于路旁溪边，玲珑可爱。银白色的亭台屋宇点缀于绿树丛中，峡谷里的一汪清潭碧波涟涟，山腰中乳白色的雾气忽聚忽散，在这个石头的王国中漫步，心中真有说不出的宁静。

那天是星期天，还只是清早，万石岩区的山路上就行走着一群群的老人。他们不像我漫无目的地瞎逛，而是循着一个"往幸福园"的红色的路标，说说笑笑地往前走。幸福园？听那名字，必定是个景致美妙的好去处。我心里微微一动，抬脚便跟着老人走。拐一个弯，翻过一道山坡，幸福园便到了——竟是一栋破旧的房屋。我站在门外，疑疑惑惑地瞧了半天，心里别提多别扭。这能够称得上幸福园吗？正巧，此时屋里传出了柔美的《蓝色的多瑙河》的旋律，我压下心头的疑惑，推门走进去。嗬！正中一个大房间已装修得焕然一新，一对对头发花白的老人，正随着乐曲翩翩起舞呢，旋转得多么庄重、优雅。

东边是阅览室，西边是游艺室，三五十个老人，有的悠闲地品茗，读报；有的聚精会神地下棋，搓麻将。"真像一幅百老安乐图啊！"我自言自语。

这时，一位脸色红润、身板硬朗的老翁听出了我的上海口音，忙站起来用上海话招呼我坐。他好客地沏了一壶福建名茶"铁观音"，又端来糖果点心招待我。他姓庄，今年62岁，厦门人，在上海当了18年工人，退休后举家迁回厦门。因这段经历，凡上海来的客人他都特别热情。他告诉我，幸福园原是解放军当地驻军一栋旧营房。1982年，他和另外四名退休工人，倡议在这个有名的风景区建一个退休工人的游乐场所。在当地驻军和社会各方的支持帮助下，老庄带着一批热心的退休工人义务劳动，忙乎了几个月，终于建成了初具规模的幸福园。现在，幸福园拥有500名成员，每个加入幸福园的老人每月交两角钱活动费，用来支付水、电及茶叶费。游玩是免费的。谁想在这里吃饭，到伙房付三角钱就行。如晚上想留宿，也只收五角钱的房钱。这些措施，特别受到退休工人的欢迎。他们常常结伴来到万石岩，逛够了，玩累了，就来到幸福园吃午饭，然后沏壶茶，消消闲闲地喝着聊天，家住得远的，就住一宿，第二天再回家。

老庄是幸福园的管理者。他晚上住在这儿，一星期才回一趟家。他原来患有八种慢性病，每月要吃100多元钱的药。自从住进幸福园三年来，每天清晨打打拳，跑跑步，赏奇石，听山泉，竟什么病也没有了。说到这儿，老庄爽朗地笑了。我说："你们的幸福园可是为退休工人办了件大好事啊，现在，腰包里没有几张'大团结'，谁敢到风景区去玩呢？"

告别老人时，太阳出来了，雾气消散，天空玻璃般的纯净透明，山脚下一湾碧蓝的海水伸向天边，厦门大学和南普陀的白壁红顶在绿树丛衬托下异常娇艳。真是个名副其实的幸福园啊！我感叹着，不由想到老庄，这个醉心于社会公益事业的老工人，他应该是幸福园中最幸福的人了吧！

（1985年9月）

集美学村

海风,强劲的海风,触摸着我的肌肤,吹进了我的脏腑,将我的全身心清洗得一片干爽纯净。我站在集美学村,面对着爱国华侨陈嘉庚的陵墓,心底好似有一股崇敬的浪,像海潮一般哗啦啦奔涌着,冲激着我的全身。集美,陈嘉庚的家乡,原先一个地图上无法找到的小渔村,今天成了全国赫赫有名的学村。这个乡村小镇拥有的教育文化事业,和某些经济上有一定规模的大中城市相比也毫不逊色。这里建有厦门水产学院、集美航海学校、福建体育学院等8所大专院校,小学以上的学生总数达8000多人,教职员工近2000人。还拥有颇具规模的科学馆、图书馆、音乐馆、美术馆、体育馆、水族馆、航海俱乐部等文化设施。这些教育文化事业,都凝聚着陈嘉庚先生毕生的心血啊!

1913年,那个风雨如磐的年头,陈嘉庚先生从自己在海外奋斗创业的亲身经历,悟出了提高国民文化素质与国家富强之间的密切关系,用自己千辛万苦挣来的钱,回到家乡创办集美小学。1918年3月,又创办了师范学校和男、女中学,并设立男、女小学和幼稚园,统称集美学校。之后，又陆续增办了水产航海学校、商业学校、农林学校、幼稚师范、乡村师范、国学专科学校，学生总数达2700人，奠定了今天规模宏大的集美学村的基础。陈嘉庚先生为集美学村的建设究竟投资了多少金钱？也许多得算不清了，而他对个人生活的花费，却苛刻到近于吝啬的程度。在他的故居，陈列着先生戴了十几年的旧礼帽，用了十多年的旧蚊帐、旧棉被和补了又补的旧衣服。为自己，他一分一厘地省钱，为振兴中国的教育事业，他大把大把地花钱，陈嘉庚先生不愧为民族精神的楷模，中国人的典范啊！半个多世纪过去了，先生虽已作古，但先生的精神、见识和创办的事业，却永远警策着、激励着前来瞻仰的每一个中国人！

已是黄昏时分，我登上了集美学村最高的建筑物——15层的南薰楼。下课铃响了，刚才还寂静无声的各个学校的操场里，奇迹般地涌出成群的身着运动衫裤的青年男女学生。他们喧闹着，跳跃着，打球、跑步，年轻的脸庞洋溢着青春的活力。放眼眺望，一幢幢教师宿舍的玻璃窗上，奇异地反射出五彩的太阳的折光。三三两两的师生，在海滩上边漫步边争论着什么。高集海堤，像褐色的巨龙，静静地卧在湛蓝的无边无际的大海上。可惜在中国，像集美这样的教育城毕竟太少了些！

（1985年10月）

海南遐思

动身到海南时,广东省委组织部的老张给海南打了电话,希望他们来接一下。"他们会来接吗?他们怎么认出我们呢?"我有点担心。老张说:"放心好了。我请他们拿一本广东《支部生活》,你们很远就能认出来。"

第二天中午,船到海口,我们走出船舱一看,果然见到一位30岁左右,身着连衣裙的女同志,手里拿着一本16开的杂志,高举过头顶,缓缓挥动着。我想,这位女同志一定是来接我们的了。真是该死!我们因为没有行李,也就不愿去拥挤着争着下船,所以悠悠然落在最后面。这可苦坏那个女同志。正午时分,海口的骄阳威力无比,毒辣辣地当头照着,那女同志的脸上、头上都沁出了汗珠。我们顿时三步并作两步跑到她身边。"你们是上海来的?""是的,是的。"我歉意地望着她。其实她满可以用别的办法找到我们,但她却老老实实照老张说的去办了。

女同志自我介绍说,她叫张书华,在省委组织部组织处工作,已经为我们安排好住宿。

去过海南的人都说，海南民风淳厚又古朴，我有些半信半疑。但当我在海南转了一圈后，我相信了。就说小张吧，她和我们素昧平生，接待工作也不过是例行公事，然而小张却是那么热情，为我们购买车票，联系并陪同采访、参观……我们本来准备从三亚坐船回广州，到三亚后方知一星期只有一班船。于是又急忙打电话给小张，请她再为我们安排住宿并购买到广州的票。她就在电话中告诉我们在海口什么地方下车，一下车就是她的家，她在家里等我们。当我们在晚上 10 点钟风尘仆仆走进她家的院子时，碰上了她的丈夫——年轻的建筑师小马，原来他见我们这么晚还不来，担心出了什么事，特地到外边来接我们。在小张家，我们歇了一会儿，喝够了浓浓的茶，夫妇俩和在屋里的小马的一个翻译家朋友又骑着自行车带我们上旅馆。我坐在小马自行车后座上，望着路旁一排排高高的椰子树，心里那个温暖哟，确实没法说。

海南人的好客也让我们感动。那天我们去海口五公祠参观。我望着椰子树顺口说道："不知这椰子的味道怎么样？""好吃啊，全国只有海南有椰子，你没喝椰汁就走，那就真是太可惜了。"司机老陈回答。

我是说者无意，老陈却是听者有心，他送我们到五公祠后，"呼"的一下飞快将车开走了。我们参观结束时，他又回来了，等我们上车后，我发现车座底下已放上了七八个新鲜又丰实的椰子，原来老陈刚才是砍椰子去啦。

小张见到椰子就欢呼起来，又犯愁怎么能将这坚硬的外壳砸开，老陈说，只要有一把菜刀就行。正好小张的家就在五公祠附近，于是我们就拥进了小张家的厨房。老陈熟练地挥动菜刀，只几下就砍好一个，乳白色的椰汁好多好甜啊，一个椰子能倒两杯椰汁呢。我们大口大口喝着，笑着，赞着。我感到，小张和老陈的心意，就同这椰汁一样，甘甜、纯净而没有一丁点儿污染。

在海南的日子里，我一直为海南民风的淳厚而陶醉。然而就在我离开海南前夕，我的美好印象突然被破坏了。那是我们已经结完账离开旅馆之后，离开车还有一小时，我们就在路上东走西逛。一个小青年跟着我们走了长长一段路后，突然堵在我们的面前，拉开了胳膊下夹着的那个神秘提包："鹿茸要吗？便宜。"我们怕是假货，不敢要。然而他却缠着我们不放，一直跟到汽车站，还留下姓名、地址，声称他绝不骗人，我这才买了一枝。买好后，我去请教一位同行的海南旅客，他一看就跳起来："假货，你上当了。"我默默无言地将假鹿茸扔进了垃圾箱。事后想想，在我的人生经验中，如此轻易上别人的当还是第一次，这是为什么？难道不是因为我对海南民风淳朴的印象太深并在心理上解除了防卫的缘故吗？我如梦初醒，仿佛从伊甸园中走回人间。是的，别太陶醉于古朴的民风吧，这个商品经济刚刚萌芽的地区，不是也在卖假药吗？

"呜——"汽笛一声长鸣，横渡琼州海峡的轮渡起航了。我将海南几天的所见所闻细细过滤，思维像海中的孤舟在自由自在地游荡，孤舟忽然古怪地卷入了这样一个漩涡：海南岛目前总的说来是生产力落后而民风淳朴，若干年后，办起了大特区的海南岛将会是个什么模样呢？能做到生产力发达而民风依然淳朴吗？如果生产力发达而古老民风破坏殆尽，我们又会怎么看？

我在扑面的海风中思索。

（1988年8月）

"有一只小老虎,夜里不睡觉"

广州的夜是迷人的。迷人的不是哗哗江涛,徐徐江风,也不是树荫下情侣成群结队,路灯旁牌迷鏖战正急,迷就迷在整个广州都处于一种忙碌繁华的商业气氛。一到夜幕降临,广州似乎就变得更为精神,不知从哪儿跑出那么多人涌上街头,各家商店都以明亮的灯光迎接顾客,马路上的"的士"似乎是排着队在行驶,而且一律都亮着刺眼的大灯,远远望去就像一溜长龙在游动。饭店、酒楼、茶室、舞厅、酒吧、咖啡馆,包括大排档、烧腊摊均是一派兴旺景象。而遍布广州大街小巷的个体户更是抓紧这黄金时间拼命做生意,以至出现了几乎通宵营业的,逶迤一公里长的个体户灯光夜市街。

在广州的那些日子里,我几乎每天晚上都要上街,回来就感叹:"广州人啊,为挣钱晚上都不睡觉喽。"

后来等我在广东跑了一圈后,方知晚上拼命挣钱的并非仅仅是广州,在整个珠江三角洲的夜晚,你都能感受到那种浓厚的商业气氛。每一座城市、县城,几乎都和广州一样灯光通明,人群如潮。尤其是那些个体户店堂里,高分贝的音乐声大作,似乎是有意刺激人们的购买欲望。广东人不但喜欢夜里做生意,而且喜欢在夜间旅行。那天,当我们从海口坐夜车回广州时,我握着车票心里有点发毛。老实讲,我在晚上旅行,只有坐火车和轮船的经验,在这长途汽车上,这一整夜该如何打发呢?朋友劝我不必多虑,说这车是日本的豪华型旅游车,椅子可以放倒,车上还有录像,挺有趣的。我半信半疑地上车了。没想到,从湛江到广州的公路上,夜间运输竟会这般繁忙,卡车几乎不间断地开着,前前后后的长途汽车多得惊人,而且每辆车都坐得满满的。我注意了一下车厢里的乘客,恐怕还是生意人居多。在汽车停在路旁让乘客"方便"时,我问一位小伙子:"为何不在白天坐车?"小伙子回答说:"晚上坐车,不是省掉了一笔旅馆费,又腾出白天的时间可以做生意了吗?何况白天路上常常堵车,行车时间要比夜间长一倍,不如坐夜车,看上两部录像,眼酸酸的就睡着了,一觉醒来,广州就到啦。"

我一听就明白,这小伙子必是个体户无疑。他的关于坐夜车可以省钱省时间的想法,我确实感到新鲜。不知道这想法是否代表了大多数广东人?

记得有个外国记者到广东兜了一圈后断言:广东有可能是继香港等"四小虎"之后的第五只或者第六只小虎。我不知这位记者断言的根据是否充分,但是我相信,这位记者是会把夜里不睡觉这个因素作为他的论据之一的。也许广东人拼命干活儿的劲头比"四小虎"当年还差一截子,但毕竟是干起来了。老实讲,任何国家任何地区,物质文明这个令人眼馋的东西,吹牛是吹不出来的,都是那里的人民老老实实、夜以继日干出来的。

我们是社会主义国家，实行 8 小时工作制，尽管很多单位的职工连八小时也做不满。但从生理角度讲，一个青壮年的工作精力是远不止八小时的。与其晚上在家里打扑克，搓麻将，还不如干点工作，哪怕是从事"第二职业"也好，对社会也是一种贡献。

写到这里，我想起了小时候老师教唱的一首儿歌："有一只小老虎，夜里不睡觉。"看来，要想当只生气勃勃的小老虎，必须有不睡觉的劲头才行啊。

(1989 年 7 月)

自从郑绪岚唱了以后

郑绪岚的一首《太阳岛上》真是绝了。我还在大学念书的时候，每当情绪高时，就会亮开嗓门来一遍。当唱到"姑娘们穿上了泳装，猎手们端起了猎枪"时，精神就格外亢奋了。这也难怪，游泳打猎，野趣盎然，确实令人神往。

今年夏天，有机会去哈尔滨，我急吼吼地就直奔太阳岛而去。

真是越满怀希望就越容易失望。我真有点沮丧了。这就是美丽的太阳岛吗？照我看来，不过是一个很一般的江畔公园而已，无非是树、花、草。最头疼的是游人如织，前后左右都是人群，闻着这些汗臭味就让人倒胃口。在这个地方，别说打猎，你就是朝天放枪，蹦出的子弹壳都能砸伤人。太阳岛唯一的特点，就是它的面积大，它可以让你不重复地逛一天。然而，没有奇石异景，闹哄哄地逛一天又有何趣味？

我坐下歇脚时，忍不住向一个哈尔滨人表示我的失望，他说："你不知道，《太阳岛上》这首歌没唱的时候，这里真是个好地方。很少有人知道，很少有人来，连哈尔滨人都不爱来，真是个绝对安静的大园林啊！星期天到这里，在松花江里洗个澡，然后上来坐坐，闭着眼睛听听鸟叫，逗逗松鼠，说不上的舒服哟。自从郑绪岚在电视里一唱，嘿，往后就坏事了。不知从哪儿招来了这么多人。哈尔滨的，东三省的，全国的都有。现在每天来太阳岛的游客竟有20万人，今年最多的一天有30万人，把鸟都吓跑了。你现在能找到一只鸟吗？这样下去，这个岛都快挤坍喽。"

哟，一首歌竟有这么大的魅力。这一番话，听得我目瞪口呆。是呀，你怪谁呢？这地方不是挺好吗？你要是把20万游客统统赶走，那鸟啊，松鼠啊，野兔啊，不就回来定居了吗？不就是一座苍茫浑厚，有自然风光的大园林了吗？那么，是那首歌不好？能够得到群众衷心的喜爱，能够在群众中产生巨大的影响，说明这首歌是上乘的艺术品啊，有什么不好呢？

难道自然界也和人一样，还是默默无闻的好，一出名就潜伏着灾难和危机？

我感叹着朝江畔走去。坐着游艇在松花江上兜兜风，总有点意思吧。刚上船，一阵大风从四面八方赶来了厚厚一层乌云，紧接着蚕豆大的雨点就落下来了，又大又密的雨点打得地面噼啪作响，打得江面凹成千百万个小坑，气候突然变凉了。在那白茫茫的雨幕中，不少游船急急地向岸边的芦苇丛中划去躲雨。有一对青年人挺有创造性，把船泊在岸边，背着风，斜竖起来，用双桨支撑着，两个人就躲在里面说悄悄话。而更多的游船却在江中搏击暴风雨。

有一只小船吸引了众多游客的视线：一个少女，身穿一件大红的泳装挺胸坐在船头，手里举着一面红旗，后面大约是一对中年夫妇，喊着号子奋力划桨,小船在暴风雨中迎着浑黄的江水前进,劈波斩浪,无所畏惧,可真有点"弄潮儿向涛头立,手把红旗旗不湿"的粗犷强悍的劲道。

哟,这种颇为激动人心的景观,我倒是从没见过的。这暴风雨,或许是太阳岛景致的一大特色吧。

太阳岛毕竟还是太阳岛,假使它能恢复了自然野趣的话。当然,清静一经转变为热闹,再要使它降下温来,那就不是一件容易的事了。

(1987 年 9 月)

醉人的那拉提草原

汽车从伊宁开出时,路边的景致是新疆常见的。一大块一大块方格子般的农田四周,总有一排排用来防风沙的白杨树,远处地形稍高的缓坡,便是黄色的沙滩荒漠。汽车越往天山深处开,绿色便逐渐浓起来,傍晚到达那拉提草原时,我们的汽车仿佛在绿色的海洋中游弋。

那拉提是蒙古语,意为有太阳。传说成吉思汗西征时,他率领的一支铁骑从天山中向伊犁进发。暮春的天山腹地,风雪弥漫,这支处于饥寒中的骑兵部队几乎绝望。然而,当他们翻过了高耸入云的大坂,眼前却出现了一片翠绿如海的原野,一片繁花似锦的草原,血红的夕阳正从云层中钻出来,金灿灿、红艳艳地照着草原。疲乏不堪的蒙古骑兵兴奋地大叫起来:"那拉提,那拉提。"

我站在那拉提绒毯一般柔和的草原上,从任何一个角度望出去,苍翠的绿色无边无垠,只有高耸的雪山,才是草原的分界线。小时候读课文,常常读到"辽阔的草原",印象并不深,置身于此情此景,我才深刻地理解,动情地感觉到"辽阔"原来是这样震人心魄。蓝天、白云、雪山、草原，这奇异的景致撩拨得我们抛开一切酸文假醋的斯文和羞涩，不顾一切地大叫大喊大唱，喧嚣都市的压力立时荡然无存。

暮色降临，我们被主人请进了哈萨克毡房。对今天的哈萨克风俗的晚餐我们抱着强烈的好奇心。大家跪在蒙古包的毡房地毯上——按长幼之分排好。主人一手提着一瓶伊犁特曲，一手拿着仅有的一只酒杯说："哈萨克的规矩，每个人先喝三杯酒，一个一个轮着喝，喝完了，才能通过。"这话要是在别时别处说，威慑作用肯定极大，可在那拉提的哈萨克毡房里，面对着瑰丽雄奇的大草原，谁不愿意一醉方休呢？在大家的一致叫好声中，每人痛饮三杯。隔了一会儿，新疆少数民族喜欢的手抓羊肉的香味飘进了毡房。美酒、奶茶、羊肉、马奶子，和着一阵阵欢声笑语，我们这些远方的来客，一个个先后醉了，几乎全醉了，醉倒在美丽的那拉提草原上，醉倒在哈萨克淳朴的风俗中。主人说："客人醉了，那是我最大的荣幸，说明我接待你们是真诚的，我们就像天山上的青松，心连着心，心贴着心，今后就是好朋友啦。"

清早，我们在草原上的清溪中洗脸。雪山上流下来的水冰冻彻骨，昨晚的醉意顿时无影无踪，脑子清醒得像碧纯的蓝天。披一身五彩的朝霞，我们朝山上进发。那拉提的山与我们南方的山完全不同，它并不险峻，只是一些半圆形的缓坡，很好爬。只是，当你爬上一个缓坡，眼前又会出现一个新的缓坡，仿佛永无止境的样子，草叶上，也没有亮晶晶的露珠，爬了半天没湿脚。草下的土壤是黑色的，油汪汪的肥腻，蹲下来闻闻，几乎是扑鼻的清香。一块云彩飘过来，晴朗的天空中忽然落下了雨珠，如江南梅雨季节中的绵绵细雨，而远方的雪山却在阳光中发出耀眼的晶光，这更增加了我们登山的情趣。我们笑啊，闹啊，跑啊，叫啊，全然不顾那密密的雨珠已淋湿了自己的头发和衣服，此时我们仿佛在一刹那间回到了顽皮的童年时代。是的，在这瑰丽辽阔的大自然中，你的心灵会变得年轻单纯、明朗阔大，你会觉得平时忙忙碌碌、奋斗不息的人生目标，其实也并不怎么伟大，如果仅仅是为了一点名利而彼此绞尽脑汁、钩心斗角更是犯傻；你会觉得与经历了几百万年仍保持着她俏丽容颜的大自然母亲相比，我们个人真是太渺小了，小得几乎微不足道。想到这一点，你的心灵就会异常宁静，平静得陷入了沉醉状态，那是一种对壮美的大自然的迷恋和崇拜。

雨，一会儿停，一会儿下，老天仿佛在逗着我们玩耍。越往上攀，气候越是寒冷起来，淋湿的衣裳贴在身上，凉丝丝的，我们的心情仍然很兴奋，经过两个多小时的登攀，已经胜利在望，我们已经爬到最高一个山坡的半山腰。这时，一大块云层飘过来，牢牢地扣在我们头顶上，又大又密的雨点砸在地上，噼噼啪啪一片声响。哟，美丽的那拉提大草原，造物主赋予你美貌绝伦，为什么又生就你喜怒无常的坏脾气？

人在大自然的伟大面前，实际上是渺小的。没带雨具的我们，在大雨的袭击下，又累又冷，一筹莫展。有一个人开始退缩，引起军心动摇，大家只能全体向后转，打道回府。

我们一跌一滑跑回山脚。主人听了我们的诉说，跌足叹道："哎哟，你们要是再坚持一下，就攀到了顶峰，顶峰不是你们想象的只是一座山，而是一个高山大牧场，是一个有 80 万亩地的大草原，一望无边啊。牧草有小腿那么高，花朵全都是五彩的。这样的草场，全国恐怕找不到第二个。"

听了主人这么一说，我们就更加懊丧。先前那一刹那间的恐惧，便失去了一个一睹绝美景致的机会，多么可惜。冷静下来仔细想想，在我们的人生道路上，这样的情况恐怕不会少，都要后悔，又怎么后悔得过来？

天空又放晴了，阳光下的那拉提草原一片苍翠，高峻的雪山冰清玉洁，湍急的溪流清澈见底，我们真是恍若梦境一般，迷醉在那拉提草原的美景之中。

啊，醉人的那拉提，醉人的那拉提！

（1995 年 10 月）

漓江印象

清早起床,拉开窗帘一看,不由一阵惊喜,窗外,就是清澈的漓江。紧贴江边的一座山峰,拔地而起,在漓江对岸耸立着,正好对着我的窗口。在水流湍急的主航道上,一个外国中年男子在游泳,他努力游动,逆水前行,但湍急的水流,却让他只是在步步倒退。他奋力划臂蹬腿,拼命向前,却只是徒劳,激流将他冲得更远。这个老外,有点"知其不可而为之"的悲壮感。

今天,我们坐船游漓江。

漓江边的码头旁,有一块大空地,一群中老年妇女在晨练,这些女子都有着"时尚七太"式的风韵,在风景如画的漓江畔,伴着音乐袅袅起舞。我不由想到,桂林人的幸福指数,还真不低。

桂林城市不大,漓江穿城而过,四个湖泊留在城中,这就使得桂林城市就像一个大公园。城市四周,蘑菇、馒头般形状的奇异山峰平地凸起,使得桂林山水犹如一幅幅水墨画一般。桂林人长年累月生活在如涛如画的风景里,是一种福气啊!

开船了,游船向着阳朔驶去。江水很清,可以看到水底的碧绿水草。漓江从广西兴安县猫儿山发源，一路流经的都是石灰岩地区，石灰溶于水，这可能是漓江清澈的原因之一，但漓江沿岸人民重视对环境的保护也是重要因素。游船一路行来，两岸江边，栽种着茂林修竹，碧绿的色彩煞是好看。两岸的青山，倒映在清清的江水中，这山的形状又是很娇柔很秀丽的模样，有两座山峰像是两个老翁在下棋，有一座迎面挡住江面的山峰，裸露的岩石，像极了奔驰的骏马。据说常人能看到五匹马，高人能看到七匹马，伟大的人能看到九匹马。石壁上绿色的茅草青苔，就像是骏马的鬃毛，马首朝江，是一种飞奔的形状。还有一处景致值得一记：两岸姿态各异的群峰，像仙女在狂舞，像山的精灵在欢笑，山腰飘荡着青白色的云雾，美丽的山峰全都倒映在江中。这个景致，就印在20元人民币的背面，很多游人拿出20元人民币，端在胸口，摆个姿势拍照留念。

  游船行驶在漓江上，更美的风景是当地渔民在漓江上撒网捕鱼——在这样美丽的风景中，渔民的谋生行为也被诗意化了。有时还会遇到一个竹筏，并排蹲着十来只鱼鹰。这鱼鹰可是鱼的克星，很难想象这只有羽毛，有脚爪，长得像丑八怪似的大鸟，怎么能在水下游得比鱼还快！可见这世上就是一物降一物，连狮子老虎不是也怕细菌病毒吗？据当地人讲，现在鱼鹰不用来捕鱼了，一是鱼鹰大小通吃，连小鱼也吞下肚，很不环保；二是鱼鹰现在有了更能替渔夫赚钱的路子——和游客合影。有不少游客，就挑着一根竹竿，竹竿两头各站着一只鱼鹰，拍一张照片，把自己打扮成一个伪渔夫，鱼鹰的主人就能进账2元钱，可见发展旅游产业，不但能增加收入，还能促进环保。后来我发现，不但鱼鹰不用捕鱼，连水牛也不用犁田了，在一些农家乐公园里，农民牵着水牛，在牛头上戴一朵大红花，牛身旁放一条长凳，游客骑在牛背上照个相，收费5元。这牛有福了，不用挨鞭子抽，流一身汗去犁田，原地站着吃草就能替主人挣钱。当然这只是个别的福气牛，大多数水牛还是在犁田。漓江岸边，常常可以见到江边卧着的水牛，这是工作之后的休息，也是水牛最惬意的时光。牛的惬意又给人带来惬意，牛卧江边这一美景，又引来游船上一阵阵"咔嚓"声。

船行漓江，从桂林到阳朔，这83公里水路，让我真切地感受到融入自然界奇山异水时的心旷神怡，5小时的行船时光似乎一晃而过。美丽的风景，确实能让人感觉到周身愉悦，情绪高涨。由此想到，山川秀美，环境优美，是无价的宝贵财富啊！

（2010年11月3日）

我爱松江

我和松江的感情是因岁月流逝而逐步加深的。

1970年，我上山下乡到江西生产建设兵团，每年回家探亲，松江是我到家的最后一站，又是离家的第一站。那时，火车从北站开出，疾驰50分钟后，停靠松江。我总是用无限留恋的眼神，环顾着四周的景物。因为，开出松江，就很快进入浙江，告别上海，离家越来越远。青少年时代的我，经历着动乱的年代，心中总是怀着莫名的惆怅和悲凉。而临近年关回家探亲，每当火车停靠松江站时，我总是因兴奋过头而坐立不安。因为，再过50分钟，我就到家了，可以见到亲爱的一直想我盼我的父母亲了。在那个年代，松江总是与我的惆怅和兴奋联系在一起。

动乱的年代结束后，我如愿考进复旦大学新闻系，毕业后分配在市委宣传部新闻出版处当新闻干事。有一次，我们的老处长、老新闻工作者宋军让我到松江去办一件小事。为了早点儿到，我还特地起个大早呢。在20世纪80年代，从市区到松江很不容易。先要乘车到中山西路客运总站，买票乘一小时一班的长途公交车。公交车在很窄的公路上行驶，速度很慢，开到松江花了将近两个小时，已到中午吃饭时间。在小饭馆吃了简单的午餐，就去办事。事情办完后，我在松江城区转悠一会儿，就坐公交车回上海，等我赶到办公室，已经是下班时间了。那时候，从上海到松江去办件事，没有一天时间是不行的。

后来，松江修通了到莘庄的高速公路，交通大大地便利了。那个阶段，上海文化界每年冬天就会有一件盛举，圈内人叫作"冬令进补"，就是从库房里拿出几十部被认为是最有艺术价值的外国电影，请上海文化界知名人士观看、研讨，拓宽艺术眼界，激荡艺术火花。"冬令进补"的场所，就选定在松江红楼宾馆。

红楼宾馆是一座中西合璧的庭院式组合建筑，幽静雅致。大会场挂上银幕就是电影院。"冬令进补"的时间段里，上海的文化人一天要看六部电影，晚上就睡在宾馆里。谁要有急事，上高速公路回到市区也只要一会儿时间。在红楼宾馆连续几年的"冬令进补"，味道真好啊，让人回想起来就心驰神往。

20世纪90年代末，我已离开市委宣传部到《新民晚报》工作。一次，我所在的党支部举办了一次活动——周末游览松江。这次，我是比较完整地游览了松江名胜。醉白池，方塔园，让我流连忘返。明代砖雕照壁，楠木厅，清朝天妃宫大殿，古意盎然。七块玲珑剔透的太湖石，被命名为五老峰和美女峰，站立道旁，含笑迎客。漫步在花丛塔影，水榭楼台，湖水石舫，竹林小径，身心顿觉松弛下来，都市生活带来的紧张、烦躁立马消失了。夜晚，我们就下榻在佘山森林度假村，在窗外竹林的陪伴下入眠。

如今，松江已成为上海重要的卫星城。尤其是松江新城，整齐的街道，浓郁的绿地，松江大学城及环绕四周的泰晤士小镇别墅区和其他别墅区、住宅区，显示出松江人的宏大魄力和长远眼光。

这魄力和眼光，源于松江6000年的历史和文化根基。松江，就像一棵根基很深，生命力旺盛的老树，一遇上春风吹拂的季节，便蓬蓬勃勃地绽放出、舒展出青翠的枝丫。

（2014年7月26日）

仿佛时光倒流

——衢州古镇廿八都印象

浙闽赣三省交界处，南接福建，西邻江西，"一脚踏三省"的地方，在重重大山环抱之中的一片山谷里，有一个千年历史文化古镇廿八都。我有幸在廿八都过了一天一夜，好比走进历史，仿佛时光倒流，印象极深。这是一个由外乡移民建造起的古镇，形成独特的廿八都文化，没有装饰性，也少有商业气，原汁原味。浙江作家汪浙成比喻古镇是"一个遗落在大山深处的梦"，蛮确切的，这是一个原始、古朴、安静的古镇，有点世外桃源的意境。

古镇保存着47幢有代表性的明、清、民国老房子，飞檐上翘，雕梁画栋，每幢老建筑的门楼风格各异，争奇斗妍，砖雕、木雕精美高雅古朴，马头墙，花格窗，门楣上大多雕刻着和合二仙、寿仙、八仙、瑞兽、祥草等吉祥物。老房子以徽式为主，也有浙、赣、闽、滇式老建筑。依现在的眼光看，这些老房子实用性不强，光线暗，不保暖，但外观的艺术味倒是很浓的。老房子气势最宏伟的是位于镇北的大文昌宫，建于清光绪十四年，供奉着文昌帝君和魁星，也是当地书院,是文人雅士读书、吟诗、作文的场所。这是古镇商人集资建造的。商人经商致富,但地位不高,"士农工商",排在最后,富商期望自己及当地的孩子魁星高照,读书做官,学而优则仕。文昌宫主建筑有三进四天井,除雕刻外,梁上及屋顶上画有340幅精美彩绘,有《三字经》中的"五子登科"故事,有"悬梁苦读""衣锦还乡""卧冰求鱼"等忠孝节义、光宗耀祖等内容。"文革"时,文昌宫因改作粮库而得以幸免,乡人也有保护意识,彩绘都用灰泥涂抹才得以保存下来。

古镇现住着800余户人家,4000多居民,有着142个姓氏,新中国成立前,慢慢形成以姜、杨、曹、金、祝五大家族。各种外来文化在此碰撞融合,形成独特的廿八都文化。这里的居民互相讲一种廿八都官话,这种官话大致能听懂,和普通话有点接近,有着北方语系的基因。古镇同时还使用着江山腔、浦城腔、广丰腔、灰山腔等13种方言,一个小镇,使用那么多的方言,真是一个方言的宝库了。

廿八都的历史要从唐朝公元878年黄巢起义军攻打福建说起。义军被浙闽交界处的仙霞岭挡住去路,黄巢命士兵在大山中开出一条道路,这就使浙闽之间有了这条仙霞古道,也使廿八都从此成为历朝历代的军事重地、驻军场所。黄巢起义军和前来围剿的镇海军节度使高骈在仙霞山交战,义军失利,大批隐匿在山中的失散义军及被朝廷裁减的老弱病残官军都成了廿八都的早期居民。北宋在浙江南部设镇44个,古镇排行28,当地人称廿八都。自明朝起,仙霞古道成为浙闽间的商旅通道,廿八都成了浙闽之间的货物集散地,移民就更多了。清代"三藩之乱"后,浙闽赣三省交界处的百姓,觉得有重重仙霞山岭和四个仙霞关隘阻隔的廿八都,在战乱时稍稍平静一些,有一点避祸的功能,来此定居的人越来越多,商业、手工业、农业也更加繁荣了，至此，古镇发达完整的农耕社会格局全部形成。

我到廿八都那天，正好碰上全国20个著名旅游微博博主组成的采访团在古镇活动，他们在古镇的清代老房子金家大宅体验古镇过大年习俗，杀年猪，打麻糍，磨豆腐，忙得不亦乐乎。到模拟的年夜饭端上桌时，一声欢呼，大伙儿围桌坐下，热腾腾的米酒端上来，传统的"八大碗"摆上来，值得推荐的有两道菜，一道豆腐风炉仔，是以廿八都豆腐为主料，配以排骨、冬笋，放在泥巴做的"风炉仔"上，以当地木炭为燃料，文火慢炖。乡人说，豆腐鲜美一是因为水质好，枫溪水穿镇而过，溪水清澈甘甜；二是做豆腐的工艺是祖上传下来的手艺，不是机器做的。一道枫溪鱼，是枫溪里捕来的野生小鱼，小鱼没有泥腥味，肉质细嫩。有两道点心也值得一说，一是燕皮馄饨，一是铜锣糕。铜锣糕是古镇传统节日糕点，以糯米、红枣、茶油、枸杞子、佛耳草、山药等原料做成。吃完年饭，又去关帝庙前的广场看戏，演员是古镇有表演才能的居民，大妈、大哥、小妹、小弟，拉琴、吹笛、唱歌、跳舞、玩木偶，每逢周末、周日下午出演，镇政府给点补贴，给游客带来一点欢乐。只因当天众多名博主来访，才改为晚上演。

古镇有两条老街，北为寻里街，多为古宅名宅，南为枫溪街，多为前店后宅的商号。奇特的是，古镇屋屋相连，户户相接，巷道回廊互相连通，居民晴不戴帽，雨不打伞，有点世外桃源的意思吧。

有名的江南古镇我全都去过了，各有特色，但独有廿八都，一个由移民建成的商贸古镇，却呈现出由"士农工商"构成的完整农耕社会格局。也许正是处于三省交界偏僻地，才能完好地保存至今。

（2014年1月12日）

龙游石窟之谜

浙江西部的龙游县，西周时是姑蔑国都城。姑蔑国土范围包括今浙江衢州、金华、丽水和江西玉山，是同楚、吴、越地位相等的诸侯国。

在龙游县城北的衢江北岸，有一块高地耸立江边，上面竹林茂盛，古柏森森。茂林修竹掩映着一座古庙——竹林禅寺。这突兀耸起的高地叫凤凰山，山上有个村庄叫石岩背村。为何叫石岩背村？因为山上洞窟很多，意为建在石头洞上面的村庄。

奇怪的是，这些石头洞窟，如果从高处看，就会发现，是以北斗七星状排列，俨然有序。洞口多被浓密植物覆盖。村里有许多石头水潭，水质清澈干净，深不见底，逢大旱也不会变浅。可村里有几亩水田，灌再多水，一夜就会漏光，只能改种旱粮。一头水牛，耕田时突然就不见了。原来是掉进了梯田里被淤塞的隐蔽洞口。村民只好在洞口架上木头，以防不测。

村民们这种日出而作、日落而息的平静日子，在1992年被打破。

听说金华双龙洞、建德灵栖洞等天然溶洞旅游产业红火，村民吴阿奶等四人商议，这神秘的无底深潭下面，说不定也有一个布满石笋、石钟乳石的"瑶琳仙境"呢。吴阿奶等四人，自己集资加政府补助，抽水一直抽了17天，一个庞大的人工开凿的洞窟展现在眼前。洞窟里，五根几人合围的擎天鱼尾状石柱，支撑着斜坡洞顶，柱连石，石连柱，相互依撑。这个水下洞窟，遍布着整齐的人工开凿痕迹，宽敞极了，像一个远古国王的地下宫殿，几乎可以隐藏一支军队。石壁上，雕刻着马、飞鸟、潜鱼浮雕，马处在奔跑状态，身上覆有马鞍。

吴阿奶等人的发现，惊动了县政府。政府派人勘察，发现在凤凰山麓，有24个石窟，核心区的7个，呈北斗七星状排列，规模宏大，气势磅礴，瑰丽神奇，巧夺天工。

凤凰山麓地下石窟群的发现，惊动了专家学者。2000年至2002年，中国建筑学会史学分会，中国岩石力学与工程学会，中国先秦史学会，分别在龙游召开学术讨论会，百余位专家教授与会研讨，认定龙游石窟是中国独一无二的地下建筑群遗址，工程具有高超的测量、勘察、规划、施工水平，有十分重要的历史、文化、军事研究价值，是一个新发现的伟大奇迹，也是一个千古谜团，是古代的仓储场？兵器库？藏兵洞？地下宗教场所？《人民日报》等100多家媒体做了报道，央视拍摄播放了多部专题片，从探秘解谜、自然科学、人文历史、建筑艺术等方面对龙游石窟进行解读。著名作家莫言、陈忠实、张抗抗、叶辛、李存葆、王旭烽、铁竹伟都曾来游览过。张抗抗称之为中国的"地下古神庙"，铁竹伟说是"外星人的飞船发射基地"。谢晋导演生前曾题词："龙游石窟是我们祖先惊人的毅力和智慧的展现。"金庸大侠题词:"龙游石窟天下奇,千猜万猜总是谜。"

中国社科院考古研究所研究员杨鸿勋经过研究,认为龙游石窟为越王勾践开掘,用于藏兵。勾践兵败被俘后,于公元前494年被吴王夫差放回越国。勾践制订了"十年生聚,十年教训"复仇计划,为迷惑吴王夫差,联合姑蔑国王,开掘出洞窟群,以每洞藏500兵士计,24个洞窟可藏匿1万精兵于洞窟之中,还可藏匿兵器。越伐吴时,越军主力先行集结于东洞庭山,偏师越蔑联军从姑蔑即龙游石窟出发,北上从长兴到无锡再到西洞庭山,合围吴军于姑苏城下。但杨鸿勋也说,这只是他根据龙游石窟遗址及手头部分文献材料所做的推测,在没有找到更可靠的证据之前,不能作为定论。

可见,龙游石窟作为一个庞大的地下工程,目前是一个无法破解的谜。但它的历史价值、艺术价值、科学价值,可以和世界文化遗产波兰古地下采石场、以色列古地下采石场、土耳其古地下蓄水池等大型地下工程相媲美,是中国的无价之宝。

甲午深秋,我观赏龙游石窟归来,回味不已,遂写下此文。

(2014年12月1日)

开沙岛畅想曲

汽车过了南通东沙大桥，往南，开进了长江中的一个小岛——开沙岛。上海来的作家们跳出车门，马上感觉到空气的不同，湿润，清新，带有一丝混合着青草、芦苇的泥土清香。昨天刚下过绵绵春雨，今天多云，天空蓝幽幽的，几朵白云飘过。地上，雨后的泥土里，小草绽绿，杨柳也绽绿。极目远眺，空旷辽阔。连着深呼吸几口之后，同来的沪上散文女作家朱蕊惊喜地大叫："哎呀，我的头不痛了。"她近年来一直患有头痛病，从上海到南通一路都在痛着，而一踏上开沙岛的土地，呼吸着清新湿润的新鲜空气，听着悦耳的鸟鸣，她的头痛受到意外刺激，霍然而愈，几与当年曹操读袁绍手下文人陈琳写的《讨曹操檄》受到意外刺激后头痛霍然而愈有得一拼。

长江中的小岛——开沙岛，位于崇明岛的西面，也是长江入海口中的一个江心岛，因交通不便，没有工业，保留着原始的生态环境，一直有着"天然氧吧"的美誉。岛上空气清新，绿树成荫，水网密布，野趣犹存，大片潮涨潮退的湿地，港汊纵横，芦苇起伏，鸥鸟翔天，鱼虾戏水，野鸡在芦苇中漫步，小螃蟹在江滩上横行。岛上也并非都是浅水滩涂，有些无名小河，水深达 10 米，一定潜游着鲜美的刀鱼、河豚鱼、鲫鱼等长江里才有的美味。这个江中小岛，水产品资源独特，本来就以江鲜美食著名，荣获 2014 年度"中国最美乡村健康美食奖"。

岛上有一个开沙村，民风淳朴，农民以种地、打鱼为生。2015 年，开沙岛被国家旅游局、住建部评为"全国特色景观名镇名村"。原先，上岛只能坐渔民的小船，而且岛上连个码头也没有，小船只能选平坦之处系舟靠岸，俨然一个被浩瀚长江水封闭起来的世外桃源。

自东沙大桥建成后，开沙岛正在建设旅游度假区，这是江苏省唯一以体育运动为主题的度假区。已然建成了中国乒乓球通州训练基地、乒乓球学校、长江高尔夫球场、佛教江心禅寺、农民别墅群等。还有好多项目在建待建。

在旅游度假区建设办公室，我们浏览着规划建设中的平面设计图，图纸上，有房车基地，一辆辆白色的房车，停在柳荫丛中。我想起了在奥地利看到过的沃尔夫冈湖畔的房车基地，车辆停泊在湖边野营基地充电，一家家的男女老少在湖边晒太阳、聊天，间或有顽皮的孩子奔上木头栈桥，"扑通"一声跳下湖畅游。将来的开沙岛房车基地，大概也是这般模样吧。图纸上，还规划着一座棕红色的盘旋而上的景观塔。想象着自己爬上塔顶，极目远望，看江与海在远方汇合，多么惬意。图纸上，规划了 6000 亩水面的生态湿地，上面建有湿地栈道，想象着自己在木头栈道漫步，透过芦苇叶子，看潮水退去后的江滩上，沼泽冒泡，水鸟觅食，多么有趣。图纸上，设计了大片的丛林花海，想象着自己在五彩的花丛中徜徉，在绿色的树丛中驻足，多么安逸。图纸上，还设计了游艇码头、森林度假村、艺术酒店院落、养老社区、濒水商业街等。

我们先参观了高尔夫球场。球场场地宽阔，高低起伏，有些游客在挥杆击球，玩兴正浓。我们不想打搅他们，就驱车去了江心寺。

江心寺是新建的佛教寺院，迎面是一尊笑呵呵的弥勒佛。两旁的对联是：大肚能容天下难容之事；慈颜常笑天下可笑之人。寺庙里，僧人正在做法事。寺院最后一进院落，建有一幢客房，是给善男信女香客居士住的。朱蕊一路上一直在为她的头痛霍然而愈而开心，见了客房，马上笑说，以后每年要到这里租屋居住一段时间。

我们又来到岛上的农民别墅群参观。刚下车，就看到一位穿了一件鲜艳服饰的大妈，站在自家门口的菜地边，就问她："能让我们进去看看吗？"大妈很爽快地说："进去看吧，你们要用厕所也可以的。"大妈名叫黄美兰，今年62岁，原是开沙村的妇女主任。这栋独立别墅上下两层，有260平方米，装修简洁，干净明亮，蛮到位的。别墅是村民用自家的房子和宅基地换来的。忽然想到，刚听一位南通干部说过，以前都想农转非，现在都想非转农，农民现在吃香了。看看黄美兰的别墅，我懂了，现在，农民之所以吃香，是因为土地升值了。朱蕊看着黄美兰的的别墅，很满意，说："你的房子出租吗？我想租一间住一段时间。"黄玉兰有点为难，说："我不住在别墅里，住在南通，和儿子住一起。每周来这里打扫一次。如果租给你，我就要住过来了。"两人交换了手机号码，准备深入交谈。看样子，朱蕊对这个让她头痛病霍然而愈的开沙岛，真的产生感情了。告别时分，黄玉兰对朱蕊说："你带两棵青菜回去吧。"这个淳朴厚道的开沙岛女人拿把铲刀，到屋后菜地一气铲了六棵胖胖的大青菜，朱蕊一手捧一棵菜照了一张相，脸上笑开了花，就像捧着一对双胞胎婴儿。同去的女作家孔明珠也要了两棵青菜照了相。第二天，看到孔明珠在微信上说："昨天临走，一位开沙岛上阿姨问我，自己种的菜要吗？跟她去'活杀'了几棵背回家。刚刚炒了一盆，太好吃了。"朱蕊留言："实在好吃。"

看样子，孔明珠对开沙岛也产生感情了。

开沙岛，一个养生亦养心的"世外桃源"。

2017 年 3 月 25 日

航天城里看神六

酒泉卫星发射基地，是我心目中神圣的地方。这次，有幸受邀请到酒泉基地现场观摩神舟六号载人飞船发射升空全过程，还游览了整个东风航天城，真是太激动了，太过瘾了。

从嘉峪关出发，汽车在戈壁滩上行驶4个小时，就来到了酒泉卫星发射基地——东风航天城。在我的想象中，戈壁大漠包围的航天城肯定是一派荒凉。哪知道，刚走近那个标志性的不锈钢卫星发射架雕塑，迎面就见到了一大片金黄色的胡杨林。胡杨林叶片金黄，身躯苍老伟岸，生命力异常顽强，树顶上的枝丫已经枯死，金黄色的叶片仍然在新长出的枝条上绽放，不禁让人产生许多有关人生、事业的联想。

芦苇，应该长在江河湖海边上吧？但奇怪的是，航天城的东风公园里，长着大片大片的芦苇，灰白色的芦花随风摇曳起伏，仿佛置身在湖荡海滩。路边，许多叫不上名的野花五颜六色，缤纷多姿，竞相怒放。还有整齐的草坪，绿草青翠，在戈壁滩骄阳的照耀下，舒展着嫩芽。航天城里有两条河，河流上游是水库，蓄积着从祁连山上流下来的雪水。这雪水，是维系航天城所有生命的甘霖，异常珍贵。就在神舟六号发射的前一天，航天城原本干涸的河床里，激流奔腾。为了欢庆神舟六号发射，水库放水了。河里涨满了水，四周的景色顿时鲜活起来。

在一处胡杨林里，枝头上跳跃着三只鸟儿。

"喜鹊，喜鹊。"忙里抽空前来陪伴我们的上海航天局党委书记王秋玉惊喜地叫起来。"喜鹊闹枝头，这可是个好兆头啊。明天的发射一定成功！"上海航天测控通信研究所党委书记曹继玉，上海航天技术研究院第八〇五研究所党委书记王奇异等航天人高兴极了。我理解他们，探索太空的征途充满许多不确定的风险，也培育了他们细致、踏实、严谨的作风，但不确定的高风险也常常使这些航天人时时处在"战战兢兢，如履薄冰"的危机意识中，喜鹊的欢叫，可以给他们带来心理上的欣慰啊！

我们走进了烈士陵园，迎面耸立着聂荣臻元帅的墓碑。聂帅的骨灰就留在这里，和陵园中为中国航天事业而捐躯的烈士英魂做伴。我看到，聂帅的墓碑前已经放了不少鲜花，肯定有不少航天人前来祭奠过了。我们这个参观团，也恭恭敬敬地向聂帅施行三鞠躬礼。

傍晚时分，我们来到了东风水库。这个水库是解放军战士挖出来的，蓄积着从祁连山上流下来的雪水，夕阳晚霞从云层缝隙里透出暗红色的光，一艘小船静静地驶过，湖上游荡觅食的鸭子嘎嘎叫着，正在归巢，这是一幅多么美妙的风景画啊！

当天晚饭，我们还吃到了水库里养的大鲤鱼。

在东风航天城，我还听到了一个动人的爱情故事。上海神舟试验队的女队员王蕾，从神舟二号试验时，就和部队酒泉基地的参谋杨延峰谈恋爱了，这场恋爱一直谈到神舟六号发射前夕的国庆节，王蕾姑娘已经27岁了，两人在酒泉基地举办了热闹的婚礼。听了这个故事后，我特地去查了资料，才知道神舟二号是在2001年1月10日升空的，到王蕾结婚，这场恋爱谈了4年9个月，很有些航天人严谨细致、一丝不苟的职业特点啊！我衷心祝愿勇敢地从上海滩走向戈壁滩的上海姑娘王蕾永远幸福。

10月12日上午9点，这个举世瞩目的时刻，这个全国人民、港澳台同胞和所有海内外华人扬眉吐气的时刻，在戈壁滩刺骨的寒风中，我在参观台上，翘首凝视着2公里外巍然耸立的发射架。随着一声"点火，起飞"的口令声，神舟六号在长征二号F火箭的强力推动下，昂首射向太空。

（2005年10月15日）

第四辑 五洲掠影

我看汉城

到韩国访问七天，有五天住在汉城，对这个城市有点初步的概念。

翻开汉城的地图，就觉得地形和上海很像。汉江从东北角流过来，将整个城市一劈为二，从西南部经仁川入海。汉江之北是老城，保留和积淀着韩民族传统的历史、文化和商业特色。汉江南岸是20世纪60至70年代开发的新城，类似于今天的上海浦东。韩国国会议事堂、汉城奥运会体育运动场馆都建在江南。

从一个上海人的眼光来看，汉城的自然地貌类似上海，却又优于上海。它的市郊耸立着逶迤起伏的丘陵，远方黛青色的山脉及山上郁郁的树林，给这个繁华喧闹的大都市融进了一种悠闲安宁的情调。客观地说，汉城的环保工作是做得相当不错的，尽管大街上车流排着队，一天到晚奔腾喧闹不息，但城市的空气湿润清新，江水碧绿，天空透明，尤其是当你抬头眺望市郊隐隐约约的绿色山陵时，心中就平添了一份宁静。

当我们赞美这一点时，翻译金小姐却摇摇头说："你们来得巧，前些日子天天下雨,所以空气不错,水也干净,平时哪有这么好呢!"她认为汉城的环境保护存在着很多问题。

金小姐是专攻汉语的硕士研究生,曾来北京留过学,她对中国的传统文化很钦敬。她带我们去参观朝鲜时代李氏王朝(1392—1910)的五处故宫时说:"你们看了也许会感到这很像北京故宫的一个局部,但我希望你们能够发现我们韩民族独特的文化创造。"

景福宫是这五处故宫中占地最大的宫殿,据说在1395年建成时有200幢以上的殿阁。可惜在1592年毁于日本军阀丰臣秀吉侵略朝鲜的壬辰倭乱中。现在得以幸存的是举行君臣即位大典和文武百官朝礼仪式的"勤政殿"以及用于宴请宾客的"庆会楼"。虽是历经战乱保存下来的建筑,但仍有着富丽堂皇的王家气派。德寿宫是朝鲜王朝从封建社会转向殖民地化的历史见证,宫廷内既有北京故宫式的宫殿,又有韩国最早的西洋建筑。我们前往参观时,正碰上为吸引旅游者而表演的百官朝礼仪式节目。

在汉城,我们下榻于市中心的广场饭店,对面就是汉城市政厅。这是日据时代的建筑物,要炸掉这幢代表民族耻辱的建筑的提案,已在韩国国会通过。广场饭店向南不远处,就是汉城最闻名的南大门批发市场。这个市场已有600年的历史,每天凌晨2点开市,晚上7点收市,主要卖食品、饰品、皮革和服装。因商品价廉而终日人群熙熙攘攘,吸引了众多旅游者,据说每天来此光顾的人超过50万。

汉城最高的建筑是耸立在汉江南岸的大韩生命63大厦。地上60层,地下3层,264米高,号称韩国第一高楼,是汉城的标志性建筑,整幢大厦采用金黄色的玻璃幕墙,在阳光照耀下如黄金宝塔般灿烂。

韩国新闻中心常务理事金光玉先生在此设晚宴款待我们。吃着风味独特的韩国菜，眺望窗外璀璨的灯火，汉城的繁华让人印象深刻。

汉城在朝鲜李氏王朝时称汉阳，韩文拼音读成SEOUL，世界上只有华人才称它为汉城，和韩文拼音完全不同。对于这个汉城的音译，曾做过国会议员的《汉城日报》社长孙柱焕颇有些不同看法。孙社长说，他在中韩建交时任政府的新闻公报官，他曾提出一个建议，要求中国政府挑选两个和韩文SEOUL发音相同的汉字，替代"汉城"这两个汉字。最后韩国政府顾虑新的译名容易在华人中引起混乱而没有采纳，但孙柱焕至今保留他的意见。我很理解孙柱焕这种有着强烈民族意识的知识分子的信念和使命感，但我却感到无能为力，想帮忙也使不出劲，几千年历史形成的地名称呼，要改掉恐怕不是一件易事吧！

（1997年6月）

注：2005年1月，时任汉城市长李明博宣布"汉城"的中文译名改为"首尔"。

苏黎世风情

苏黎世是个漂亮的城市，具有浓郁的风情。城市主要围绕着力马特河兴建。力马特河发源于阿尔卑斯山，流入苏黎世湖，一河一湖为苏黎世主要风景。但苏黎世还有一绝：站在苏黎世湖边，可以很分明地看到阿尔卑斯雪山。6月5日上午，我们到市政府采访刚卸任的副市长、瑞士外交协会主席瓦格纳。在汽车驶近苏黎世湖时，一缕阳光从云层中穿出，正照耀在远方白雪皑皑的阿尔卑斯雪峰上，雪峰也不是孤零零一座，而是连绵逶迤的群峰连成一片，真是蔚为壮观。我去过新疆天池，站在天池边也可以看到倒映在湖水中的高耸雪峰，但天池离乌鲁木齐有3个小时的车程，要爬到3000多米的高山上才能见到雪峰；我也到过云南丽江，在丽江看雪山也要坐着缆车登上4000多米的高山，而在苏黎世车水马龙的马路上一抬头就能看到远方的雪峰，那还真是出乎我的意料。奇绝的风景在商业大都市中就能见到，真是太奇怪了，"漫步大都市，抬头见雪山"，几乎神话一般了。

老房子，欧陆式的老建筑，是苏黎世的特点。这儿没有摩天大楼，也没有玻璃幕墙大厦，一切都显得那么古老朴实，炫耀、浮躁和苏黎世是没有什么关系的。力马特河为苏黎世增添了几分灵气，河水清冽，流速很快地冲进了苏黎世湖后沉静下来。湖面上，游艇很多，倘若假日，肯定是解缆荡舟、欢声笑语一片了吧？苏黎世的四周，环绕着青翠的群山，这是一块群山环抱中的盆地。

晚餐时，主人特地在苏黎世湖边找了一个餐馆，我的座位正好面对着苏黎世湖。餐厅内，烛光影影绰绰，窗外，天空在晚上8点仍然明亮，湖水呈墨绿色，湖对岸是逶迤的青山，我就这么在烛光下听着音乐注视着美丽的风光。一直到晚上9点，太阳落到了青山背后，晚霞烧红了半边天，红色的霞光投射在苏黎世湖中，又映红了湖水，我面前杯中的红葡萄酒也仿佛盛满了晚霞，美丽得让人心都醉了。

苏黎世分老城和新城，老城比新城更为安详。老式的石板路、弹格路，曲曲折折的小巷，两边是朴实的，不事张扬的，有了一些年代的房屋，广场中央的大树底下，围着石凳坐了一圈妇女，脸色安详悠闲。拐过大街广场，是一排小小的店铺，我正端详着小店铺卖些什么，冷不防跑来一只狼一般大的黄狗，吓得我汗毛直立，大狗悄无声息地一窜就没了身影。前面一座石桥上，石凳上坐着不少人，面对着苏黎世湖，似在欣赏风景，又似在打盹。桥边一个双塔高耸的教堂，塔尖倒映在湖水中。两个推着婴儿车的少妇边走边聊，走上石桥，婴儿车里的女婴吸着奶嘴，眼睛清澈得像蓝色的天空。

苏黎世的西面是别墅区，房屋坐落在绿树花草中。东北面还有一个特别的景致——瀑布。瀑布在沙夫豪森州，离苏黎世50公里，瀑布从群山中流来，在岩石上突然跌落，激浪溅起愤怒的白色透明的水花一泻千里，隆隆的咆哮声像连绵不断地滚过的闷雷，很容易让人联想到云南丽江、金沙江上的虎跳峡。

（原载2002年7月3日《新民晚报》）

风雨卢塞恩

上午10点,我们告别了苏黎世,向卢塞恩进发。汽车沿着苏黎世湖边的高速公路走,路边的山上,高大挺拔的树木直插青天,一转下高速公路后,两边都是茂密的草地,肥美碧绿的牧草铺满了山坡,几乎找不到一块裸露的土壤,平缓的山坡上,散落着一幢幢美丽的小别墅。小别墅五颜六色,点缀着绿色的草场。这是瑞士农民住的房子吗?有的房子盖在山顶上,就像一座城堡。

车行45分钟,我们到达卢塞恩。首先映入眼帘的是一个碧清的大湖,叫作卢塞恩湖。

我们在卢塞恩市山顶上的古堡酒店吃午饭,卢塞恩州长法斯勒和市长斯图特将工作午餐摆在这儿自有道理。这个古城堡扼住卢塞恩市的制高点,往下看去,全城一览无余,城堡有180年历史,在第一次世界大战时,这里驻扎着瑞士的士兵。也许是瑞士担心自己的中立地位被破坏,也做好了准备。

全国记协书记处祝寿臣书记第一个提问:"卢塞恩市的老房子很漂亮,请问你们是怎么保护老房子的?"法斯勒州长说:"老房子体现了我们的历史和文化，我们当然要保护好，州、市两级每年要拿出6000万瑞郎（相当于4000万美元），用于保护老房子。但只保护一些值得保护的老房子，有很多无价值的老房子还是要拆掉造新的，不可能把所有老房子都保护下来。"

我的问题是："卢塞恩市的水那么干净，你们是如何保护水源的？"州长说："我们有严格的水源保护法，大湖水质不错，小湖就差一点，至于生活污水，有一整套的处理办法，使之净化后再送回湖里，绝对不能污染水源。"

记者提问不断，使得这个工作午餐时间漫长。

午餐结束后，我们开始游览市容。卢塞恩市旅游局一位女士带我们来到一个石狮子雕像旁。这只石狮子雕得很美，一副伤心欲绝、痛不欲生的表情。石狮子在伤心什么呢？

原来，200年前的瑞士很穷，瑞士靠派雇佣兵替人打仗谋生，实际上是卖儿子给别人做炮灰。法国路易十六国王手下有800个瑞士雇佣兵。在1789年法国大革命中，这800个瑞士雇佣兵大部分战死，没战死的也被砍了头。瑞士人为纪念这些无辜的子弟，在1820年雕了这样一个伤心欲绝的狮子，表示瑞士人的哀痛。

水塔，是卢塞恩市的象征。水塔其实是卢塞恩市的炮楼岗哨，有700年历史，当时住在里面的是士兵。水塔边的木桥一直连着双塔的教堂，水塔前面是一片山谷，山谷后面，又是连绵不绝的雪山。听着卢塞恩湖哗哗的流水声，看看远处的雪山，湖里游着的天鹅和野鸭，我明白卢塞恩成为旅游胜地的原因了。据传，法国作家雨果也在湖边住过，还写过一首赞美卢塞恩湖的诗。音乐家瓦格纳住过的房子，现在成了一个中餐馆,叫作太白酒楼。教堂门口,传出了和悦动听的歌声,推门进入,身着演出服的唱诗班正在排练。从教堂出来,正好是美术馆,那儿正在展出毕加索的画,参观的人不少,看来卢塞恩的文化氛围挺浓的。

一夜大雨不停,早上6点我就起床,拉开窗帘,卢塞恩笼罩在一片薄雾浓云之中。打一把雨伞来到湖边,湖水陡涨,天鹅、野鸭不知到哪儿躲雨,湍急的湖水哗哗地向下游莱茵河流去,清凉的长风抚摸着我的脸颊,高耸的城堡、酒店半隐半现在薄雾之中。美丽的卢塞恩,还没有从睡梦中醒来。

(原载2002年7月4日《新民晚报》)

雪山和小镇

红色的直升机在采尔马特的直升机停机坪上轰鸣。我是第一次坐直升机，心情不免有些紧张。

飞机贴着山脚飞行，慢慢升高，雪山上晶莹的白雪，裸露的山岩，离我是那么的近，几乎触手可及。飞机一会儿爬高，一会儿旋转，我感到肠胃难受极了，《光明日报》的女记者秦晓洁也嚷着心脏难受，好在此时，飞机已经停在开满山花的山腰草坪上。

这儿是缆车的一个中转站，可以乘缆车上来，也可以乘直升机到这儿再乘缆车继续上山。

雪山近在眼前，一座座山峰积满白雪，天上下着绵绵的细雨，随着缆车的升高，温度的降低，细雨变成了雪花飘飘洒洒，眼前别的景物都消失了，只剩下白雪皑皑。缆车停在雪山的山尖上，在这个山尖上建缆车站应该是不容易吧？雪峰似乎都俯伏在我的脚下，这样的景色算是绝了吧？而从缆车站出去，冒着漫天的飞雪，踩着淹没鞋面的厚厚的积雪，步行5分钟，又是一处更绝的景致——一个冰川改建成的冰洞。冰洞里开始一片黑暗，忽然"轰"的一声点燃一团火焰，火焰蹿上一米高，音乐声在冰洞中缓缓响起。火焰熄灭后，四周的灯亮了，各色的冰雕作品展现在我们眼前。更奇的是刚才点燃火焰的地方，原来是一个餐桌，上面摆满了一盆盆的冻肉、花生米和热葡萄酒，仰脖喝下一杯，身体顿时暖和起来了。一问，才知道冰洞海拔3920米，比起云南丽江玉龙雪山还低700米呢，可是雪似乎更大，可能是因为靠近地中海气候湿润吧。

采尔马特同丽江有相似之处，都是雪山底下的一个高原古老城镇。采尔马特建筑的风格，同丽江摩梭人开的木头搭建的旅馆也有相似之处。一问，果然采尔马特和丽江是友好城市，各自为自己的雪山而骄傲。

采尔马特市副市长乌尔干说，采尔马特市以前是很穷的，产业只有农业，自从发展旅游业后，老百姓才富裕起来。乌尔干副市长的话，可以从市民悠闲的神态中得到证明。我们在雪山上的小饭店吃午饭时，小餐馆的门常常被撞开，走进带着心爱宠物的市民。一个中年人竟然带着三只雪白的大狗，他悠闲地喝酒，三只大狗就温驯地趴在桌子底下，这种怡然自乐的生活，必定要有物质的富足才能做到。

采尔马特小镇的旅游者来自世界各地，我们在街上行走，在商店购物，常常被认为是日本人，可见中国人来得不多。有趣的是，我在小镇上闲逛时，多次碰到乌尔干副市长在街上和市民聊天，见到我就点点头，招呼一声"哈啰"，这使我对这个市长充满了好感。

采尔马特市只通火车，不准汽车开进，街道上只有电瓶车和马车，为的是保护环境，担心汽车的尾气使温度升高而让冰雪融化。

离开采尔马特时，我们乘坐马车到火车站，两匹高头大灰马拉着车在街道上欢快地小跑，马蹄敲打在石板路上，声音清脆悦耳，车夫高高地坐在车头上，引来许多游客用相机"咔嚓咔嚓"地拍照。

（原载2002年7月6日《新民晚报》）

伦敦一瞥

伦敦是一个人性化的城市。花园坐落在城市中，城市也坐落在花园中。她不像纽约，到处是高楼大厦直插云霄，马路就像是高山下的峡谷。与伦敦比，纽约太嚣张了。她不像巴黎，空气中也弥漫着咖啡和香水的甜味。与伦敦比，巴黎太妩媚了。她也不像日内瓦，到处是秀丽的湖光山色。与伦敦比，日内瓦太美艳了。伦敦就像是一个弥漫着陈旧贵族气息的老派绅士，深沉内敛，不显耀，不喧哗，只靠气质和内涵来获取旁人尊敬的目光。

伦敦很少有闪耀着玻璃反光的现代建筑，到处是18世纪建造的民居，沉稳大方地站立在街头。城市也谈不上整体格局，自由散漫地向泰晤士河两岸延伸，马路狭窄，但密如蛛网，建筑就这样被马路分割、包围。建筑的尽头，又会出现一个公园，公园里，合抱粗的大树，直立在蓝天之下。

早上7点，天有些阴，在暗绿色的晨曦中，我来到饭店旁边的一个公园。公园里静悄悄的，已有人在晨跑，大树静静地迎风站立，乌鸦在树林间飞起飞落，小湖里的野鸭、天鹅在戏水，鸽子在草地上东跳西啄，有时会跑来一只流浪狗，用鼻子东闻西嗅。公路边，马路上，一队骑警骑着马又一左一右牵着两匹马在马路上溜达，后面的汽车只能随着清脆的马蹄声缓缓而行。伦敦人迎着初升的朝阳，又开始了一天的生活。

待到太阳升起后，我已来到了泰晤士河边，河水是暗绿夹着淡黄。河对岸，哥特式建筑风格的国会大厦笼罩在阳光之中。那天是星期天，游客们已经开始出动，河岸边，有不少人举着相机在拍照。

唐宁街10号是首相官邸，铁门紧锁。铁门里面，有两个警察腰间佩着手枪、手铐、对讲机，站在一起聊天。白金汉宫是英国女王居住的地方，我来到时，正好碰上皇家卫队换岗。每当皇家卫队换岗时，都要举行游行仪式，骑警在高头大马上开道，后面是军乐队吹吹打打，身着戎装的皇家卫兵以一种夸张的步伐，挺胸凸肚走向白金汉宫，让人觉得煞是有趣。

海德公园也是个值得一看的地方，这儿的自由演讲角举世闻名。走进公园大门，就已经看见一堆堆的人群，人群中间，围着一个演讲者，站立在凳子上，用夸张的手势，用高亢的嗓门在发表他的观点。据翻译介绍，这些人都在宣传他们所信奉的宗教。但也有一个老者，在传播社会主义思想。边上围着一群老年人和几个年轻人，一个年轻人问老人："你说的社会主义是个什么概念？"老者沉思着正准备回答。我想，不管演讲者对社会主义做出什么样的解释，社会主义思想至今在英国有信奉者，这肯定都是不争的事实。

大英博物馆，是到伦敦不能不去的地方。为节省时间，我集中精力只看中国馆。中国馆进门就是一个铸着"万寿无疆"的乾隆朝大香炉。沿着楼梯走进大门，一大屋子的中国古董让人眼睛一亮。这些古董有佛像、玉器、彩陶瓷器、唐三彩等，许多文物是价值连城的宝贝。唐三彩尤为出色，上海博物馆都没有如此丰富的唐三彩收藏。唐代武士的表情威武勇猛，一身盔甲，脚踩着牛或羊。一尊唐三彩高僧坐像让人感动。高僧打坐在地上，安详的目光仿佛在探询你的心灵，多么生动传神的眼神啊。

我造访那天，博物馆正在举办中国玉器七千年展，从新石器时期的红山文化、良渚文化一直到秦汉以后各代温润晶莹的玉器，甚为精美，有一大块重30斤的翡翠石料，上面还贴着清朝海关的封条，不知当时的英国人是用了什么办法才将这块禁运宝石弄到英国来的。

夜幕降临时分，我走进伦敦的唐人街，这里是伦敦的中心，行人密集，摩肩接踵。红色的双层巴士，马路中间的行人岛，马路两旁的商店，让我有一种似曾相识的感觉。啊，我想起来了，那分明是香港，原来香港身上有着伦敦的影子！

（原载2003年10月16日《新民晚报》）

圣保罗散记

圣保罗是巴西第一大城市，有 1600 万人口，是巴西工业商业金融中心，其在巴西的地位，类似于上海在中国。

巴西出关手续极为繁杂，一排入境关卡只开放三个，一架飞机到港，反复地一次又一次地去排队查验。到最后出关时，我们一行中的《中国石油报》王总编的一只箱子被指定要打开检查，正巧王总编的箱子放在我的行李车上，于是连累到我的箱子也一起被打开检查。

一位巴西女关员，潇洒地吹着口哨，打开我的行李后，东翻西找，发现一叠丝绸头巾，这是我们中国新闻代表团准备的小礼品。女关员拆开看后，又拿出另一条花色相同的说："这两条是一样的。"翻译随即说："你戴上一定很漂亮，送你一条吧。"她一听，马上说："好吧，不用检查了，所有行李都不查了。"她开始欣赏起中国丝绸头巾。这种明显的勒索行为竟然在大庭广众中进行，确实让我吃惊。

出了机场，坐上汽车，一上公路就遇到堵车，车辆排成蔓延的长蛇阵，缓缓前进。公路旁有一条河，河水黑亮黑亮，发出阵阵臭味，很像上海治理之前的苏州河。天空中空气混浊，能见度不高。一问，方知圣保罗有400万辆汽车，空气污染比较严重。

到旅馆稍事休息后，我们先到圣保罗市一块最大的绿地参观。已经是上午11点了，仍有不少人在长跑，也有不少人扎着堆聊天，看来巴西人确实悠闲。当地陪同洪先生是上海人，来巴西15年了，他说巴西人天性乐观热情，从来不知忧愁。华人在巴西，财产一般比巴西人多，华人却一直在发愁；巴西人借钱消费，却一天到晚快快乐乐。这也许就是民族性格的差异吧！

独立宫是巴西19世纪宣布脱离葡萄牙殖民统治的地方。建筑风格完全是欧洲式的，风格庄重沉稳，里面保留着巴西首位国王一家的生活场景。墙上，挂着一幅描绘1500年前葡萄牙人发现巴西的油画。画面上，一艘帆船停泊在海边，船上是全副武装的葡萄牙军人，手执锋利的刀剑；岸上是一脸天真的印第安人，簇拥在一位尊者的身边，身上围着兽皮，手持竹弓竹箭。一看便知是处在两个不同发展阶段的民族不期而遇，印第安人的悲惨遭遇可想而知。

圣保罗教堂及教堂广场，是巴西人热衷去的场所。下午5点，广场上有不少旅游者，一个街头卖艺人把皮鞭甩得"啪啪"响，以此吸引别人的注意。圣保罗教堂从1912年开始修建，建了50多年才盖好，可见圣保罗人对这座建筑的精心和虔诚，这也是圣保罗市的标志性建筑。

拉美纪念馆体现了拉美的文化。美术馆中，有着大幅的油画，黄褐灰暗的大色块，人物在写实的基础上稍做变形，色调凝重浑厚，情感浓烈。六块水泥浇铸的雕塑，展现巴西人舞蹈、打猎、祈祷等日常生活。美术馆里还陈列着一些现代派作品。挂在墙上的两口钟，表针一个正走,一个反走,表现的是人类社会的不和谐和对抗。墙上还挂着不少巨幅照片。照片上的军人成了俘虏,高高举着双手投降。照片被涂上了黄泥巴,这也算是一幅现代派作品,表现拉美的动乱和战争。最触动我的是一尊雕塑。雕塑着一只大手,手掌上画着拉美的地图,地图用上鲜红色,寓意鲜血流淌。这尊雕塑的标题是《拉美在流血》。

望着这尊雕塑,我凝神思索。20年来,资源丰富的拉美,富饶的拉美,在经历了短暂的快速发展之后,经济停滞,政局动荡,治安恶化,官员腐败,贫富悬殊。拉美确实在流血。

(原载 2003 年 10 月 23 日《新民晚报》)

伊瓜苏瀑布

伊瓜苏位于巴西、阿根廷、巴拉圭三国交界处，伊瓜苏瀑布是世界上最宽、风景最美的瀑布，所以伊瓜苏成为人们憧憬的地方。

上午9点，我们出发先去伊泰布水电站。"伊泰布"是印第安语，意为会唱歌的石头，指的是巴拉那河水中央的小岛。小岛分别属于巴西和巴拉圭，两国共同出资建造的这个水电站，是目前世界上最大的水电站，发电量达到892亿度。这个纪录，只有等中国的三峡水电站全部建成之后，方有可能打破。

汽车载着我们在大坝上面游览，坝上是宽阔无边的人工湖，坝下是截断后的巴拉那河。9月是南美的早春，三国交界处游客不多，正好让我们仔仔细细看个够。

游完伊泰布水电站，导游将我们带到一个有着三个石碑的地方，这就是三国交界处。石碑下面，正好是两条河流的汇合处，河的这边是巴西，河的对岸，分别是阿根廷和巴拉圭，从瀑布流下来的伊瓜苏河和巴拉那河在此汇合。河边还有一个划定三国边界的木头亭子，这个亭子至今还是三国就边境事宜召开会议的地方。

雨仍在淅淅沥沥地下着，湍急的河流两岸，蓬蓬勃勃生长着茂密的原始热带雨林，原始风光的瑰丽让我们惊叹。

伊瓜苏瀑布，有一点像一部有情节、有故事的小说，让你不由自主经历一个从迷惘到赞叹的过程。刚开始时，我是有些失望的，瀑布断断续续的，并没有连成一片。沿着石梯往下走，拐一个弯，就觉得瀑布变了个样，有点中国园林移步换景、一步一景的感觉。越往下走，离瀑布就越近，滚雷似的声音，仿佛千军万马在呐喊厮杀。瀑布在河对岸，对岸就是阿根廷。约3公里宽的断层正好是巴西和阿根廷的边界。现在是旱季，断层上流淌着几百股大大小小的瀑布，如果到了雨季，这几百股瀑布就汇成一条3公里宽的大瀑布，这场面该有多么壮观！

造物主鬼斧神工创造的伊瓜苏大瀑布，自然在印第安先民中孕育出美丽神话。当地土著人对伊瓜苏瀑布的诞生有着两个动人的传说。其一，乃佩小姐原来许配给图番大帝之神穆伯伊为妻，但乃佩小姐后来爱上武士塔罗巴，双双私奔，蛇神被激怒了，扭动身躯使河流改道，瀑布顿时产生。其二，一个美丽的印第安酋长女儿，爱上一个贫寒的印第安青年，酋长却将女儿许配给一个富家子弟，姑娘坚决不从，挥泪跳崖投河。姑娘的泪水在跳崖的一刹那变成悲伤的瀑布，永远诉说着姑娘的不幸。

壮美的景色，是因为凄美的爱情所孕育、所催生，这是上述两个传说的共同之处。

沿着石梯往下走，瀑布的声音几乎成为怒吼。飞珠溅玉的瀑布，落到河中激起白茫茫一片雨雾。倘若是晴天，则瀑布上空处处是七彩霓虹。今天是雨天，大雨和瀑布劈头盖脸砸过来，衣裳顿时全部湿透，人则在雾水中忽隐忽现，这种感觉真是太美妙了。

（原载2003年10月30日《新民晚报》）

垂钓亚马逊河

轮船开始在亚马逊河的支流黑水河上航行。黑水河河水是黝黑的，翻起的浪花是深酱色的。当地陪同说，黑水河从哥伦比亚发源流向巴西，在经过森林沼泽地时，流速减缓，带来大量森林里的腐殖质，这是一种天然的污染。

黑水河最宽处约有10公里，洪水来时有20公里宽。黑水河的北面是玛瑙斯市，南面全是热带雨林。黑水河旁边，还有一条黄水河，也是亚马逊河支流。黑水河和黄水河汇合，就称亚马逊河。两河汇合处，黄水黑水竟然黑黄分明，在水面上画出一条分界线。

中午在黑水河边一个名叫魔鬼湖的印第安人旅游餐厅吃饭，吃的全是亚马逊河里的鱼，有清蒸，有油炸，肉质比较粗，谈不上鲜美。

餐厅后面，一架木梯弯弯曲曲伸向原始的热带雨林深处。踩上木梯，我们就欣赏到了热带雨林的风景。雨林中的每一棵树都有蔓藤缠绕。从大树的树顶一直缠绕到地，再和别的大树相连，几乎就形成一个天然的植被群落。大树下面是灌木，再下面是杂草，几乎看不到裸露的土壤。

木梯的尽头，是一个小湖泊。走上架在湖上的木梯，可以看见鳄鱼躲在莲叶片的缝隙中，浮起小眼睛和鼻孔一动也不动，这畜生的眼睛盯着我们，它自然是最希望我们突然掉下去成为它的美餐。

饭后，乘上小汽艇，向魔鬼湖深处驶去。这个有着原始韵味的湖泊，为什么叫魔鬼湖？原来是16世纪时印第安一个部落和葡萄牙殖民者在此打了一仗，印第安人失败，酋长被杀，由此印第安人称此湖为魔鬼湖。

突然，有三条小船飞快地向我们划来，船上都是一些孩子。孩子们手里高举着蛇、小鳄鱼、树懒这些动物，天真的眼神里有一丝乞求。哦，我们明白了。他们是希望我们和这些小动物照一个相，换取一些小费。我来了兴致，执意要和一条蟒蛇合影，这可把我的同伴吓坏了。我紧紧抓住蟒蛇的脖子，它比我小腿还粗的身子一下子缠绕住我的胳膊，分量很沉。蟒蛇的脑袋朝向我，我们四目相对，似乎彼此有了些理解。我请《中国石油报》王总编为我照一张相，王总编却最终没将快门按下去，不知是因为恐惧还是紧张。

当地陪同带我们拐进湖上一个港汊。小河很窄，仅10米宽。我们的船靠上一棵几人才能合围的大树。树下，有一个巴西小姑娘，手里抱着一只树懒，眼巴巴地瞧着我们，希望我们能上岸去抱着她的小树懒照相。可惜坡岸太湿滑，我们无法上岸。船家提议我们去钓鱼，钓那种亚马逊河里的食人鲳。这种鱼曾经被作为观赏鱼类引进过上海，后来怕引发生态灾难而被取缔。

船家将船开进一个长着不少灌木的港汊中，给每人一根小竹竿，竹竿上系着一根尼龙丝线，线上缚一个简单的鱼钩；又拿出一茶缸切成小块的牛肉，教我们把牛肉扎在鱼钩上，扔进水中。中国新闻代表团团长、中国记协书记处书记祝寿臣第一个钓到鱼，他一抖鱼竿，一条金光闪闪的食人鲳跃出水面。食人鲳长着锯齿状的牙齿，据说一口就能咬下一块肉。几千条食人鲳一起进攻，5分钟就能吃光一条掉在河里的大水牛。

钓食人鲳很不容易，它吃食太狡猾，往往吃掉了牛肉，我们还没有察觉；有时咬住了钩，使劲一拉鱼竿，它又跑了。后来是《人民政协报》的邬总编连着钓起几条。他传授经验时说，鱼竿要抬高一点，手腕要低，形成一个锐角，鱼咬钩后猛拉竿正好钩住鱼嘴。我开始按他的传授用心体会，果然钓到第一条鱼。两个小时下来，邬总编钓到12条，名列第一；我钓到7条，名列第二。

魔鬼湖四周，灌木伫立在湖水中，四周静悄悄的，野味十足。据说，雨季来时，湖中的灌木将全部没入水中，这时，河中食草鱼因为食物丰富而养得肥肥壮壮。等旱季一到，灌木露出水面，河道退缩，河里的食肉鱼如食人鲳就因为食物丰富而养肥了。大自然就是这么奇妙地平衡各个物种的关系，使它们相互制约而不失去控制。眼下为旱季，正是食人鲳膘肥体壮的时候，所以我们钓起的每一条食人鲳，都是那么金光闪闪，漂亮得几近迷人。

垂钓亚马逊河，不亦乐乎！

（原载2003年11月6日《新民晚报》）

印第安人的雕塑

墨西哥达瓦斯克州芒萨市,是进入玛雅文化的大门。飞机从墨西哥城往西南飞行一个半小时就到了。这是一个环境优美的州,绿色的大树,绿色的草地,大片大片的沼泽地,湖泊、河流、草地组成这个州的基本色块。牛和马在草场上吃草,草是那么的厚密,绿色浓郁得让人心情舒畅。"天苍苍,野茫茫,风吹草低见牛羊。"中国古代北方也是这样的景色啊,可惜现在只能到外国来看了。

奔达博物馆是收藏被称为印第安文化之母奥尔梅克人雕塑作品的露天博物馆,设在一个热带雨林中。印第安人在公元前1000年就创造出那么生动传神的雕塑作品,令人惊叹。据博物馆馆长介绍说,奥尔梅克人是用石刀、石斧锤打,用水和沙打磨才制作成雕塑作品的。

一个巨型人头,重达4吨,戴着帽子,眼神生动,嘴唇很厚,微微上翘,纯真的目光,有力的下颚,笔直的鼻梁,显示出印第安男子的英武气概。

一个石头人像,手放在头颈后面,昂着向天,似在询问苍天,似在观察天象。

一个女性雕像，戴着耳环，系着围裙，目光温暖天真。

一个老祖母端着盘子，盘子里仿佛盛满了食物，目光充满慈爱。

一个酋长威猛地坐在座位上，主持着宗教仪式。

我被如此出色的雕塑深深吸引。

从奔达博物馆出来，我们又来到巴伦克玛雅文化遗址。巴伦克遗址隐藏在一个闷热潮湿的山谷之中，人走进去热得像是在洗桑拿浴，汗水顿时湿透了衣衫。巴伦克城在公元3世纪时建立，距今已1700年，这里是玛雅文化的发源地，现在仍残存着一座王宫的废墟、王家的陵墓及祭祀祖先举行宗教仪式的场所。

到1100年后，在巴伦克建立起灿烂文明的玛雅人受到北方迁移来的异族的压力，往南迁移到墨西哥尤卡坦半岛气候更加湿热的深山密林中，玛雅文化开始衰落。随着西班牙人到达墨西哥，玛雅文明就彻底消亡，只留下昔日的辉煌痕迹。

在墨西哥城的国家博物馆，进门就是玛雅文化展馆。馆中的雕塑同样也让我感到心灵的震撼。眼前的雕塑，同我在奔达博物馆所见到的奥尔梅克人雕塑一样，一望而知，不是希腊罗马西方文明的产物，也不是现在那种紧张压抑、骚动不安、充满反抗的拉美文化，而是一种具有东方神韵的文化，和古代中国的文物仿佛有着气脉相同的信息。我以为这和印第安人来自亚洲有关。请看一具半卧的青年男子雕塑，这男子戴着一顶帽子，这顶帽子像极了古代中国的官帽。还有一具面目狰狞的人脸，又和至今在云贵高原仍到处可见到的鬼脸木雕很相似。印第安文化和古代中国的文化是否真的存在着某种神秘联系？

(原载2003年11月7日《新民晚报》)

面包山遐思

夜幕降临时分，站在里约热内卢的面包山山顶，眺望着脚下的海湾和幢幢高楼，禁不住思绪万千。天上，弯弯的月牙儿挂在天顶；地上，璀璨的万家灯火亮晃晃的。海边的沙滩上，一排白炽灯照亮了金黄色的沙滩。繁忙的海滨小机场，飞机一会儿起飞一会儿降落。富人区的小别墅紧靠在海边，海湾里，星罗棋布地停靠着蓝色、黄色的游艇。远处的山坳里，贫民窟的灯光也微弱地亮起来了。听新华社驻里约分社的陈社长说，这些市郊结合部的贫民窟里，就驻扎着专事走私贩毒的土匪强盗，连警察都对他们毫无办法，常常可以听到激烈的枪声，那是警匪在对峙作战。但是这些令人不安的治安情况，并没有让里约的市民停下享受生活的脚步，他们照样在海滩上晒太阳、打排球，照样热情地跳着桑巴舞，照样搏击在海浪中。街头的烤肉店、海鲜馆，照样是人头济济，美酒美食飘香，美人欢歌笑语。

我不禁想起今天下午到巴西《环球报》集团参观时所看到的报纸头版。一张大幅照片拍的是贫民窟的破烂房子临水而居，肮脏的水面上漂浮着垃圾，而远处的富人区却是豪华别墅加游艇，贫与富对比鲜明。巴西报人生活在这块土地上,他们的感受远比我们这些匆匆而过的访问者真切深刻。这样的图片上了头版头条,可见这是新闻工作者的良心促使他们发出了必须关注贫富悬殊现象的呐喊。

我们在昨晚到达里约。刚到达就去观看了一场桑巴舞表演,剧场里各个国家的游客都有,桑巴舞也确实体现了巴西人热情奔放的民族性格。姑娘们扭动起身体,人体的每一部位、每一块肌肉都在跳动,都在旋转。姑娘、小伙儿跳得大汗淋漓,脸上的笑容灿烂无比,确实给人带来美的享受。但当地陪同黄太太告诉我们,这些舞蹈演员工资很低,一天要演出两场才能养活自己。

看完戏回宾馆的路上,黄太太一再告诫我们,千万小心看管钱包、照相机、手表,晚上最好不要一个人出去,集体行动更安全。这些告诫在第二天和新华分社陈社长见面时,才得到具体的解释。陈社长说,他们新华分社的记者,没有一个不经历过被抢劫的惊吓,他们现在已经习惯了在口袋里放些零钱,遭抢劫就拿出来交给强盗。那些山腰中的强盗土匪窝里,经常发生枪战,有时是相互火拼,有时是和警察对抗。这些话让我们目瞪口呆。里约,多么美丽的城市,世界上著名的旅游胜地,最适合人类居住的地方,却面临着如此恶劣的治安局面。

晚上睡在宾馆里,想着白天聊到的沉重话题,迷迷糊糊睡着了。半夜,被一阵哗哗的雨声所惊醒,想起阳台上窗还开着,便起身关窗。走到阳台上一看,银色的月光洒在沙滩上,海滩上一阵阵哗哗的海浪冲上来又退回去。原来哗哗的声音不是下雨,而是大海的涛声。细洁柔软的海滩空无一人,多么美丽的海滩,多么美丽的里约。

早上起床,新华分社陈社长带我们去坐船看大海。大海碧蓝碧蓝,海湾靠近大西洋的出海口,留有当年葡萄牙人建立的三个炮台。耶稣山拔地而起,和面包山遥遥相对,成了城市的制高点。耶稣山上建有耶稣的巨幅雕像,雕像高高地竖立在山顶,云雾就在耶稣的周围飘来拂去,平添了几分神秘气氛。城市中有拔地而起的山,而且是石头山,矗立在海边,里约人真是好福气。站在山上,可以看到海湾四周大大小小的山峰,同城里的高楼大厦一道,星星点点散布在大地上、大海里,构成一幅人间仙境般的图画。但是谁又会想到,这样的人间仙境,竟然是西方民主政治同中世纪式的土匪强盗同时并存,繁华的市容同无处不在的偷盗抢劫同时并存。里约,真是一个让人捉摸不透的城市。

(原载 2003 年 11 月 15 日《新民晚报》)

绿宝石斐济

斐济是南太平洋上的一颗绿宝石。

到达斐济南迪机场,我们就坐车前往苏瓦。天气很热,植物长得蓬蓬勃勃,映入眼帘的尽是绿色。

从南迪到苏瓦,没有高速公路,只有一条双车道的公路前往。斐济只有80万人口,国土面积却有2万多平方公里,外加海洋国土100多万平方公里。人口少,国土大,修不起高速公路,也没有那么多的车,于是就不修高速,大家都慢慢开车,心情很悠闲。这其实也不错,可是我们中国人可能急如星火的日子过惯了,对这慢慢开车的日子已经不习惯了。

在开车之前,大家都说肚子饿了,就去寻馆子,结果寻到一家斐济人开的饭馆。每人要一罐鱼汤,鱼是新鲜的海鱼,再加几块木薯,这是当地人的主食。一瓣柠檬是调料,挤几滴到汤里,到木薯上,就开怀大吃,吃得满头大汗。鱼也不知道是什么大鱼,切成一块块的,味道很鲜美。

一番狼吞虎咽后,冒着下午的骄阳开始赶路。一直到天完全黑了，才到达斐济的首都苏瓦。苏瓦在斐济的东面，也靠海。晚饭在一家中国饭馆吃，我们特地点了几只海鲜——海虾、海螃蟹、石斑鱼。因为是野生的，不是人工养殖的，滋味确实不一样，又鲜又嫩。

一夜安歇。第二天，跟随导游到附近的一个村庄去，村庄是给我们开车的司机住的村庄，叫 koro/marawa，有 80 多人，而且这 80 多人是一家人。

村庄的广场上，有一座宽敞的房子。我们脱下鞋，走进屋，已经有一些游客在屋里坐在铺着软席的地上，一位年长者靠在门口。长者气宇轩昂，一问方知是村长，也就是以前的酋长。这时，门外大吼着跳进八个小伙子，小伙子们一人扛着一把斧头，斧头在我们眼前飞舞，咬牙切齿的表情让人觉得这是一种战斗的舞蹈，斧子一上一下地劈砍，仿佛是在砍下敌人的头颅。这些小伙子，头上戴着绿叶编织的花冠，胳膊上箍着绿叶编织的项圈，腰上围着彩色的草席，一副原始人的装束，使人依稀想起，这个南太平洋岛国的居民，在西方人到来之前，还处于原始生存状态。

小伙子的舞蹈完毕后，一群妇女上场了。妇女们大都长得胖胖的，她们唱起温情脉脉的歌谣，扭动起虽胖但同样柔软的腰肢，翩翩起舞。歌舞完毕，妇女席地而坐，各自从草席上摊开自己的宝贝——那是当地人的手工艺品，有贝壳穿起的项链、手链，有面目狰狞的木刻面具，有木头制作的斧头，有挖肉用的木叉子等，让你回想起人类的原始时代。

买卖很快就结束了，别的游客开始告别，而我们这些中国记者，还要留下来和村民共进午餐。午餐的仪式也很有表演性。开始是两位头戴花冠的小伙子席地而坐，一个小伙子从屋外扛来一根毛竹，毛竹是打通的，倒出的清水很快就注满了地上的铁锅。一个男人坐在地上，将当地的一种植物的根茎浸入锅中，双手将植物根茎捏碎，在水中拌均匀。据接待我们的陈先生说，这种根茎具有麻醉的效果，是当地人制作土酒的原料。一会儿，土酒已经酿成。主持仪式的一位男人一声领唱，屋内的男男女女顿时又唱起歌谣。歌罢，一位小伙子恭恭敬敬地捧给我们中国记者代表团团长、中国记协书记处书记祝寿臣一碗酒。祝先生一仰脖喝完后，全场鼓了三下掌，表示敬意。接着，小伙子又给老酋长端去一碗酒，老酋长喝完后，同样是鼓三下掌。接下来是每位团员一杯酒，一次喝完，鼓三下掌。

仪式完毕后，开始吃饭。吃饭就简单多了，每人取一个盘子盛上米饭、鱼、鸡、黄瓜、西红柿等，坐在地上进餐。等客人盛好后，主持仪式的男子盛了一盘子食物给老酋长，其他人就坐在地上看着我们吃饭。陪同的陈先生说，从前斐济人男尊女卑非常严重，吃饭首先是酋长吃，接下来是男人吃，最后才是女人吃。如果男人把食物吃完了，女人只好挨饿。

体验一下斐济人的生活确实也很有趣。

这个村庄有80多人，是一个大家庭。1800年的某一天，一个白人走进村庄，村里的酋长将一个女儿嫁给这个白人，生儿育女，从此就繁衍出一大家族的人来。现在的老酋长已经退休，是主持仪式的男人在主事，名叫威廉，老酋长是他叔叔。这个家族内部不通婚，女儿嫁出去，媳妇娶进来，过着和谐的日子。可是威廉说，现在村里的年轻人已经不愿意过祖辈的安分日子了，他们开始往外跑，希望到城里找工作，而威廉说，城里找工作也不易，还是组织大家从事旅游业，也是希望能把年轻人留在村里面。这样的旅游类似我们的农家游。看来，在市场经济面前，人类的苦恼是共同的。

当天下午，我们又乘了3小时的汽车回到南迪睡一晚，第二天起早赶到海边，登上海轮去看海。

南太平洋是澄蓝色的，海水清澈，同澄蓝色的天空很相配。海轮在一个小岛附近停住了，小驳船迅速靠上来，载着我们向小岛开去。

小岛上已有早来的游客在海滩上晒太阳，沙子是细细白白的，非常干净，海水清澈见底。我们换上泳装就往大海里跑，欢畅地游起来。啊，多么美丽的大海啊。

过了游泳的瘾之后，又登上小船，开往稍远些的海面上去喂鱼。小船是平底的，下面是透明的玻璃，透过玻璃，我们看到海底一群群的鱼儿在畅游，一丛丛的珊瑚礁，几乎触到了我们的船底。我们来到很深很深的大海上，扔一块涂满黄油的面包在海面"唰唰唰"，从四面八方游来大群的鱼，跃出水面吞吃面包，大鱼小鱼在海面翻滚。这场面，煞是壮观。

在斐济两天，使我更深切地认识到，未被破坏的保护良好的自然环境，其实就是我们子子孙孙享用不尽的最大财富啊！

（原载2005年8月24日《新民晚报》）

飘飘欲仙

飞机在地中海上空飞行了1个多小时后,在北非突尼斯市机场降落。

突尼斯市是突尼斯共和国的首都,坐落在地中海的南岸,与北岸的意大利遥遥相对,东面是突尼斯湖,北面是突尼斯湾,滨海傍湖,风景独特,尤其是一条绵延20公里长的海滩,每年吸引着数百万的外国游客。

突尼斯市不但风光秀美,而且历史很悠久。早在公元前814年,因航海经商贸易而强大起来的腓尼基人,在突尼斯市的滨海地带建立起迦太基城,城墙周长34公里,城中建有宫殿、神庙、竞技场、跑马场、港口、墓地,并以迦太基城为根基,发展为强盛的奴隶制国家迦太基帝国。

从公元前264年起,迦太基帝国和罗马帝国爆发了三次战争,第三次战争(前149—前146)打得最为惨烈。罗马帝国出动50万大军围攻迦太基城,围城3年后攻下迦太基城,一把大火将迦太基城焚毁。迦太基城内的建筑,是由木头加石头建造的,不像罗马古建筑都是石头的，这一把火一烧，烧了21天，将迦太基古城烧了个一干二净，罗马人然后在原址上重建起一座规模仅次于罗马的新城。

我们中国新闻代表团一行，在下午的北非烈日烘烤下，踏上迦太基古城遗址。举目望去，只见古城废墟上横着、竖着巨大的石块、石柱、石碑，一片荒芜，我们只能从这些断墙、残柱、石碑以及墓葬中出土的遗物，来想象这座古城当年的繁华。

从公元703年起，突尼斯被阿拉伯穆斯林征服，从此开始阿拉伯化。1574年，突尼斯沦为土耳其奥斯曼帝国的一个省，1881年成为法国保护领地，一直到1956年法国承认突尼斯独立。如今，突尼斯共和国90%以上居民为阿拉伯人，伊斯兰教为国教，阿拉伯语为国语，同时通用法语，这样的文化特征，都是历史形成的。

突尼斯市分为新城和老城。新城完全是欧洲化的，从法国人在此殖民时开始兴建。布尔吉巴大街繁华又热闹，宽阔的街道，两旁遍植绿树，书摊、花亭点缀其间，美丽的女警察不时前来巡逻，狭窄的小马路上行驶着有轨电车，路两旁的建筑物，也全部是欧洲风格。

但是，只要一走进麦地那老城，仿佛穿越时光隧道回到了中世纪。街道弯弯曲曲，狭窄又漫长，四通八达，没有当地人带领，肯定会迷路走不出来。老城里，店铺一家挨着一家，每一条街道主要经营一种产品，或是金银首饰，或是手工制作的铜器，或是香料、木制品、皮革制品，各种手工制作的产品、工艺品，样样俱全。金银铜匠们叮叮当当的敲打声，小商小贩和游客讨价还价的叫卖声，混杂在一起，散发着浓郁的阿拉伯气息。20公里长的海滩，是突尼斯市最大的亮点。海滩旁的马路边上，各种饭店餐馆、冰激凌店林立，到处可见欧洲游客在沙滩上漫步，在咖啡馆、酒吧里谈兴浓浓。港湾里停着的豪华游艇大也是欧洲富人养在突尼斯的，到了假日，富人就买好飞机票全家到此度假，开着游艇到地中海上闲逛。计算下来，比在欧洲养一艘游艇要便宜合算许多。

蓝色小镇（西迪·布·赛义德小镇）是突尼斯市著名的旅游景点。小镇坐落在地中海边上的一座小山顶上，建筑以白、蓝两色为代表色，所以被称为"蓝色小镇"。小镇上几乎家家户户都制作、出售具有阿拉伯特色的旅游纪念品，每一幢房屋都漆成白色，院门漆成天蓝色。每家每户的大门上都钉有三个门环，各有各的用途。左边的门环是男主人专用的，当丈夫回家拍响门环时，妻子就会出来开门；右边的门环是专供客人用的，听到右边门环响，男主人会出来迎接，女主人却要回避；而装在低处的门环是给孩子准备的，当孩子拍响门环时，爸爸妈妈都会出来迎接，这也是这个小镇的一大特色。沿着柏油马路走到山顶，是一个咖啡馆，这个地方占尽地利，坐在山顶上的院子里，喝着香浓的咖啡，脚下的地中海突尼斯湾就像一个深蓝色的大湖，游艇在巡游，海面风平浪静，无边无际，头顶上，蓝色天空又高旷又深邃，坐在那里，有一点飘飘欲仙的感觉。

（原载 2007 年 8 月 19 日《新民晚报》）

伊斯坦布尔掠影

伊斯坦布尔地跨欧亚两洲，在全世界所有城市中，是独一无二的。伊斯坦布尔历史悠久，在公元前 4 世纪，就被罗马帝国君士坦丁大帝设为东部地区的首都，命名为君士坦丁堡。1453 年，土耳其奥斯曼帝国占领了这座城市，改名为伊斯坦布尔，同时宣告拜占庭帝国统治的结束。

伊斯坦布尔是世界级的文明古城，就像北京、巴黎、罗马、伦敦一样，以它丰富的文化古迹，吸引着众多的游客。

伊斯坦布尔最重要的历史和文化遗址都集中在小小的"历史半岛"上，这是伊斯坦布尔欧洲部分向东部方向延伸出来的一小块区域，它同时也是君士坦丁时期的旧城遗址。古罗马帝国、拜占庭帝国、奥斯曼帝国所留下的文化痕迹都印刻在这个半岛上，宏伟的教堂、清真寺、帝王宫殿都坐落在这个半岛上。

我在伊斯坦布尔逗留 5 天。我住的宾馆，窗口正好对着这个马尔马拉海岸边的"历史半岛"，每天早晨站在窗前，遥望着一艘艘白色的渡轮犁开碧蓝的海水，真是心情舒畅。

托普卡泊皇宫，曾经是奥斯曼帝国的管理中心，现在被称为"旧宫"。皇宫是在拜占庭帝国宫殿基础上建造的，奥斯曼帝国的苏丹都先后扩建了皇宫。托普卡泊皇宫现在是博物馆，陈列着奥斯曼帝国600年时间积累起来的宝贝。和北京故宫一样，在这座宏大的皇宫中，看珠宝馆的游人最多。当年皇宫的御膳房，曾拥有1200名厨师，每天要做5000人的饭菜。如今，御膳房的主要部分已辟为中国瓷器展览厅，收藏着1.2万件中国瓷器，我在这里看了又看，流连忘返。因为，我在国内没有看到过如此巨大的元青花瓷器，一只只花样精美的巨大的缸、盆、碗，令人惊叹，一定是当年皇宫中的器物。

多玛巴切皇宫，现在被称为"新皇宫"，建于1843年，共用了13年时间才建成，花费了10亿马克。据说，这10亿马克原是军费，被奥斯曼帝国第31任苏丹用来造皇宫，为此欠下大量外债。这座新皇宫先后有六位苏丹居住在此。土耳其共和国成立后，首任总统凯末尔曾在这里办公一直到去世。之后，多玛巴切皇宫改为博物馆。这个皇宫共有258个房间，68个卫生间，巨大的客厅，巨大的吊灯，高耸的屋顶，显示出奥斯曼帝国往昔的威严。

圣索非亚大教堂，是拜占庭时期建筑中最神圣、最伟大的一件杰作，建于公元537年。圣索非亚大教堂作为基督教教堂使用了916年，作为清真寺使用了418年。这座长方形的教堂，圆顶非常高大。教堂是两位来自亚洲的设计师设计的，用16年时间才全部竣工。奥斯曼帝国法提苏丹征服君士坦丁堡后，将圣索非亚大教堂内的精美马赛克壁画用灰泥覆盖掉，后改为清真寺，壁画却因此得到了完好的保存。1935年2月，经土耳其共和国首任总统凯末尔批准，圣索非亚大教堂作为博物馆正式向公众开放，这些被灰泥覆盖掉的珍贵壁画又重见光明。走进这座举世闻名的大教堂，回顾它从基督教堂、清真寺到博物馆的命运变迁，仿佛在告诉人们一个简朴的真理：不同的文明之间，确实需要互相尊重，确实需要保持宽宏大量的胸襟，确实需要平等对话，和而不同，存异求同。

我们居住的宾馆，窗口对着"历史半岛"，大门对着伊斯坦布尔最热闹的步行街。每天晚上，步行街上人潮汹涌，仿佛每天都在庆祝节日。街头人流滚滚，路两边的商店里人却不多，而步行街两边的小巷子里，一家家饭店、酒吧在路边摆开了桌椅，倒是生意兴隆，人头济济。在步行街附近的一间酒吧，正在演出土耳其民族歌舞，我们也每人掏30欧元买票进去观赏。小小的舞台四周，坐着几十位游客，每张桌子上插着一面土耳其国旗，一面游客所在国家的国旗。表演者其实都是社会上自行赶场子的艺人，有单干的，也有合伙的。节目最后，出来一个斯文的老头儿，讲英语，用男中音唱游客所在国家的民歌，美国、日本、韩国、马来西亚、新加坡、印度、挪威、意大利、阿塞拜疆，一支支曲子唱下来。对着我们，老者唱了一首《康定情歌》。每曲唱罢，就会激起一阵热烈掌声。我数了一下，这个酒吧中的几十位客人中，大约来自十多个国家。由此可见，伊斯坦布尔称得上是一个国际大都市。

（原载2007年7月20日《新民晚报》）

莫斯科印象

莫斯科是庞大的，莫斯科是粗犷的，莫斯科是精致的，莫斯科是原始的……

我参加中国新闻代表团，在中国"俄罗斯年"的夏天，来到俄罗斯访问，在莫斯科小住几日。莫斯科给我留下了一个多侧面的、内涵繁杂的印象。

我们下榻在莫斯科"一只蚂蚁"酒店，这个由五幢建筑组成的酒店群，是20世纪80年代举办莫斯科奥运会时兴建的奥运村。在北京登机时，就已读到新闻，说"一只蚂蚁"酒店附近的小商品市场发生爆炸，炸伤了七个中国人。所以，住进这个酒店时，心中是带有一些恐惧的。等到住进12层楼的房间，推开窗户，首先映入眼帘的，是散落在酒店周围的一圈赌场。此时正是落日时分，黑白交替之时，赌场的灯光已经亮起，而日光尚未褪尽；在赌场外面的公路以外，是一大片郁郁葱葱的森林，森林长得很茂密，很有几分原始的味道，看着这绿色的森林，情绪就稍稍安定了。莫斯科是"森林在城市中，城市在森林中"的典范，市区里到处可见供人休闲的街心公园，绿地面积占城市总面积的1/3。尤其是市郊，大片的森林连绵成群，恍若走进了原始森林之中。

莫斯科是庞大的，在外环以内的市区面积约有1000平方公里，地图上的莫斯科就像一只圆圆的大饼。莫斯科居住着1400万人口——其中常住人口1000万——几乎占了俄罗斯人口的1/10。莫斯科河从市中心蜿蜒穿过，沿着莫斯科河岸，莫斯科精致的一面就呈现出来了。这就是红墙环绕起来的克里姆林宫，举世闻名的古建筑群。

沿着莫斯科河，走出克里姆林宫城墙，就是一尊彼得大帝的巨型雕塑。彼得大帝站在一艘大船上，手持一幅卷起的航海图，目视前方。这座雕塑的含义是丰富的、多义的，可以理解为彼得大帝从西方学习归来，也可以理解为彼得大帝率领俄罗斯人走向欧洲，走向世界。

莫斯科建筑最精致的核心，就集中在克里姆林宫一带，离开市中心，靠近外环线一带，一些陈旧的民用建筑，就建得很粗糙，而且城区风格也凌乱不统一，让人感到遗憾，这可能是计划经济年代的产物。莫斯科有一个近400公里、11条地铁线的地下交通网络，但马路上堵车之严重，让人目瞪口呆。尤其在市中心，汽车就像蜗牛一样排着队爬行，比北京、上海的堵车要严重得多。我们所住的"一只蚂蚁"酒店在莫斯科的东北角，应邀到市中心的中国驻俄大使馆去，汽车走了两个半小时，让大使馆新闻处的王参赞等得好不心焦。晚宴结束，晚上9点从大使馆出发，回到酒店仍然用了一个半小时。晚上10点，市中心马路上，小汽车排成长龙，走走停停，堵车现象如此严重，真让人觉得不可思议。

莫斯科地铁是最能体现莫斯科人讲求效率和快节奏的场所。地铁电梯的运行速度奇快，一不小心可能就会站立不稳。地铁最高峰时30秒钟一班，最慢也只3分钟一班，15个卢布（约合人民币5元）一张票，你在地铁里乘上一天也是这个价，乘一站路也是这个价。地铁的速度也是非常之快，比北京、上海的地铁要快得多。地铁站里，沿市中心的环线站，墙上都有精美的浅浮雕，有工人农民在劳动，有十月革命时的红军，也有列宁的雕像。

莫斯科又是雄心勃勃的。今年，莫斯科制订了宏伟的"莫斯科新环"建设规划，到2015年，莫斯科现在的外环之外，再建设一个新环，要新建200座30层以上的高楼，新建60个综合小区。莫斯科市政府还要求在5年内新建248家新旅馆饭店，主要是三星级饭店。到2010年，莫斯科的饭店将每天能同时接待20万游客。这说明，发展旅游业已经提上莫斯科市政府的议事日程。

莫斯科正在大兴土木，我们看到了很多正在兴建中的高楼，市中心有名的国旅大厦、明斯克饭店、莫斯科饭店、俄罗斯饭店、乌克兰饭店等都在被拆和修缮之中，一两年后，它们将以五星级豪华饭店的崭新面貌重新出现。

（原载2006年9月11日《新民晚报》）

苍翠的托尔斯泰坟墓

列夫·托尔斯泰是世界级的文学大师,他的故居位于莫斯科以南约200公里的图拉市。

托尔斯泰故居是一个占地380公顷的大庄园,名叫雅斯纳亚-波良纳,俄语意为"明媚的林中空地",这是托尔斯泰的产业。托尔斯泰出身俄国名门贵族,从1828年9月9日出生在这个庄园时,就是伯爵,所以能拥有一个如此庞大的庄园。

走进庄园,就见到一个很大的池塘,少年时的托尔斯泰夏天在这里钓鱼、游泳,晚年时的托尔斯泰冬天在这里溜冰。再往里走,就是一条沙土路,参天大树夹道,两边是青青的草地,一些木屋耸立路旁,一些木椅陈列在林荫深处,阳光照进树林,留下斑驳的影子,风景美极了。据说,托尔斯泰在构思他的鸿篇巨制时,常常在草地上散步,在长条木椅上沉思。他的第一部长篇小说《战争与和平》写于1864年,小说以1812年俄法战争为背景,将众多人物和丰富的生活素材编织成一幅19世纪初俄国生活的历史图景。从1873年到1877年,托尔斯泰用5年的时间写就巨著《安娜·卡列尼娜》,小说描绘了贵族阶级家庭关系的瓦解和道德的堕落，以及贵族阶级走向没落的黯淡前景。从1889年开始，托尔斯泰用了10年时间，在他71岁高龄时完成了长篇小说《复活》。记得我在读大学时，在文科阅览室中读这本书时被深深吸引。作品中，男主人公聂赫留道夫认出玛斯洛娃是他当年自我放纵的牺牲品后，决心用自己的行动来赎罪。这是一部19世纪末批判现实主义的杰作。

一座普通的两层楼的别墅出现在我的眼前，这就是托尔斯泰的故居，而边上一幢一层楼的平房就是他的书房。在这幢房子里，托尔斯泰度过了60年，他的长篇巨著诞生在这里，他的人道主义思想及俄国农村改造的梦想也产生在这里。他曾经中断了3年创作，为自己庄园和附近农村创办了20多所学校，由此引发了他世界观的转变。在人生的最后几年，托尔斯泰再也不愿意当一个贵族，他自己耕地、缝靴，还为农民盖房子、砌火炉，完完全全平民化了，直到他第三次离家出走，不幸患上肺炎，于1910年11月20日逝世。

在林荫小路的深处，一个长方形的土堆孤零零地躺在那里，土堆上长满了青青的小草。这就是托尔斯泰的墓地，没有墓碑，没有墓志铭，只有托尔斯泰童年栽种下的几棵大树陪伴着他。如果没有人告知，谁能想到，这样一个荒僻的土堆下面，长眠着一个文学大师。奥地利作家茨威格在1928年曾来过托尔斯泰墓地，写下散文名篇《世间最美的坟墓》，茨威格认为，他在苏联所见到的景物，没有比托尔斯泰墓更宏伟、更感人的。他一定是在这里受到了深深的感动。

如今，托尔斯泰故居已成为著名的旅游胜地。许许多多的读者怀着崇敬的心情来到这里，试图闻一闻大师的气息，感受一下大师的深刻思想。我发现,庄园中有好多对俄罗斯年轻的新郎新娘,在森林中,在草地上,在鲜花丛中漫步、照相、亲吻,这些年轻人,将他们步入婚姻的神圣时刻,选择在托尔斯泰故居,这种选择很能说明托尔斯泰在俄罗斯年轻人心中的崇高地位,而这些俄罗斯年轻人对自己祖国历史文化的热爱,对文学大师的崇敬,也深深地感动了我们——中国新闻代表团的所有成员。

(原载2006年9月14日《新民晚报》)

漫步在涅瓦河畔

清晨，火车到达圣彼得堡。天空中阴云浓重，雾气缭绕。因为是星期天，平日繁华的涅瓦大街上，空无一人。这条大街上的每幢建筑，都有300年以上的历史。可以说，圣彼得堡是彼得大帝用一心一意向欧洲学习的决心和心血凝聚而成的。巨大的石头砌起来的欧式建筑，历经300年仍然气势宏伟，端庄稳重。宽阔的涅瓦河，有着50多条支流，纵横交错地流淌在彼得堡市区；有700多座桥梁，将这个涅瓦河三角洲上的近百个岛屿连接起来，于是成为俄罗斯的第二大城市。也因为市内河道密布，所以圣彼得堡又有"北方威尼斯"的美誉。在众多的桥梁中，有21座桥梁是开启式桥梁，在凌晨2点至5点缓缓打开，让轮船通过。每到夏季的夜晚，河边总会聚集许多旅游者，观看桥梁开启的情景，而圣彼得堡因地处北纬60度，夏至后日照达20个小时。落日余晖久久映照在天际，黄昏刚过，天色尚未转黑，又开始朝霞满天，刚落下的红日再次升起，这就是吸引众多旅游者的"白夜"奇观。我们来到圣彼得堡时，已是8月下旬，但到晚上10点，天空尚有亮色。

涅瓦河畔的彼得保罗要塞，是圣彼得堡城市的源头，这个要塞扼守着涅瓦河通向波罗的海的出海口。彼得保罗教堂的钟楼高耸在天空中，教堂里安放着彼得大帝与皇后的棺木。举世闻名的冬宫，是一座浅蓝色三层楼的石头建筑，矗立在涅瓦河边，像一座巨大的四合院。冬宫现在名为艾尔米塔什博物馆，陈列着彼得大帝、叶卡捷琳娜二世等俄国皇帝从欧洲购回的许多名画，我们用了两个小时，领略了拉斐尔、达·芬奇、伦勃朗、塞尚、毕加索等大师的作品。"阿芙乐尔"号巡洋舰静静地停泊在涅瓦河边。遥想1917年，这艘巡洋舰大炮中射出的信号炮弹，震动了世界，改变了俄国，同时也影响了中国的发展方向。

夏宫，是彼得大帝夏天居住的地方，离彼得堡市区29公里，坐落在芬兰湾的森林中，占地800公顷，是彼得大帝1710年建造的，建筑豪华壮观，被称为"俄罗斯的凡尔赛宫"。在金顶的大宫殿前，有着一片瀑布一样的喷泉群，这里有37座金色雕像，64个喷泉，最大的一个喷泉，从一只狮子的嘴中冲天喷出，水柱高达22米。这里可眺望大海，又可置身森林之中，真是个消夏的好地方，不得不佩服彼得大帝的鉴赏能力和远见卓识。这些历经300多年光阴的建筑，从一开始建造就以精美绝伦、品位高尚、可以传世和对得起子孙后代的严格要求做标准，没有彼得大帝，也就没有今天的圣彼得堡。由此可见，一个领导人是否具备长远眼光，对他的人民有多么重要。

普希金城，是圣彼得堡著名的公园，原名皇村，位于圣彼得堡市郊，1937年改名普希金城。1811年，普希金进入皇村中学读书，在这里留下了诗人生活的足迹。公园内，有一座金碧辉煌的叶卡琳娜宫，建于18世纪50年代，属于巴洛克建筑风格，是彼得大帝为他的女儿伊丽莎白女皇建造的宫殿。浅蓝色的外墙，宏伟的气势，厚重的风格，让我们再次惊叹彼得大帝的大手笔。想想18世纪、19世纪的圣彼得堡，对俄国的贵族阶级来说真是梦幻一般的美好时光，彼得大帝一心一意向欧洲学习，将欧洲的文化全盘引进，悉心倡导，引发了俄国文化人的创造灵感，涌现出普希金、罗蒙诺索夫、柴可夫斯基、格林卡、陀思妥耶夫斯基等一批大作家、大学者、大音乐家，这真是圣彼得堡的一段黄金岁月啊！

（原载2006年9月15日《新民晚报》）

大雪中的赫尔辛基

飞机高度下降,进入云层,轻纱般的云雾散开又聚拢,透过云气,能见到地面上的房屋、高速公路、湖面、绿地、草坪,在云气的飘移中忽隐忽现,我们中国新闻代表团此行的访问地赫尔辛基到了。

飞机降落后,走进机场,却发现机场很小,和北京、上海的机场规模根本无法相比,入境旅客也不多,很快就办完手续出关。此时,是当地时间下午3点不到,但天色已暗,就像夜晚一般。

为调整时差,我们放下行李后,不敢休息,立即到马路上去散步,朝市中心商业街走去,走了约20分钟就来到商业中心。大型百货商店里人很多,我不习惯的是室内室外气候的剧变,室内很暖和,身上出汗,但走到室外,寒风刺骨,刮得耳朵很疼,赶紧戴上羽绒衣的帽子,把所有的扣子都扣紧。我是南方人,怕冷。赫尔辛基的温度,说是零下1℃,怎么感觉就那么冷呢?大概和这儿的气候潮湿有关,又没有阳光,感觉就很阴冷。我们从百货商店走出来时,雪花已经纷纷扬扬飘落下来。雪不大,却是当地2008年的头一场雪,正好让我们碰上。

晚饭是芬兰外交部请客，在海湾边的一家餐馆，餐馆里几乎满座。在僻静的角落里，为我们留了一排座位。晚饭只有两道菜，一道是冷盆：鹿肉和虾，一道是主菜：一段三文鱼，很简单，也很实在。这也可以看出芬兰人的态度，生活品质是有保障的，但又是简单实惠的。

回到房间，眼皮已经在打架，这个白天过得实在太漫长，多出了六个小时啊。回到房间才8点，洗漱之后，躺在床上看了一会儿书，10点睡觉，但到凌晨3点又醒了，任脑子天马行空瞎想，慢慢又睡着了。

早上起来，到一楼去吃早饭。自助餐厅小小的，人也不多，但早餐品质很高。番茄又大又新鲜，腌三文鱼、肉肠、鸡蛋、火腿、面包、酸奶，我各取了一点点，慢慢地吃，吃完后，又喝了壶红茶。回到房间，已快上午9点，但太阳还没有升起来，只见霞光从云层底下往上冲，我盯着黑黑的云层仔细看，一会儿，一轮红日冲出云层，只是这红日有点有气无力、惨淡经营的样子，看上去热量不足。北欧的冬天啊，连太阳都是猥猥琐琐的。

上午的安排是市容观光1小时。赫尔辛基城市确实小，但是很精致。就在我们宾馆附近，有一座岩石搭建的教堂，这座教堂也能反映出芬兰人崇尚简朴实在的特点。没有金碧辉煌，没有尖顶直插云霄，只是一个利用半圆形的石头山坡搭出一个教堂，就像走进一个山洞。1952年芬兰举办奥运会的场馆，也正在我们宾馆斜对面。这个场馆可容纳4万人。50多年前盖的体育场，今天仍在使用，也并不显出陈旧。一条主要商业街，马路很宽，路中间是绿化，两边各是有轨电车和汽车道，有点像法国的香榭丽舍大街。步行街两边都是品牌商店，但有轨电车和出租汽车可以在路上开，行人走的人行道也很宽阔。沿着步行街走到头，就是芬兰湾——赫尔辛基的一个港口。港湾里停泊着巨型游轮，这游轮每天晚上都驶向斯德哥尔摩。海湾很安静，游人稀少，一只海鸥歪头望着我们，似乎想讨点吃的，给它照相也不怕，看样子是被游人宠坏了。一块绿地里，有一座不锈钢做的管风琴墓碑，下面长眠着芬兰音乐家西贝柳斯，墓碑旁边还有不锈钢铸造的西贝柳斯的像。我很喜欢那开着有轨电车的老街道，一块块坚硬的花岗岩石头铺出的路面，很有些岁月沧桑的韵味，路边是有些年代的老建筑，底层开出一家家小小的店铺，成为这座城市恒久不变的风景。

赫尔辛基才50万人口，拥有这样一座高品质的精致的城市，应该很骄傲了吧？

中午，我们到赫尔辛基新闻集团访问。这个集团的建筑是一座玻璃钢盖成的透明房子，据说，这种玻璃钢的房子还很节能。这个新闻集团拥有杂志、报纸、电视、广播、出版发行等各种文化产业，老板因此成为芬兰的首富。一国的首富是文化产业老板，这很能证明芬兰和中国处在不同的社会发展阶段。一座50万人口的城市，能够拥有一份日发行42万份的日报，再加一份日发行18万份的晚报，这座城市的读报率有多高，该让人惊叹了吧！

芬兰的地图像一个举着一只胳膊的穿裙子的女孩。女孩的脑袋就是北极地区，赫尔辛基这一带，就是女孩的裙边。这个500万人口的国家，却拥有34万平方公里的广袤国土，这当然是芬兰人能过上好日子的原因之一。每年5月到10月，芬兰绿树成荫，鲜花开放，阳光明媚，但到了冬天，却是截然不同的另外一番景象：阴郁肃杀的天空，寒冷的气候，萧瑟的草木，泥泞的马路……

  但我们还是幸运的。去年冬天，赫尔辛基没有下雪；今年冬天，雪却下得很早。来到这座城市的第三天，我正巧碰上了芬兰50年一遇的暴风雪，赫尔辛基街上，银装素裹，鹅毛大雪下得正紧，街头的积雪有1尺厚。但大雪并不造成冻害，电线杆、树枝没有结冰，人们冒着大雪上班下班。雪就是雪，不会变成冰灾，反而显出一番祥瑞的气氛。在漫天飞雪中，坐上3路观光有轨电车，花1个小时将这个风雪中的城市兜一遍，很有情趣。

（原载2008年12月26日《新民晚报》）

驯鹿雪橇之旅

雪，洁白的雪，晶莹的雪。位于芬兰北极圈的拉普兰省会罗凡涅米是一个冰雪世界。

我们被邀请去感受一下驯鹿雪橇之旅。我们换上厚厚的红色连裤装，再换上高帮的大头棉鞋，一身当地萨米人装束。汽车将我们拉到 8 公里外的森林里，只见一群驯鹿正在用蹄子刨开积雪低头吃草。驯鹿身边，安放着一架架雪橇。在电影中，我看见过大马拉的爬犁，也看见过因纽特犬拉的雪橇，但驯鹿拉雪橇，确实是第一回见到。

才下午 3 时，天已经完全黑了。森林里，只见到雪地上的反光。主人邀请我们坐上雪橇，两个人一架。每一只驯鹿，肩上架着雪橇的长杠，脖子上的绳子又连着前面一架雪橇，就这么排成了一排驯鹿纵队。当地一位妇女，徒步拉着一只驯鹿开道，后面的驯鹿就排着队前进。四周寂静无声。鹿大概是哑巴，只顾埋头拉车，也不会叫唤几声增加点雪地夜行的气氛。一丛丛的针叶林上，挂满了积雪。我们中国新闻代表团的摄影记者、《解放军报》摄影总监周朝荣大校，用他的专业相机拍出了积雪状态下树枝的各种姿态：有的妩媚，有的娇憨，有的苍劲，有的热烈，雪地里的松树，让他拍出了情感。我和《邯郸日报》李文海社长共坐一个雪橇，两个大个子分量很重，但拉我们车的一头雄鹿，可能正值壮年，力大无穷，老是超越前面的雪橇半个车身，它巨大的鹿角总是在我们团里的翻译、中国记协国际部的郑菁小姐眼前晃悠。好玩的是，这只雄鹿老是将它的大嘴往美女翻译的脸上凑，好像要去亲吻她，小郑吓得尖叫着往一边躲，让大家笑个不停。

拉了一个时辰后，那位拉着头鹿走在最前面的拉普兰妇女停了下来，说让鹿休息一会儿吧，就领我们走到雪地小径旁的一座半开放的石屋子里，从雪橇上取下鹿皮褥子，垫在石凳子上，请我们坐下。石凳子中间是一个火塘，这位妇女从小石屋里取出木柴，一根一根架在火塘上，然后用刀削下一根桦树枝的皮，将树皮架在木柴空隙上，她说桦树皮能助燃，然后用优美的姿势划亮火柴，点燃了桦树皮，引燃了篝火。一会儿，只见火势熊熊燃烧。这位妇女将一个烧黑的煮咖啡的水壶放在篝火上方的铁丝网上，又拿出几根肉肠放在火上烤，很快铁丝网上就飘起肉香。她请我们每人吃一根肉肠。吃完肉肠，咖啡正好煮沸，她又给我们每人倒了一杯咖啡，还发给每人一块巧克力饼干，说是开始喝下午茶。下午？我抬腕看表，时针指向下午 4 点。但这黑夜让我感觉像是凌晨 4 点！坐在火塘边，胸前很暖和，但背后却冷飕飕的。这正是：火烤胸前暖，风吹背后寒。喝着咖啡，问这位拉普兰女人："你吃鹿肉吗？"回答是："当然吃，只是这几头鹿是我亲手养大的，看着它们长大，就像我的孩子，它们的肉我不会吃。"说到鹿肉这个问题，我想起当地旅游局人士告诉我们的一组数字：拉普兰省每平方公里才居住两个人，鹿远远比人多。合理利用野生动物并没有错。罗凡涅米市才 5 万余居民，但每年要接待 50 万游客。喝完咖啡，身上有点暖和，我们又坐上雪橇，继续驯鹿雪橇之旅……

　　第二天，我们前去圣诞老人村。传说中，圣诞老人是在这儿出生的。这个村现已成为旅游景点，盖的房子有点夸张，完全童话化了。村里的一间屋子中，坐着一个身穿红衣、头戴红帽、脚穿红袜、足蹬大头鞋的老人，留着一尺长的胡子。这又长又白的胡子当然不可能是真的。这个圣诞老人是专门和人合影的，拍一张照片要 25 欧元呢。但生意出奇地好，想合影的人要排长队。

　　这个圣诞老人村，位置正好处在北纬 66.5 度的北极圈，位于北温带和北寒带的分界线上。在这条分界线上，盖了一个小屋，分界线从屋顶穿过，专门给游客拍照纪念。

（原载 2009 年 1 月 5 日《新民晚报》）

小记布达佩斯

到匈牙利布达佩斯的当晚,我们坐游船游览了多瑙河。

上船时,天上下着小雨,只能躲在船舱里眺望多瑙河两岸的风景。

灯光不太亮,河面倒是不窄,宽度与黄浦江相仿,两岸都有些雄伟的建筑。多瑙河从西北向东南方向流过布达佩斯,据称,流经布达佩斯市区的28公里是多瑙河最美丽的江面,西面称为布达,东面称为佩斯,共有8座桥和1条地铁隧道将两岸相连,布达建在西岸耸立的丘陵山地上,佩斯建在东岸广阔的平原上,整个地势是西岸险峻东岸平坦。城中有山陵,有大河,整座城市就像波澜一般有了起伏跌宕。

而后,我们又分别几次从陆地踏勘了布达佩斯,为其迷人的风光倾倒。

历史上,布达佩斯曾经是三个城市:古代布达、布达、佩斯。在古代,这里是东、西罗马帝国的分界线,布达佩斯正好处在东罗马帝国的西部边界。

布达的城堡山上古建筑很多。建于 1300 年的王宫气势雄伟，据称光建造就花了 100 年时间。这儿曾经是哈布斯堡王朝的宫殿，如今，城堡山已化身为美术馆、博物馆、图书馆和剧院。我们走进了现已成为美术馆的这部分王宫，里面展出了从古典主义、浪漫主义、印象主义到现代主义各个流派各个时期的油画和雕塑，四层的王宫非常庞大，往往以为到了尽头，推开一扇门又是另一番光景，很让我们惊奇。

王宫门前有一座雕塑，主题是匈牙利 15 世纪马加什国王在狩猎，气魄很雄大。

走出美术馆，走在古老的弹格路上，两边都是二至四层的古建筑，沿着这条弹格路，我们走向另一个景点渔人堡。站在这里，俯瞰多瑙河对岸的佩斯，很有情调。多瑙河就在布达的山脚下流淌，一座座装饰很是精美的铁桥横卧河面上。渔人堡早先是一个鱼市集散地，1905 年建成这样一个城堡模样的建筑，但那个时候，布达佩斯是强大的奥匈帝国的一座城市，周围并没有敌人。问当地人，方知这渔人堡只是一个旅游景点，是渔人堡后面的马加什大教堂建筑的延伸部分。

马加什大教堂是古罗马建筑，在 1350 年进行过改建扩建，1470 年，马加什国王下令大规模扩建，增建一座钟楼，从此就称为马加什教堂。18 世纪末，匈牙利著名的建筑设计师库莱克·弗里杰用了 25 年时间，精心修缮这座建筑，竭力恢复原来的哥特式风格，连壁画也尽量接近中世纪的原貌。数百年来，马加什教堂接连遭受过火灾、雷电等灾害，但仍然顽强地屹立在城堡山上，成为布达的标志性建筑之一。

在多瑙河东岸佩斯，最雄伟庄严的建筑是国会大厦，这座大厦1885年开工，1904年竣工。大厦周围有88尊国王和首领塑像，内部装饰精美，富丽堂皇，大幅油画反映了匈牙利历史事件，还有打猎、捕鱼等生活场景。

位于佩斯的英雄广场，是为纪念匈牙利人在此定居1000年而建的，广场上有一组雕塑很有名，骑在马上的7位勇士是来这里定居的部落首领，在勇士后面排成半圆形的是14位历史上著名的国王、大公和政治家，圆柱顶上，站着女天使，手中高擎十字架和王冠。

布达佩斯还有一处景点不能不提，这就是位于多瑙河边布达城堡山的制高点，这里在古代就是一个堡垒。二战时，德军在此筑有坚固的工事，苏军为攻占这座堡垒，牺牲了8000人。如今，在昔日堡垒顶上，雕有一个苏军女战士，是以当年苏军一个美丽女护士为原型的，这是一座有名的雕塑。寒冷的冬夜，站在山上，俯瞰山下多瑙河两岸一片灯海，河上游船点点，大桥如穹形的光带连接两岸，顿生不枉此行的感想。

（原载2010年1月8日《新民晚报》）

访莫扎特故居

访问奥地利，萨尔茨堡的莫扎特故居给我留下很深印象。

莫扎特故居是位于萨尔茨堡粮食大街 9 号一座米黄色的六层楼房子，1756 年 1 月 27 日，莫扎特诞生在四楼的一间卧室里。现在三楼、四楼之间的外墙上，镶着白色的艺术字体"莫扎特出生处"，一面很长的奥地利国旗，从六楼一直垂到二楼，拱形大门旁刻着"莫扎特博物馆"的字样，楼顶上还放着莫扎特的头像浮雕。

粮食大街是一条很有些历史年头的窄窄的石条路，路旁开着纪念品商店，里面最好卖的是莫扎特牌巧克力，以及各种以莫扎特命名的纪念品。粮食大街连接着莫扎特广场。广场中央，竖立着莫扎特的全身铜像，大群的鸽子起起落落，络绎不绝的游人，都喜欢在莫扎特全身铜像前合影留念。

进故居参观要买票，成年人要 6.5 欧元，孩子 2 欧元。我们去时，一群孩子在老师的带领下也在参观。二楼、三楼，陈列着莫扎特创作的乐谱手稿、和亲人友人的来往书信以及照片。四楼是原先莫扎特一家居住的地方，有一间客厅，一间书房，一间卧室，一间储藏室，一间厨房。卧室里，放着幼年莫扎特使用过的小提琴、羽管键琴、钢琴以及当年的老家具，还挂着一幅莫扎特的头像画。

莫扎特是一位音乐神童，六岁就能创作乐曲，七岁时创作的处女作《奏鸣曲》引发关注，14 岁被任命为宫廷乐师。在当宫廷乐师的 7 年时间里，他在这所房子里创作了交响曲、小夜曲、钢琴曲、小提琴协奏曲、巴松管协奏曲、咏叹调、弥散曲以及其他宗教音乐作品。1781 年，莫扎特辞去宫廷乐师职位，迁居维也纳，在贫困生活中创作了大量不朽的音乐作品，如歌剧《魔笛》《唐·璜》《后宫的诱逃》《费加罗的婚礼》等。1791 年 12 月 5 日，35 岁的莫扎特在贫病交加中去世。

莫扎特 21 岁离开萨尔茨堡时，萨尔茨堡没有歌剧院，没有音乐厅，但现在是中欧的音乐之城。从 1945 年起，每年 7 月都要举办为期五周的莫扎特音乐节。7 月，正是旅游旺季啊！

这座六层楼房子在二战后期的 1944 年，被一颗炸弹炸坏了大半。现在的故居是莫扎特基金会出资按原样修复性重建的。

萨尔茨堡人是聪明人，他们没有将被炸弹炸坏了大半的老房子拆了造新楼，而是精心按原样修复，一切都恢复到原先的模样。他们懂得，全世界每年有那么多的游人要来萨尔茨堡，很重要的一个原因，就是想要感受莫扎特，瞻仰莫扎特，亲近莫扎特，游人要闻一闻莫扎特家乡的花香，吸一吸莫扎特家乡的空气，听一听莫扎特优美纯净的音乐，看一看莫扎特当年住过的房子。尊重历史，尊重家乡名人的萨尔茨堡人，满足了游客的心理，将萨尔茨堡渐渐变成了莫扎特城；而一代一代的萨尔茨堡人也得到了丰厚的回报，一直在分享着随着年代久远反而日益增值的莫扎特无形资产的收益。

（2012 年 2 月 9 日）

冰岛行

一直想去冰岛，终于在秋天成行。

在雷克雅未克下飞机后，导游直接将我们拉到火山爆发形成的蓝湖温泉。温泉四周，都是黑乎乎的巨大礁石，一块连着一块，一片连着一片，寸草不长，只有一点点青苔，才显示出一点生命的迹象。我们像是来到了月球，来到了火星——那是火山爆发留下的印记。风真是大啊，刮得人站立不稳，寒风刺骨，脸都有点疼痛了。迎着寒风，走到礁石尽头，眼前豁然开朗，一片蔚蓝色的湖面呈现在眼前，湖面上冒着薄雾般的热气，一群群脸上涂着白色湖泥的浴者，忽隐忽现。这火山爆发遗留的白色湖泥，据说可以美容养颜。我们走入这蓝湖中，凛冽的寒风刮在身上，刀割一般，只能蹲下，将身子埋在暖和的温泉里，只留一张脸糊上湖泥，任他寒风吹吧。蓝湖很大，蹲着身子慢慢地在湖中走，互相看看各自的脸，白色湖泥涂抹，只留两只眼睛，不由开怀大笑。

辛格维利尔国家公园，位于欧亚板块和美洲板块的分界线，这是一个奇特的自然景观。分界线的标志是一个大裂缝。这个裂缝以每年两厘米的速度在分离。构成裂缝的岩石,从地底下突兀而起,仿佛直立成一道城墙,黑乎乎的,龇牙咧嘴的形状,裂缝上生长的丛丛荆棘,好像是城墙上指向对方的刀枪剑戟。欧美两大板块仿佛就像两个邻居一样,既连接在一起,又看对方不顺眼,互相讨厌对方,指责对方,欲转身远离,却又分不开。瞧着这裂缝,我浮想联翩。

离裂缝不远,有一个间隙性喷泉。平静时,就是一个圆形的水池,盛着一池清冽的温泉水。大约过 15 分钟时间,温泉里的清水开始翻滚,暴怒一般咕咕冒泡,就像水烧开了一样。再过一会儿,只听到"嗖"的一声,说时迟那时快,就见一条水柱笔直冲上高高的天空,滚烫的热雨随风飘洒而下,喷发之后,间隙泉又恢复了短暂的平静。就这样周而复始。

离间隙泉不远,是有名的黄金断层瀑布,河水最宽处达两公里多,气势磅礴地沿着呈倒三角形的地貌断层不断收窄,收窄,奔腾咆哮着,层层跌落,跌落,一直跌落于深深峡谷中,哗哗的流水声轰隆作响,沉闷有力,空气中飘着潮湿的水汽,就像在下着细密的微雨,衣服一会儿就湿漉漉的。这急冲直下的流水,有惊心动魄之感,壮美极了,痛快极了。忽然想到,水是无生命的,急跌、深泻、俯冲都能让人产生美感,而社会和人生的常态,应是平稳的一步一步的改良更有美感。

在安宁的维克小镇的背后,是一望无边的大西洋。据说从海边一直到南极,再也没有大陆阻挡,海水往南可直抵南极洲。奇异的是,沙滩由黑色的大小不一的鹅卵石组成。大自然真是鬼斧神工,让人觉得不可思议,似乎全世界的黑色鹅卵石全部在这里紧急集合!这是一种怪异的美,而一群形状更为怪异的黑色的形如笔架的巨大礁石,耸立在海滩的右手边,环顾四周,简直就是一个魔幻世界。

瓦特纳冰川也很美。走近,可以看到厚重清晰的冰舌纹路。南端是冰河湖,游客可以坐水陆两用车观赏。开进冰河后,汽车就变成了船,因为低温,湖面上千姿百态的大小冰块都带些蓝颜色,漂浮在清澈的湖面上,与远方的卧在华纳达尔斯山坡上的巨大冰川互相呼应,恍然一个冰雪世界。

为我们开大巴的司机是个73岁的老人,走路有点一拐一拐,车却开得很平稳。这么大年纪,还不退休,还开车谋生!我们顿生怜悯心。看他蹲在车肚子里装行李,我们帮他一起装,车到宾馆,我们抢着卸行李,还付给他小费。直到我们快要离开冰岛,导游告诉我们,老头儿是老板,他开的租车公司,有十辆大巴,因为闲不住,就自开一辆。他完全有资格有能力享享清福,但是老头儿不愿意,宁可开车。我听了,惊讶得嘴巴张成O形,这是一个勤劳不服老的老板啊!于是,冰岛的景和人,都给我留下难忘的印象。

(2017年1月9日)

跋：背景与花絮

朱大建

这本书收入我几十年时间里写的抒情散文。

我是报人，写作很杂。年轻时痴迷报告文学，几年内连续发表几十篇作品，曾七次获奖，两次获萌芽文学奖，一次获中国作协主办的全国优秀报告文学奖。到《新民晚报》供职后，整日审稿签大样，没有大块时间采访，于是应邀在副刊"夜光杯"上用"康定"笔名，先后开设《灯下文谈》《静夜凝眸》专栏，写杂文随笔，所写杂文也获得过中国报纸副刊金奖。抒情散文非我所擅长，但也陆陆续续写了百余篇，这次选出 68 篇收入《从故乡到远方》一书。

此书根据内容分为四辑。

第一辑收入的是与亲情有关的文章。首篇《心中故乡》，最早刊发在《解放日报》"朝花"副刊，写的是我七岁回故乡与好婆共度一个月的生活。那是 1960 年，我回故乡时，正好是人民公社成立大食堂的岁月，社员家里的米都要缴到公共食堂，我小小年纪跟着好婆去食堂吃饭，过起人民公社小社员的日子。《心中故乡》先是入选《上海作家散文百篇》，后又入选百家出版社出版的一套荟萃中外现当代名作家散文精华之作的"零距离"散文系列丛书，《心中故乡》被收入《致故乡》卷。

《我的父母我的家》一文，是我酝酿多年才动手写的回忆父母的文章，将一个家庭与时代联系起来，刊发在 2014 年第 4 期《上海文学》，获第十一届《上海文学》散文奖。

《大牻牛和尖角牛》一文，最早刊登在《文汇报》"笔会"副刊，被江苏省高中语文教育网收入《美文欣赏》栏目。

《鲤鱼洲的上海女知青》，最早刊登在《新民晚报》"夜光杯"副刊，后被收入《上海女声》散文集。

《书斋发展史》等文章也被收入散文选本。

《我是"两万户"少年》获第五届"禾泽都林杯——城市、建筑与文化"诗歌散文大赛二等奖。

第二辑收入的是写师友情的文章。

首篇《薪尽火传》，是我去华东师范大学参观王元化研究中心后受到感动而写的。王元化先生任上海市委宣传部长时，我在上海市委宣传部新闻出版处当新闻干事，他是我的老领导。他嘱我做学问要"沉潜往复，从容含玩"，还为我写了书法条幅"健笔凌云"，我视如珍宝，一直挂在书房里。

赵超构是著名老报人、《新民晚报》社长，一位我尊敬的长者。1985 年，我在市委宣传部新闻出版处当新闻干事时，领导要我去采访赵超构，请他谈谈对上海文化发展战略的见解。当时上海正在发起文化发展战略的研讨。《遥忆当年采访赵超构》一文，记录了赵超老对文化发展的见解：真善美三者的平衡及双百方针的贯彻。

《那一头飘逸的银发》一文，写的是《新民晚报》的老总编辑束纫秋，他也是另一位我尊敬的著名老报人、杂文家、小说家。我到《新民晚报》工作后，专门向老束请教怎样做好一个新民报人。老束向我传授12字真经："白天政治经济，晚上文化体育。"我一下子领悟了，老束要我做杂家。报人都应该成为杂家，老束就是一个出色的杂家，他写文章，有好几套路数。他在上海抗战的"孤岛"时期创作的小说《投机家》《节日》，后来都收入了《新文学大系》。

《我的邻居赵丽宏》一文，写的是我与著名诗人、散文家赵丽宏当邻居时的点滴交往。1985年刊发在《青年文学》，后被收入华东师大出版社出版的《赵丽宏和他的文学世界》一书。

《艺海远航》是一篇纪实散文，记叙了油画家俞晓夫的艺术人生，以此稿为母本，电视台为俞晓夫拍摄了一部艺术专题片。

《画坛伉俪》一文，写的是当代画家乐震文张弛夫妻的艺术人生。艺术伉俪是稀缺资源。在上一辈的大画家中，艺术伉俪流传下多少美谈！到了乐震文张弛这一辈画家，夫妻共同分担了教子及家务，然后在画坛上精研画艺比翼齐飞，乐震文张弛就是这样的新派画坛伉俪。

第三辑收入的文章，是我饱赏祖国各地优美风光后留下的印象。首篇《滇文化寻访记》，是我应邀赴云南采访考察民族文化的观感体验，曾在《新民晚报》副刊"夜光杯"的《十日谈》专栏连载十天。

第四辑收入的文章，大部分是我参加中国新闻代表团出访世界各国后写的观感。其中一篇《面包山遐思》，写的是我所见到的巴西里约热内卢的贫富悬殊现象，后入选漓江出版社出版的《文学作品与考点——高中语文大阅读》一书。